इस्मत चुग़ताई

इस्मत चुग़ताई का जन्म 21 जुलाई, 1915 को बदायूँ उत्तर प्रदेश में हुआ था। उन्होंने निम्न मध्यवर्गीय मुस्लिम तबक़े की दबी-कुचली-सकुचाई और कुम्हलाई लेकिन जवान होती लड़कियों की मनोदशा को उर्दू कहानियों व उपन्यासों में पूरी सच्चाई से बयान किया है। उनकी मशहूर कहानी 'लिहाफ़' के लिए उन पर लाहौर हाईकोर्ट में मुक़दमा चला, लेकिन ख़ारिज हो गया। 'गेन्दा' उनकी पहली कहानी थी जो 1949 में उर्दू साहित्य की सर्वोत्कृष्ट साहित्यिक पत्रिका 'साक़ी' में छपी। उनका पहला उपन्यास 'ज़िद्दी' 1941 में प्रकाशित हुआ। 'मासूमा', 'सैदाई', 'जंगली कबूतर', 'टेढ़ी लकीर', 'दिल की दुनिया', 'अजीब आदमी', 'एक क़तरा ख़ून' और 'बाँदी' उनके अन्य उपन्यास हैं। 'कलियाँ', 'चोटें', 'एक रात', 'छुई-मुई', 'दो हाथ', 'दोज़ख़ी', 'शैतान' आदि कहानी-संग्रह हैं। हिन्दी में 'कुँवारी' व अन्य कई कहानी-संग्रह तथा अंग्रेज़ी में उनकी कहानियों के तीन संग्रह प्रकाशित हैं जिनमें 'काली' काफ़ी मशहूर हुआ। कई फ़िल्में लिखीं और 'जुनून' में एक रोल भी किया। कुल 13 फ़िल्मों से वे जुड़ी रहीं। उनकी आख़िरी फ़िल्म 'गर्म हवा' (1973) को कई अवार्ड मिले।

'साहित्य अकादेमी पुरस्कार' के अलावा उन्हें 'इक़बाल सम्मान', 'मख़दूम अवार्ड' और 'नेहरू अवार्ड' भी मिले। अदबी दुनिया में 'इस्मत आपा' के नाम से विख्यात इस लेखिका का निधन 24 अक्टूबर, 1991 को हुआ। उनकी वसीयत के अनुसार मुम्बई के चन्दनबाड़ी में उन्हें अग्नि को समर्पित किया गया।

अजीब आदमी

इस्मत चुग़ताई

राजकमल पेपरबैक्स

पहला पुस्तकालय संस्करण
राजकमल प्रकाशन प्राइवेट लिमिटेड द्वारा
1972 में प्रकाशित

राजकमल पेपरबैक्स में
पहला संस्करण : 2023
दूसरा संस्करण : 2024

राजकमल पेपरबैक्स : उत्कृष्ट साहित्य के जनसुलभ संस्करण

राजकमल प्रकाशन प्रा.लि.
1-बी, नेताजी सुभाष मार्ग, दरियागंज
नई दिल्ली-110 002
द्वारा प्रकाशित

शाखाएँ : अशोक राजपथ, साइंस कॉलेज के सामने, पटना-800 006
पहली मंजिल, दरबारी बिल्डिंग, महात्मा गांधी मार्ग, प्रयागराज-211 001
1, अनमोल सोराबजी संतुक लेन, धोबी तलाव, मरीन लाइंस, मुम्बई-400 002

वेबसाइट : www.rajkamalprakashan.com
ई-मेल : info@rajkamalprakashan.com

बी.के. ऑफसेट
नवीन शाहदरा, दिल्ली-110 032
द्वारा मुद्रित

मूल्य : ₹250

AJEEB AADMI
Novel by Ismat Chughtai

ISBN : 978-81-19028-85-6

धर्मदेव!

कौन-सा धर्मदेव?

वही धर्मदेव, जो रहस्य था। उसे किसी ने न देखा था।

एक झेंपू-सा कमउम्र छोकरा, जिसे देखकर एकदम ख़याल आता था कि हाय रे भाग्य, यह लड़का क्यों हुआ? लड़की होता तो फ़िल्म-लाइन की सारी परियाँ टापती रह जातीं। लोग उसके इश्क़ में पागल होते। उसकी काफ़िर अदाओं पर तन-मन निछावर करने के लिए उसके फ्लैट के आगे आत्महत्या की धमकियाँ देते। देश के बाँके उसकी तस्वीरें कलेजे से लगाकर ठंडी आहें भरते। देशभक्त उसके साथ अपने फ़ोटो खिंचवाना देश और जनता की सेवा समझते।

मीठी-मीठी क़ुदरती काजल से कजराई भोली-भाली आँखें, नपी-तुली नाक, बहुत ही नज़ाकत से तराशे हुए भरे-भरे लेकिन छोटे-छोटे होंठ, नन्हे बच्चे जैसी भोली-सी ठोड़ी, सुडौल हाथ-पैर, पहलवानों जैसे मछलियोंदार नहीं बल्कि कन्हैया जी की तरह चिकने और लचकदार। अगर बारीक तराशी हुई मूँछें न पालता तो बिलकुल अठारह वर्ष की नलिनी जयवन्त लगता।

फ़िल्म 'बाली' कुछ इस शान-शौक़त से हिट हुई कि उसने फ़िल्म-जगत में हंगामा मचा दिया। 'बाली' जैसी फ़िल्में धड़ाधड़ बननी शुरू हो गईं। जो आधी बनी थीं, वे 'बाली' की नक़ल में कानी-कुबड़ी हो गईं। बम्बई में उन दिनों 'कैबरे' का चलन न था। 'बाली' में पहली बार होटल में नर्तकी द्वारा पाश्चात्य नृत्य प्रस्तुत करके धर्मदेव ने उसे प्रत्येक फ़िल्म का आवश्यक अंग बनवा दिया। उसके बाद बहुत कम ऐसी फ़िल्में बनी हैं जिनमें होटल की स्टेज या मेज़ों के आस-पास नृत्य नहीं होता। पाश्चात्य ढंग के गुंडे, स्मगलिंग या उसी प्रकार की कोई बेहूदगी करते हुए बदमाश भी 'बाली' के बाद हर फ़िल्म की जान बन गए। धर्मदेव अपरिचय की सीमा से निकलकर एकदम चोटी के डायरेक्टरों की पंक्ति में जा खड़ा हुआ।

सन् '46 में जब अशोक कुमार और वाचा ने दोबारा बम्बई टाकीज़ में जान डाली तो फिर से हिमांशु राय का ज़माना लौट आया। फ़िल्म स्टूडियो का वातावरण किसी शैक्षणिक अथवा सांस्कृतिक संस्था जैसा मालूम होता था। बहुत-से फ़िल्म-स्टार जो उस समय चोटी पर थे, आज लोग उन्हें भूल चुके थे। और बहुत-से आज

के बड़े-बड़े फ़िल्म-स्टार उस समय बम्बई टाकीज़ के अहाते में बड़ी सिफ़ारिशों से प्रविष्ट हो पाते थे। वे, जिन्हें देखने के लिए आज लोगों की भीड़ दीवानों की तरह टूट पड़ती है, उस समय बसों और ट्रेनों में झक मारते फिरते थे। हर बड़े फ़िल्म-स्टूडियो के अहाते में कितने ही युवा उम्मीदवार किसी सोर्स से पहुँच जाते, सुबह से शाम तक बेंचों पर बैठे जम्हाइयाँ लिया करते। कोई बड़ा डायरेक्टर, प्रोड्यूसर या कोई पाटदार हीरो सामने से गुज़रता तो झट उसके सम्मान में खड़े हो जाते। कितनी ही लड़कियाँ, जो बाद में सुप्रसिद्ध और लोकप्रिय हीरोइनें बन गईं, उन दिनों अपनी नानी या पिता के साथ अशोक कुमार या वाचा से मुलाक़ात की आस लगाए बाहर बेंचों पर बैठी सूखा करतीं। उस समय ढाई-तीन लाख में आज की पचास लाख की लागत से बनने वाली फ़िल्म से अधिक रुपया बटोरने वाली फ़िल्में बन जाया करती थीं। नये उम्मीदवारों को बड़ी आसानी से चांस मिल जाते थे। और उस समय प्रोड्यूसर-डायरेक्टर अपने लड़के-लड़कियों को फ़िल्म-लाइन में झोंकना अपना घोर अपमान समझते थे।

हर बात ही कुछ महत्त्वपूर्ण-सी हुआ करती थी। आजकल तो एक फ़िल्म में काम करके लोग फ़िल्म-स्टार बन जाते हैं। फ़िल्म की रिलीज़ से पहले ही उनके घरों पर प्रोड्यूसरों के क्यू लगने लगते हैं और देखते ही देखते उन्हें चोटी पर पहुँचा देते हैं। दिलीप कुमार, राजकपूर और देवानन्द न जाने कितनी फ़िल्मों के बाद जमे हैं।

फ़िल्म-स्टार को इस तरह धमाके से चोटी पर चढ़ाने और उनकी क़ीमत इतनी बढ़ाने में सबसे बड़ा हाथ मद्रास का है। जो नया सितारा फ़िल्म-गगन पर उगता है, मद्रास की फ़िल्म इंडस्ट्री उसे उचक लेती है और छह महीने के अन्दर-अन्दर उसकी फ़िल्म तैयार होकर हिट हो जाती है। और वह बम्बई में भी मद्रास की लगाई हुई क़ीमत माँगने लगता है। कभी इसी तरह बम्बई की फ़िल्म-इंडस्ट्री ने बंगाल की इंडस्ट्री को चबा-चबाकर निगला था। आज मद्रास की इंडस्ट्री ने बम्बई का दिवाला निकालकर रख दिया है।

कभी बम्बई के प्रोड्यूसर और डायरेक्टरों की भी यही शान थी, जो आज मद्रास वालों की है। उस समय हर हीरो कम्पनी का मालिक न था, जैसा आज है। या तो स्वयं हीरो प्रोड्यूसर है और अपने आर्थिक लाभ को ध्यान में रखकर फ़िल्में बनाता है या बनवाता है, या उसका कोई मित्र या रिश्तेदार उसकी सहायता से ढंग की फ़िल्म बना सकता है। बाक़ी सब भरती के प्रोड्यूसर हैं। सिवाय दो-चार को छोड़कर सब फ़िल्म-स्टारों की दया-कृपा और डिस्ट्रीब्यूटर की उदारता पर भरोसा करके फ़िल्में शुरू कर देते हैं और उन्हें पूरा करने के लिए आदमी से घन चक्कर हो जाते हैं।

लीजिए बात धर्मदेव की, जब वह बम्बई टाकीज़ में बहुत-से नये उगते कलाकार लड़के-लड़कियों के जमघट में चुपचाप एक कोने में बैठा शायद उन सपनों के

जाल बुना करता था, जो 'बाली' की रिलीज़ के बाद यथार्थ बन गए।

बम्बई टाकीज़ के अहाते में एक बहुत बड़ा इमली का पेड़ था। उस पर इमलियाँ कम लगती थीं और कौवे अधिक बैठा करते थे। उसके चारों ओर एक बड़ा-सा चबूतरा था। दाईं ओर कैंटीन थी। ऊँचे स्टाफ के अलग-अलग कमरे थे। लेकिन नौजवान एप्रेंटिसों का अड्डा यही चबूतरा था। उन जैसे छोटे-मोटे कैरेक्टर आर्टिस्ट, असिस्टेंट और दुनिया-भर के ठालू लोग भी जा बैठते, गपशप हुआ करती। गीताबाली उन दिनों एक छोटी-सी फ़िल्म 'गर्ल्स स्कूल' में काम कर रही थी। इन्दु पाल 'ज़िद्दी' में खलनायिका का रोल कर रही थी। मधुबाला को 'महल' के लिए चुना गया था। दो-चार सीन भी हुए थे, लेकिन इतनी महत्त्वपूर्ण नहीं हुई थी कि चबूतरा छोड़ देती। लता की आवाज़ के ट्रायल हो रहे थे। गीता के दो गाने रिकॉर्ड भी हो चुके थे। उस ज़माने में शमशाद बेगम, अमीरबाई कर्नाटकी और मिसेज़ घोष का बोलबाला था। ख़ान मस्ताना, दुर्रानी का ज़माना था। मुकेश, मुहम्मद रफ़ी अप्रसिद्ध थे। किशोर कुमार की आवाज़ 'ज़िद्दी' में एक ग़ज़ल के लिए टेस्ट हो रही थी। देवानन्द 'ज़िद्दी' का हीरो था लेकिन अपने समवयस्कों ही में जा बैठता था। पेड़ के ऊपर कौवे और नीचे ये सब जंगली मैनाओं की तरह कचर-कचर बातें किया करते। उनमें धर्मदेव एक ओर बैठा धीमे-धीमे मुस्कराया करता।

इन्दु पाल बड़ी बातूनी थी। कुलदीप कौर का जी तो ललचाता होगा चबूतरे वालों में घुलने-मिलने को लेकिन उसे अपना कैरियर बनाना था।

फिर भी वह इन्दु पाल को कुरेद-कुरेदकर पूछ लेती और इन्दु भी अनजाने में सब कुछ उगल बैठती।

"दिलीप कुमार और कामिनी कौशल का 'शहीद' बन रहा है।"

"कपिला इन्दु को देखकर शो ऑफ़ शुरू कर देता है।"

"किशोर कुमार रोमा को बहुत हँसाता है।"

रोमा 'मशाल' में अंधी लड़की का रोल कर रही थी। शूटिंग हो न हो, स्टूडियो ज़रूर आती थी। किशोर कुमार का अशोक कुमार को देखकर दम निकल जाता था, क्योंकि वह बांग्ला में उसे ख़ूब डाँटता था।

"गीताबाली का किसी से नहीं चलता। वह तो फक्कड़ है, सबसे ठठोल करती है।"

"धर्मदेव तो सिवाय मंगला के किसी से बातें नहीं कर पाता।"

"ज़िन्दगी में इनसान कितनी बार इश्क़ करता है?" और फ़िल्मी ज़िन्दगी की रीढ़ की हड्डी ही इश्क़ है। जिसे इश्क़ करना नहीं आता, वह लव-सीन रजतपट पर कैसे प्रस्तुत करेगा? और लव-सीन न होंगे तो फ़िल्में कैसे चलेंगी?

धर्मदेव परले दर्जे का आशिक़-मिज़ाज था। इन्दु के कथनानुसार वह बारी-बारी हर लड़की पर ज़ोर-शोर से आशिक़ हो चुका था जिनमें वह स्वयं भी शामिल

थी। लेकिन जितनी तेज़ी से बुख़ार चढ़ता उतनी ही तेज़ी से उतर भी जाता। अक्सर तो ऐसा हुआ कि सुबह वह गीताबाली के लिए परेशान था, शाम को चलते समय मधुबाला दिमाग़ में भर गई। सुबह दूसरे दिन आया तो सिलेट साफ़। कोई पूना की परिचित स्टेशन पर मिल गई, लेकिन दोपहर तक फिर मंगला के इश्क़ का भूत सवार हो गया। मंगला को उसका भाई ले गया तो ठालू बैठा-बैठा कामिनी कौशल पर लट्टू हो गया। लेकिन न जाने क्या बात थी कि लौट-फिरकर गाड़ी आकर मंगला ही पर रुकती।

और फिर लगातार डेढ़ दिन मंगला ही मंगला रही। और शायद अधिक समय तक रहती अगर सुरैया अपने गीत की रिकॉर्डिंग के सिलसिले में न आ जाती। जितने दिन रिकॉर्डिंग होती रही, धर्मदेव अपनी ड्यूटी छोड़-छाड़कर म्यूज़िक रूम के चक्कर काटता रहा। मंगला ने बहुत-बहुत ग़ुस्सा किया लेकिन सच्चा आशिक़ टस से मस न हुआ। मंगला से उस दिन रिहर्सल न हो सकी और उसका गाना लता को दे दिया गया।

सुरैया चली गई तो वह यतीमों की-सी सूरत बनाए चबूतरे पर बैठा रहा। और शायद उम्र-भर बैठा ही रहता अगर मंगला की आँख में पलक न घुस गई होती। पलक न पड़ती तो धर्मदेव अपने सफ़ेद झक्क कुर्ते के दामन से उसके कजलाए हुए आँसू कैसे पोंछता!

उस दिन मंगला ने जो गीत रिकॉर्ड करवाया, वह आज तक हिट है।

वह गाने के लिए आई थी, लेकिन उसका साँवला-सलोना बंगाली सौन्दर्य, लम्बे-लम्बे लहरियादार बाल और भारी-भारी नींद उड़ाने वाली आँखें उसकी चिढ़ बन गईं। क्योंकि उसे एक्टिंग से चिढ़ थी। और फिर इधर कई महीने से धर्मदेव डाँवाडोल नहीं हुआ था। मधुबाला बहुत ही होश उड़ा देनेवाले लव-सीन दे रही थी और चारों ओर उसकी प्रशंसा हो रही थी। सभी उस पर लट्टू थे। लेकिन धर्मदेव चट्टान बना केवल मंगला के ध्यान में डूबा हुआ था। मंगला बड़ी चुपकी-सी थी। वैसे गानेवालियों को तो बस मीठी आवाज़ ही ऊँचाइयों पर चढ़ने की एक सीढ़ी होती है। शक्ल-सूरत, सेक्स-अपील सब बेकार, अगर गला नहीं। गानेवालों को उन राहों से नहीं गुज़रना पड़ता जिनसे दूसरे अभिनेताओं को गुज़रना पड़ता है। मेकअप मैन के नखरे, कि उन दिनों यह कला केवल उन्हीं की मुट्ठी में थी। अब तो ये लोग स्वयं ही मेकअप कर लेते हैं। कास्ट्यूम इंचार्ज से लड़कियों को बड़ी शिकायतें थीं। बड़ा हथछुट है। अब तो कास्ट्यूम इंचार्ज का महत्त्व समाप्त हो चुका है। उसे केवल एक्स्ट्राओं के कपड़े-लत्ते की ख़बर रहती है। ऊँचे एक्टर तो अपने दर्जियों से कपड़े अपनी मर्ज़ी से सिलवाते हैं और अपने पास ही रखते हैं। अक्सर वापस करना भूल जाते हैं।

लेकिन एक उदासी थी जो धर्मदेव के चारों ओर कुंडली मारकर बैठी हुई थी,

जिसे मंगला के वचन और वायदे भी न दूर हटा सके। छठे–सातवें असिस्टेंट डायरेक्टर की न कोई हैसियत और न कोई स्थायी ज़िम्मेदारी, पत्थर की तरह ठुका हुआ है एक जगह, होना न होना बराबर। सैट पर डायरेक्टर हिमाकत कर रहा है लेकिन अपना विचार प्रकट करना गुस्ताख़ी। वैसे ही खिजाया हुआ है। खड़े–खड़े निकाल देगा। हीरो ठस्स, हीरोइन उल्टे–सीधे चक्कर दे रही है। कोई दुख पूछने वाला नहीं। सबका क्रोध असिस्टेंट पर। सारी नई–नई पैदा हुई योग्यताएँ, बुद्धिमत्ता पैरों तले रौंदे जा रही हैं। गधों के हाथ में सब कुछ समझ–बूझ नरक की यातना भोग रही है।

लेकिन बिन काजल काली सोंधी–सोंधी आँखें कहती हैं, जमे रहो। हीरे का भाग्य अवश्य जागेगा। पत्थर का गुमनाम टुकड़ा तराशा जाएगा तो चकाचौंध से आँखें बन्द हो जाएँगी। एक गूँगी बेवकूफ़–सी लड़की, जो सलीके से साड़ी भी नहीं बाँधना जानती, बात करते छुई–मुई की तरह सिमट जाती है, गले में रस है तो क्या?

लेकिन और भी तो कोई सहारा नहीं। सभी सुलगाना जानती हैं। उनके इश्क़ के शोले में लपट तो है पर झुलसन भी है। चढ़ती कमानें हैं। चारों ओर से तीर बरसा रही हैं।

भलाई इसी में है कि किसी ठंडी–मीठी हमसफ़र का हाथ पकड़ लो कि नब्ज़ें ठीक ढंग से चलती रहें। उसके आँचल की आड़ में विरोधी हवा के थपेड़ों में आश्रय तो मिलेगा। और दिल का ठिकाना हो जाए तो दुनिया की ख़बर लेने चलो।

इसलिए धर्मदेव ने भी मंगला को अपना दिल सँभाल दिया कि 'बाली' की रिलीज़ के बाद शादी और हनीमून।

और 'बाली' की रिलीज़ के बाद महीनों धरती पर पाँव टिकाने का समय न मिला। दावतें, पार्टियाँ और एक से एक ऊँचा ऑफ़र। वही आदमी, जिसे कल तक महामूर्ख और दाल-भात में मूसलचंद समझा जाता था, एकदम सबसे अधिक योग्य और बुद्धिमान समझा जाने लगा।

"अपनी फ़िल्म बनाओ धर्म जी, क्यों दूसरों की तिजोरियाँ भरते हो?"

उन दिनों अपने–आप में सर्वसत्ता सम्पन्न–प्रोड्यूसर बड़ी तेज़ी से उगाए जा रहे थे। इससे पहले फ़िल्म–कम्पनियाँ ही फ़िल्म बनाती थीं जिनके अपने फ़िल्म–स्टूडियो होते थे। स्थायी स्टाफ होता था। अपनी लेबोरेट्री, अपने म्यूज़ीशियन। रात को शूटिंग समाप्त की, सुबह रशप्रिंट तैयार। काम शुरू करने से पहले रशप्रिंट देखे, फिर आगे काम हुआ। एक कम्पनी साल में अधिक से अधिक पाँच–छह फ़िल्में बना लेती थी। बिना एक फ्रेम भी देखे फ़िल्म का सौदा हो जाता था। बँधे हुए डिस्ट्रीब्यूटर बंद डिब्बे ले जाते और लाखों कमा डालते।

विश्वयुद्ध के बाद एकदम नये सिनेमा हॉल बने। फ़िल्मों की माँग बढ़ी। नये–नये डिस्ट्रीब्यूटर मैदान में आए। कम्पनियों में पहले ही से पुराने डिस्ट्रीब्यूटर डटे हुए थे। इसलिए इसके सिवा कोई चारा न रहा कि अधिक फ़िल्में बनाई जाएँ। चाहिए

तो यह था कि अधिक फ़िल्म-कम्पनियाँ बनतीं, स्टूडियो बनते, फ़िल्म-स्टार बनते और इस तरह फ़िल्मों की संख्या बढ़ाई जाती। लेकिन क्योंकि नये डिस्ट्रीब्यूटर थोड़ी पूँजी लाए और उसे भी किसी स्थायी स्टूडियो में जकड़ना नहीं चाहते थे। दस-पंद्रह हज़ार से काम शुरू करना चाहते थे। इसलिए एक नया ही सिलसिला आरंभ हो गया। इन डिस्ट्रीब्यूटरों ने सोचा कि फ़िल्म बनाने वाले कम्पनियों के मालिक नहीं बल्कि डायरेक्टर और फ़िल्म-स्टार हैं, क्योंकि इन्हीं के नाम पर फ़िल्म चलती है। इसलिए उन्होंने उन डायरेक्टरों से कहा कि क्यों मालिक के बंधन में रहते हो, पूरी फ़िल्म नहीं, एक-एक प्रान्त के वितरण के अधिकार बेचो। हम इंस्टालमेंट में दें, तुम इंस्टालमेंट में फ़िल्म बनाओ।

कौन-सी कठिन बात थी! इंस्टालमेंट में फ़िल्में बनने लगीं। और अब चली भेड़चाल यानी इतना आसान है प्रोड्यूसर बनना। दस-पंद्रह हज़ार इधर-उधर से घेर लाओ और जिसका जी चाहे, प्रोड्यूसर बन जाए। सब कम्पनियों का स्टाफ अलग-अलग प्रोड्यूसर बन गया। कम्पनियों में उल्लू बोलने लगे। विवश होकर कहीं तो ताले पड़ गए और बाक़ी ने इंस्टालमेंट में फ़िल्म बनाने वाले प्रोड्यूसरों को स्टूडियो किराए पर देने शुरू कर दिये। अब इतने प्रोड्यूसर बन गए कि स्टूडियो कम पड़ गए। स्टूडियो की कमी को आउटडोर शूटिंग करके काम चलाया। फ़िल्म-स्टार कम पड़ गए। नये स्टार बनाने में इंस्टालमेंट में फ़िल्म बनाने वालों के दिवाले निकल गए। फिर यह हुआ कि जिस प्रोड्यूसर ने किसी बड़े स्टार को लिया, उसकी फ़िल्म इंस्टालमेंट में बनने लगी। बाक़ी लोग फ़िल्म बनाने से अधिक क़िस्तें वसूल करने की जुगाड़ में लग गए।

फ़िल्म बनाने के लिए आवश्यक नहीं था कि कोई प्रसिद्ध और सफल डायरेक्टर ही हो। वे पुराने डायरेक्टर, जो कम्पनियों से तोड़कर ख़ुदमुख़्तार बनाए गए थे, उनमें से बहुत-से लुढ़क गए। कहाँ ठाठ से स्टूडियो में फ़िल्म बनाते थे, जहाँ संसार-भर की सुख-सुविधाएँ प्राप्त थीं। न फ़िल्म-स्टार से डेट लेना, न स्टूडियो बुक कराना, न कच्ची फ़िल्मों के लिए दौड़-भाग, न शूटिंग के लिए आज यहाँ, कल वहाँ सारा बोरिया-बिस्तर लेकर जाना। कुछ की बधिया बैठ गई और उनके मुक़ाबले में बिलकुल नये लौंडे ने धरके फ़िल्म ठोंक दी जो हिट हो गई।

जैसे धर्मदेव ने।

इसके बाद तो डिस्ट्रीब्यूटर को विश्वास हो गया कि अगर बड़े स्टार हों, अच्छा म्यूज़िक हो तो एग्ज़िबीटर फ़िल्म ले लेता है और इंस्टालमेंट में शामिल होकर बोझ बाँट लेता है। इसलिए उसने कह दिया—बस, कुछ नहीं चाहिए, फ़िल्म-स्टार और म्यूज़िक। और इनकी माँग बढ़ी तो उन्होंने अपने दाम बढ़ा दिये। किसी को जेब से तो जाते नहीं। पैसा तो आख़िर में पब्लिक की जेब से आता है। तो क्यों न जो माँगे, वह देते जाओ! एक-एक स्टार बीस-बीस फ़िल्मों में जुट गया। और उन बीस

प्रोड्यूसरों को जितने दिन महीने में उनके हिस्से में आए, दे दिये। जिनकी क़िस्तें नहीं आई थीं, वे रह गए मुँह देखते।

अब बेचारे स्टार पर एक और मुसीबत आ पड़ी। इतनी फ़िल्मों से इतना रुपया आने लगा कि अगर सबका सब इनकम टैक्स वालों के सामने प्रकट कर दे तो टैक्स पर टैक्स लगकर सब निकल जाएगा। इसलिए काला रुपया अर्थात् बिना रसीद के रुपये का फ़ैशन चल पड़ा। अब ख़ुदमुख़्तार डायरेक्टर-प्रोड्यूसर को प्रोडक्शन के दूसरे जंजालों के साथ झूठी रसीदें बनाने की ज़िम्मेदारी और लेनी पड़ गई।

'बाली' की सफलता के समारोह मनाने में वे वायदे जो इमली के पेड़ के नीचे बैठकर किए थे, उन्हें निभाने की फ़ुर्सत ही न मिली।

'बाली' की सफलता में कुछ मंगला का भी हाथ था। फ़िल्म के गाने ही उसकी जान थे जो मंगला ने गाए थे और उनमें कलेजा निकालकर रख दिया था।

'बाली' के निर्माण के समय धर्मदेव एक गुमनाम असिस्टेंट था। वह वर्ष का सर्वाधिक सफल डायरेक्टर न था। और अब उसका नाम सारे देश के गली-कूचों में पोस्टरों पर लिखा था। फ़िल्म-इंडस्ट्रीज़ में उसका नाम गूँज रहा था। कुछ लोग ईर्ष्या की आग में सुलग रहे थे। डिस्ट्रीब्यूटर उसके नाम की माला जप रहे थे। और मंगला?

मंगला ने दो दिन से खाना नहीं खाया था। वह टेलीफ़ोन कर-करके हार गई। धर्म जी का कहीं पता नहीं चलता। कहानी पर बैठे हैं।

ऐसी-तैसी कहानी की! जाओ, बैठो कहानी पर या चाहे मेरी समाधि पर बैठो।

और जब धर्म को पता लगा तो वह नंगे पैर भागा आया।

"मंगली! मेरी जान...मेरी ज़िन्दगी! मेरा सिर दर्द से फट रहा है," उसने आते ही अपना सिर मंगला की गोद में रख दिया।

अपना फाका भूलकर वह उसकी कनपटियों पर बाम मलने लगी।

"ओह, ये लोग मुझे पागल कर देंगे।"

"वह तो तुम पहले ही हो चुके हो।"

"रीता कहती है, कहानी लड़की की होनी चाहिए।"

"तो फिर अड़चन कैसी?"

"प्रकाश कहता है, रीता को मारो गोली, कोई नई छोकरी डाल दो और सेक्स-अपील को प्रेफरेन्स दो।"

"वाह, और छोकरी के कपड़े तो क्या, खाल भी उतरवा लो। चूँ न करेगी, बल्कि अहसान मानेगी," मंगला ने तीर मारा, "कपड़ा कम, हीरोइन ज़्यादा—फ़ायदा ही फ़ायदा।"

"और सेंसर को जाकर तुम समझाओगी?"

"तुम्हें कितना समझा लिया जो अब सेंसर को भी समझाऊँगी!"

"मंगली, नाराज़ हो?"

"अगर कहूँ हाँ, तो?"

"मंगली, नागपुर के पास पिताजी की साठ बीघा ज़मीन है। चल, वहाँ इमली के पेड़ बहुत हैं। बस, छाँव में लेटेंगे..." धर्म उठकर बैठ गया, जैसे इसी दम चल पड़ेगा!

"और इमली के पत्ते पर डंड पेलेंगे," मंगला ने वाक्य पूरा कर दिया।

"ऊह...!" मंगला की मौसी दरवाज़े पर खड़ी थी।

"नमस्कार मौसी!" धर्म ने उसके पैर छूने की कोशिश की।

"मुझे ये मुँहदेखे की बातें नहीं भातीं। तीन दिन से मूरख ने एक चावल का दाना नहीं डाला मुँह में। अब मिली तुम्हें छुट्टी?"

"मौसी, काम कर रहा था कि ख़ाली बैठा था।" मगर मौसी के डाँटने पर उसे प्यार आने लगा। कोई तो उसे अपना समझे। प्यार से बाम मले। सब शिकवा-शिकायत भूल जाए। चाहे उसकी मौसी डाँट भी बताए।

कितना प्यार था मौसी की फटकार में!

और 'बाली' के डायरेक्शन का चांस मिलने से पहले यही मौसी उससे कैसी मीठी-मीठी बातें करती थी! मीठी-मीठी गोलियाँ, अन्दर कुनीन। मंगला को उससे मिलने पर फटकार पड़ती थी। भाई उसके ख़ून के प्यासे हो रहे थे। पिताजी आत्महत्या की धमकियाँ दे रहे थे।

आज उसे अपनों जैसे ताने दिये जा रहे हैं। जिसके मरने की दुआएँ माँगी जाती थीं, उससे न आने की शिकायत हो रही है। क्योंकि वह संदिग्ध अंडा नहीं, चाक-चौबन्द चूज़ा है। अब उससे शादी के लिए तकाज़े हो रहे हैं। मंगला का भाई प्रोड्यूसर बनने की सोच रहा है। कई बार कह चुका है कि कहानी सुनकर पास कर दो तो आर्टिस्ट एसाइन करूँ।

वह देर से आता है तो मंगला से अधिक अब उसका कुनबा धर्मदेव के वियोग में बेहाल होता है। कभी उससे मिलने पर पारचोट की मार की धमकियाँ दी जाती थीं, आज उसे चौगुनी मलामतें इस बात पर सुननी पड़ती हैं कि वह उसे फाँस क्यों नहीं चुकती। धर्मदेव हाथ से निकल जाएगा। भोली-भाली लड़की से बाज़ारवालियों जैसे हाथ खिलवाए जा रहे थे। जैसे प्यार और दोस्ती नहीं, कबूतर फाँसना हो!

कहने-सुनने से मंगला के दिल में भी फाँस खटकने लगी थी। वह तबीयत का हरजाई तो था ही। मंगला के बाद अगर उसका दिल ठहरा था तो वह रीता ही थी। वैसे इमली के पेड़ के नीचे बैठनेवालों में से मंगला की सबसे बेतक़ल्लुफ़ सहेली भी रीता ही थी।

लेकिन यह फ़िल्म-लाइन है। यहाँ कोई किसी का मीत नहीं। चांस सबसे बड़ा मीत होता है। धर्मदेव की पोज़ीशन अब और थी। वह चढ़ता सूरज था और वर्मा जी

ढल रहे थे। रीता जब बम्बई आई थी तो कोई उसे कौड़ी की तीन नहीं पूछता था। कमउम्र तो थी लेकिन सुन्दर न थी।

"नाक तोते जैसी है।" कहीं से जवाब मिलता।

"ठोड़ी सपाट।"

लेकिन एक्टिंग उसकी घुट्टी में पड़ी हुई थी। हीरोइन को एक्टिंग करने की क्या ज़रूरत है? उसके पास तो सूरत हो और भरा-पूरा बदन, जिसे तोड़-मरोड़कर फ़िल्म बना लो, पब्लिक का दिल गर्म!

रीता किसी बेवकूफ़-से लड़के के साथ फ़िल्म के शौक़ में भाग ली थी। वह तो ठोकरें सह न सका और वापस चला गया। फ़िल्म-लाइन का रास्ता इकतरफ़ा होता है, वापसी की गुंजाइश नहीं होती। जब वह चारों ओर से निराश हो गई तो उसने शेर के मुँह में सिर दे ही दिया!

"बड़ा सूअर है, रखैल बनाकर रखेगा।" सब ने रीता को समझाया, डराया। लेकिन फिर और रास्ता ही कौन-सा रह गया था।

संयोग से उन्हीं दिनों वर्मा जी ख़ाली हुए थे। उनकी तराशी हुई हीरोइन हिट हो गई और उनके कंधे पर पाँव रखकर आकाश का तारा बन गई। घाव ताज़ा था और मरहम की सख़्त ज़रूरत थी। उन्होंने बड़ी सावधानी से रीता को दोनों हाथों से समेटा। बार-बार चोटें खाकर उन्हें कुछ ज़ख़्मों से प्यार हो चला था। भविष्य की ऐसी की तैसी! उन्होंने यह सिद्ध करने के लिए कि रीता हीरा है, फ़िल्म-इंडस्ट्री गधों की बस्ती है, उसे सफलता के शिखर पर पहुँचाने के लिए घुटने टेक दिये। गुड़िया की तरह उससे खेल-खेलकर ऐसी फ़िल्म बना डाली कि रीता वायुमंडल में तैरने लगी। धड़ाधड़ कांट्रैक्ट होने लगे। वर्मा जी से कोई लिखा-पढ़ी नहीं हुई थी। न कभी उन्होंने या रीता ने कोई आवश्यकता ही अनुभव की थी। वही उसकी नई गर्मागर्म बिजनेस सँभालने लगे। कहानी सुनकर फ़ैसला करते, रुपया वसूल करते। सारांश यह कि पंखों में छिपाए रहते। वर्माजी की पत्नी को भी अधिक आपत्ति न रही। पति-पत्नी का रिश्ता तो वर्माजी की पहली फ़िल्म के हिट होते ही टूट गया था। और अब तो बस वह चेकबुक की हैसियत रखते थे। हालाँकि वह उसकी कमाई को हाथ नहीं लगाते थे फिर भी बोई खेती काट रहे थे। रीता उनकी नई फ़िल्म में फुल कोऑपरेशन दे रही थी। जिस फ्लैट में वह पत्नी से अलग होकर रीता के साथ रहते थे, उसका किराया भी स्वयं ही देते थे।

रीता के फ़िल्म-स्टार बनते ही उसके ख़ानदान को एकदम उस पर प्यार आ गया। पहले तो बहन और बहनोई मिलने आए। रीता के धूल में पड़े सम्मान को सहारा मिल गया। वह उनके क़दमों में बिछ गई कि प्यारी बहन को अभागी बहन का ख़याल तो आया। उसने संदूक़ भरकर सारे कुनबे को तोहफ़े भेजे। बहन दो महीने बाद फिर लौट आईं। बम्बई में उनका बेतरह जी लग गया। उनके साथ माँ भी

बेटी का वियोग सहन न करके आ गई। दो-चार मामा-चाचे भी आए और रहने लगे। अब वहाँ गाँव में भला किसका जी लगता!

वर्मा जी अपने ही फ्लैट में अजनबी हो गए। बहनोई ने होके में आकर उल्टे-सीधे सब कांट्रैक्ट ले लिये बिना वर्मा जी की राय लिये। वह बहुत चीख़े-चिल्लाए लेकिन कुछ न कर सके। उन्हें रीता के साथ सोने का शौक़ थोड़े ही था, वह तो उसके साथ गुड़िया की तरह खेला करते थे। अब जो घर में ख़ून पीने वालों की भर्ती इकट्ठी हुई तो ख़ून का-सा घूँट पीकर कुछ दिन तो झेलते रहे, फिर रीता से कहा, "इनका पत्ता काटो। तोहफ़े दे-दिलाकर भगाओ इन्हें।"

रीता का कलेजा फट गया। हाय, किस जतन से तो रूठा कुनबा मनाया है! यह कैसे हो सकता है? इधर ख़ानदान वालों का तकाज़ा था कि यह क्यों जान को लगा हुआ है? इसकी वजह से बेकार की बदनामी होती है सो अलग। वैसे ही कमरों की कमी है, ऊपर से यह डटा हुआ है।

और तो रीता की समझ में कुछ न आया। एक दिन 'बाली' की शूटिंग के समय धर्मदेव के कन्धे पर सिर रखकर ख़ूब फूट-फूटकर रोई।

धर्मदेव दिल का कच्चा, हिलकर रह गया।

"तुम दूसरा फ्लैट ले लो। बस, सब ठीक हो जाएगा।" सारी बातें सुनने के बाद फ़ैसला किया और शाम से पहले-पहले नये फ्लैट की चाबी रीता को पकड़ा दी।

लेकिन वर्मा जी बुरी तरह फैल पड़े।

"तू समझती क्या है? मुट्ठी-भर धूल आज मेरी बदौलत आकाश पर छा रही है। तू कहती है, मैं तूफ़ान हूँ। मैं बनाना जानता हूँ तो बिगाड़ना भी जानता हूँ। ऐसी की तैसी करके रख दूँगा। सारे कांट्रैक्ट नहीं कटवा दिये तो इन्द्रजीत वर्मा नहीं, भंगी। बड़ी आई ख़ानदान वाली!"

रीता थर-थर काँपने लगी। वर्मा जी को वह देवता समान समझती थी। सचमुच वह उनके हाथ का मैल थी। तब नई-नई थी न। समझती थी कि सचमुच वर्मा जी उसे खाक़ में मिला देंगे। उसे यह नहीं मालूम था कि वर्मा जी ख़ाली ढोल थे। यह उसे इंडस्ट्री में रह-बसकर मालूम हुआ। इसलिए उस समय तो उसने वायदा कर लिया कि बस, दिखावे को वह नये फ्लैट में रहेगी। वैसे उसका सारा ख़ाली समय वहीं बीतेगा। यों भी गाड़ी चलती रही।

लेकिन एक आफ़त और आ पड़ी। फ्लैट और वर्मा जी से झगड़े की ख़बरें नमक-मिर्च लगाकर लोगों ने मंगला तक पहुँचाईं। कुछ अख़बारों में भी दोनों के नाम साथ-साथ आ रहे थे। वर्मा जी भी धर्मदेव को संदिग्ध निगाहों से देख रहे थे।

सुबह से मंगला जले पाँव की बिल्ली की तरह बेकल घर के एक कमरे से दूसरे कमरे का चक्कर काट रही थी। माँ और भैया के आग्रह पर उसने दो-तीन बार

धर्मदेव को फ़ोन पर याद दिलाई थी कि आज रात दुर्गा-पूजा है जिसमें उसका सम्मिलित होना बहुत ही ज़रूरी है। अगर आज वह सब काम छोड़कर न आया तो फिर मंगला से हाथ धो बैठे, सारी उम्र सूरत न दिखाएगी।

बड़ी मुश्किल से वह मिला और देर तक प्यार-भरी बातें करता रहा। मंगला का अंग-अंग हुमक उठा। सारे सन्देह मन से दूर हो गए। वह उसका है, और दुनिया की कोई ताक़त उन्हें अलग नहीं कर सकती। आज की पूजा में वह मंगला के मंगेतर की हैसियत से सारे ख़ानदान के साथ शामिल होगा। अब बात बिखरने की सीमाओं को पार कर चुकी है। वह तो उसे अपना मान ही चुकी थी, ख़ानदान वाले भी स्वीकार कर लेंगे और दुर्गा मैया का आशीर्वाद भी मिल जाएगा। बस, दिखावे के सात फेरे रह जाएँगे।

"भई, अब धर्मदेव जी बड़े आदमी हो गए हैं। एयरकंडीशंड ऑफ़िस में दिन-भर छोकरियों के इंटरव्यू लेते हैं। मुझे तो लगता है, उनकी नीयत डाँवाडोल हो रही है और फिर रीता लाख की हीरोइन ठहरी।"

अभी तो टेलीफ़ोन पर कानों में रस घोल रहा था। भैया की बातें सुनकर फिर कड़वी-कसैली शंकाएँ विष घोलने लगीं। आधे घंटे तक टेलीफ़ोन खटखटाती रही। मालूम हुआ, एंगेज है। घर में मेहमान आने लगे। मिठाई और फल-फूल की थालियाँ सजने लगीं। बच्चे सीढ़ियों पर धमाचौकड़ी मचा रहे थे। बड़ी सिरमारी के बाद दफ़्तर का नम्बर मिला। मालूम हुआ, अभी रीता देवी को मोटर तक पहुँचाने गए हैं।

पन्द्रह मिनट बाद फिर फ़ोन किया। मालूम हुआ, अभी नहीं लौटे। फिर फ़ोन किया। हाथ बुरी तरह काँप रहे थे। अब की धर्मदेव की मीठी आवाज़ कान में पड़ी तो मंगला की ज़बान तालू से चिपट गई। अपने शक्की दिल पर बहुत-बहुत ग़ुस्सा आया।

"क्या है मंगलू यार?"

"आ रहे हो न पूजा में?"

"पूजा?"

"हाँ, दुर्गापूजा है न!"

"ओह!" धर्मदेव की आवाज़ बुझ गई, "बात यह है मंगलू, थोड़ा-सा काम निकल आया।"

"तो तुम नहीं आओगे?"

"आऊँगा तो, पर शायद देर हो जाएगी।"

"पूजा का समय बीत जाएगा तब?"

"मगर मंगलू, बात यह है...सुनो तो...मंगलू..."

मगर मंगला ने टेलीफ़ोन पटक दिया और कोहनी में सिर देकर मेज़ पर झुक गई।

"नहीं आ रहे हैं न?" भैया ने तीर मारा।

"कहते हैं, शायद देर हो जाए। आएँगे तो सही।"

"देर तो होगी ही। कभी जल्दी भी हुई है? एक पिक्चर हिट हुई तो दिमाग़ सातवें आसमान पर चढ़ गया।"

"तू फ़ोन मिला, मैं बात करूँगी," माँ पल्लू से हाथ पोंछती लपकी।

"नहीं, किसी की विनती करने की कोई ज़रूरत नहीं! माँ, आते हैं, आएँ—नहीं आते, न आएँ। वह तो बस ख़ुशामद की लत पड़ गई है उन्हें। शीला का टैस्ट लेने को कहा तो टाल गए। शरीफ़ लड़कियों के लिए यह लाइन अच्छी नहीं। शीला पर भैया बुरी तरह रीझे हुए थे।"

पूजा का समय हो गया है। सबको धर्मदेव का इंतज़ार है। बार-बार सबकी नज़रें मंगला की ओर उठती हैं। वह चोर-सी बैठी है। काश, वह समय को मुट्ठी में भींच सकती!

सात, साढ़े सात, आठ, फिर नौ। कोई न आया।

ग्यारह बज गए। मेहमान जा चुके थे लेकिन मंगला दरवाज़े से पीठ लगाए चौखट पर बैठी थी, जैसे पतिव्रता स्त्री अपने आवारा पति के लिए इंतज़ार में बैठा करती है! पर अभी तो वह कुँआरी है। शादी के बाद क्या होगा? अगर केशव भी असफल लौटा तो?

लेकिन केशव असफल नहीं लौट सकता।

केशव धर्मदेव का सबसे ख़ास चमचा था। वह बम्बई टाकीज़ में कैंटीन में था और अपने खाते में धर्मदेव का उधार लिखवा लिया करता था। कितने सिगरेट पिलाए थे, पान खिलाए थे, आमलेट ठुँसाए थे—यह धर्मदेव नहीं भूला था। जब उसका पहला कांट्रैक्ट हुआ तो केशव उसके साथ आ गया। कोई ख़ास काम उसके ज़िम्मे न था। वही सिगरेट पिलाना, आमलेट तलवाना, वर्ली नाके से बीड़े लगवाकर लाना। लेकिन अब पैसे धर्मदेव की जेब से जाते थे। वह परछाईं की तरह उसके आसपास मँडराता रहता। बाथरूम भी जाता तो वह बाहर पहरा दिया करता। अगर मंगला उसे नापसंद होती तो धर्मदेव की मजाल नहीं थी कि उससे मेलजोल बढ़ाता। लेकिन उसने मंगला को बहन बनाया हुआ था। उससे अच्छी घरवाली धर्मदेव के लिए नहीं मिल सकती। कोई तो मुँहज़ोर घोड़े की लगामें खींचता रहे। धर्मदेव ही नहीं, बहुत-से उसके मित्र प्रोड्यूसर भी केशव से डरते थे। अगर कोई ज़रा भी उससे अकड़-फूँ करता, वह तुरन्त उसका पत्ता कटवा देता। ईमानदार ही नहीं था बल्कि दूसरे चमचों की साख बिगाड़ने के लिए व्हिस्की की बोतलें जेब से दाम भरकर सस्ती लाता। लोगों ने दुगुनी-तिगुनी तनख़्वाह देकर उसे धर्मदेव से तोड़ना चाहा लेकिन उसने साफ़ इनकार कर दिया।

"धर्म जी तो मुझे कौड़ी न दें और जूते मारकर निकालें तब भी नहीं छोड़ने का।"

जब धर्म जी ये बातें सुनते तो फूलकर ग़ुब्बारा हो जाते। न जाने कितने साल इंडस्ट्री में बिताए। कभी किसी छोकरी-वोकरी के फंदे में नहीं फँसा। अपनी निहायत घरेलू-सी पत्नी और तीन बच्चों के साथ उसी पुराने दादर के घर में रहता था। कभी शराब की एक बूँद भी न चखी। हालाँकि हर घड़ी बोतल पास रहती थी। न जाने कौन कब माँग बैठे! उसकी सबसे बड़ी कमज़ोरी बस धर्मदेव था। न जाने ऐसा अजीब व्यक्ति इंडस्ट्री में क्यों और कैसे ज़िन्दा था! मंगला जानती थी कि वह धर्मदेव के लिए झूठ बोलने से भी परहेज़ नहीं करता। चाहे वह पीने-पिलाने की पार्टी में हूहक कर रहा हो। जब उससे पूछो, यही कहता—कहानी पर बैठे हैं, ट्रायल हो रहा है, ट्यूनें सुन रहे हैं। बाद में धर्मदेव स्वयं स्वीकार कर लेता तो वह बात बनाने लगता कि 'धर्म जी तो बस बैठे थे, एक बूँद भी नहीं पी।'

बिलकुल शक्की घरवाली की तरह वह स्वयं धर्म की देखभाल किया करता। कहीं वह किसी लफड़े में न पड़ जाए! उभरते सूरज पर इधर-उधर के बादल मँडलाने लगते हैं। काले घनघोर बादल। रणधीर उसकी नई स्क्रिप्ट पर काम कर रहा था। बड़ा ऊलजलूल-सा आदमी था। उसकी बातों में धर्मदेव आ जाता तो केशव को बताना भूल जाता। तब वह शक्की पत्नी की तरह सारे में बौलाया फिरता। जब वह लौटते और पता चलता कि किसी ख़तरनाक जगह नहीं, बस नारियल का पानी पीने या नुक्कड़ की दुकान पर पान खाने गए थे तो उसकी जान में जान आती।

कोई बारह बजे केशव लौटा। मंगला उसे देखकर असम्बद्ध-सी हो बैठी।

"कल दस बजे बर्मन साहब मोहन स्टूडियो पहुँच जाएँगे रिहर्सल के लिए। गाड़ी ले आऊँ?"

मंगला फटी-फटी आँखों से उसे देखने लगी। उसने तो कमबख़्त को धर्म की खोज में भेजा था। यह क्या बेपर की उड़ा रहा है!

"वह कहाँ हैं?" उसने चिढ़कर पूछा।

"उन्होंने मुझसे कहा, हम जा रहे हैं, तुम बर्मन साहब से रिहर्सल का टाइम पूछकर दीदी को बोल दो। मेरे सामने वह और रणधीर साहब मोटर में बैठे और...वह..." वह कोई बहाना ढूँढ़ने लगा। "शायद घर जाकर सो गए।"

"वहाँ नहीं पहुँचे, फ़ोन किया था," मंगला जिरह करने लगी।

"तो...तो...फिर..." वह अपराधियों की तरह निरुत्तर हो गया।

"कहाँ मिले थे?"

"वह रणधीर साहब के साथ...रीता देवी को कहानी सुनानी थी।"

"रणधीर ख़ुद आठ बजे से फ़ोन कर रहा है।"

"तो दीदी, मैं अभी जाकर देखता हूँ।"

"कोई ज़रूरत नहीं।"

"टैक्सी किए लेता हूँ, फ़ोन कर दूँगा।"

"कहा न तुमसे, कोई ज़रूरत नहीं," मंगला ने डपट बताई और केशव गर्दन झुकाए खिसक लिया।

वह चुपचाप बैठी सपाट दीवार को घूरती रही। फिर दवे पाँव पंजों के बल चलती गई। टेलीफ़ोन उठाया, एक बार और क़िस्मत आज़माने में क्या हर्ज़ है!

"हैलो," उधर से कोई बोला, "किसको माँगता?" लड़खड़ाती हुई आवाज़ आई। फिर एक चाँदी की घंटियों जैसे स्वर से मिलती-जुलती हँसी की झनकार गूँजी और टेलीफ़ोन डिस्कनेक्ट हो गया।

कुछ क्षणों तक वह बुद्धुओं की तरह रिसीवर पकड़े बैठी रही।

कितना सन्नाटा था! बम्बई पिछले पहर कैसी बेसुध सो जाती है! पड़ोस में किसी बेवकूफ़ ने कसकर नल नहीं बंद किया था। कई घंटे से यह आवाज़ उसके कानों में बरमा कर रही थी। उसने खिड़की से झाँककर देखा। पहली मंज़िल से धरती कोई आठ-दस फ़ीट होगी।

दूर कहीं इमली के पत्ते सिसकियों की तरह चबूतरे की ठंडी ईंटों पर गिर रहे थे। और कौवों की चीख़ें उसके दिमाग़ में भर गईं।

2

"धर्म जी...! उठिए...उठिए तो," कोई उसका कंधा लगातार हिलाए जा रहा था। बड़ी कठिनाई से वह कुएँ की तह से उभरकर ऊपर आया। वह वैसे ही कपड़े पहने सोफ़े पर आड़ा गिरा हुआ था। दर्द की एक सलाख़ दिमाग़ में गहरी और गहरी उतरती जा रही थी।

"दीदी...अस्पताल..." केशव बके जा रहा था। वह हड़बड़ाकर एकदम बिलकुल जाग गया।

"क्यों, क्या हुआ? क्यों अस्पताल...?"

"टिंक्चर की शीशी पी ली—माँ जी की आँख संयोग से खुल गई..."

धर्म ने उसकी पूरी बात भी नहीं सुनी और भागा।

शाम को कहीं जाकर विश्वास हुआ कि मंगला की जान ख़तरे में नहीं रही। धर्मदेव एक मिनट के लिए भी अस्पताल के बरामदे में पड़ी हुई बेंच से नहीं हिला। अगर मंगला को कुछ हो जाता तो वह चुपके से उठकर बाहर चला जाता और किसी मोटर के सामने आ जाता। वह उसके बिना एक पल भी जीने को तैयार नहीं। वह आत्महत्या के सिनरियो लिखता और मिटाता रहा। बड़ी मुश्किल से लोग उसे घसीटकर घर ले गए।

दूसरे दिन मंगला को घर ले आए। लेकिन अभी उससे मिलने की इजाज़त न थी। सारा काम-काज एक ओर फेंककर वह मंगला के बरामदे में धरना देकर बैठा रहा। भूखा-प्यासा और गुमसुम। दया और वेदना की प्रतिमूर्ति। यहाँ तक कि दुश्मनों के दिल भी पसीज गए।

ज्योंही मंगला की तबीयत ठीक हुई, दोनों का विवाह हो गया।

होटल की हज़ार बार औंटी हुई चाय पीने वाले को अगर ट्रे में सुन्दर, ख़ुशबूदार नीलगिरी चाय की पत्तियाँ केतली में दम करके मिलें तो उसे उस चाय में व्हिस्की जैसा नशा होता है।

धर्मदेव कहानी पर काम करने बीसियों बार महाबलेश्वर आ चुका था। वहाँ औंटी हुई चाय से भी अधिक औंटी हुई छोकरियों का लंगर भी बँटा करता था।

लेकिन धर्मदेव कभी उस लंगर से समझौता न कर पाया। उसने बहुत अपने दिल को धोखा देने की कोशिश की, कामुक और चरित्रहीन लड़कियों पर एक रात के लिए आशिक़ भी होना चाहा, रम और भुनी हुई मुर्गी के बलबूते पर गुरुदेव की 'गीतांजलि' और शरत बाबू की 'मझली दीदी' पर विचार-विमर्श भी किया, लेकिन उनकी खुरदरी बकसी हुई हँसी ने हमेशा आँखों में आँसू भर दिये।

रेस-व्यू होटल के शान्त वातावरण में मंगला का प्यार पूजा की-सी पवित्रता लिये हुए था। उन सुन्दर क्षणों के बिना वह अब तक कैसे ज़िन्दा था? क्या मूर्खता है, इनसान अपना मूल्यवान समय प्रसिद्धि और धन के पीछे भागने में नष्ट कर देता है! धर्मदेव ने बड़ी गंभीरता से निश्चय किया कि भविष्य में वह केवल हनीमून ही मनाएगा—एक निरन्तर, कभी समाप्त न होने वाला हनीमून।

लेकिन पाँचवें दिन से ही लोगों ने उन शून्य में खोए हुए प्रेमियों पर कमंदें फेंकनी आरंभ कर दीं। कुशल और सुयोग्य डायरेक्टर छह दिन की शूटिंग चार दिन में समाप्त कर सकता है। क्या हनीमून के आठ दिन कुछ थोड़ी-सी एडीटिंग से सिकोड़े नहीं जा सकते? सारी उम्र ही पड़ी है चूमने-चाटने को। कोई भाड़े का माल तो है नहीं कि ख़ान उसे एक ही बैठक में निबटाए। दिल्ली, यू.पी. के डिस्ट्रीब्यूटर इन्तज़ार कर रहे हैं। दक्षिण भारत से जो चेक आया है, उसके बलबूते पर कच्ची फ़िल्म का ऑर्डर बुक करना है। स्टूडियो की तारीख़ तय करनी है। सबसे पहला तो स्टेज घिर जाने का ख़तरा है। वहाँ ट्रैफिक जाम हो रहा है और आप हनीमून मना रहे हैं! आठ दिन में तो राज्य लौट-पौट हो सकते हैं। रोज़ कितने महल ढह जाते हैं। ज़बानी फ़िल्में बनती हैं और बिगड़ जाती हैं। यह लाइन ऐसी नहीं कि इसे क्लीयर छोड़ दिया जाए। ज़रा-सी असावधानी से फँसी चिड़िया उड़ भी सकती है। क्या ख़बर, किसी दूसरे जाल में जा फँसे! आख़िर कितना हनीमून बाक़ी रह गया है। एक सैट पर थोड़ा-सा काम रह जाए तो फिर कट लगवाकर पूरा कर लेते हैं। हनीमून ही तो हुआ, जीवन-मरण का प्रश्न तो नहीं।

''मेरी मानो तो यहाँ से सीधे नागपुर चलें। बस, वहाँ इमली के पेड़ के नीचे प्यार करें।''

धर्म ने मंगला को मशवरा दिया। उसके कारण कितनी फ़िल्मों के गानों की रिकॉर्डिंग रुकी पड़ी थी। छठे दिन कुछ मनचले फ़ोटोग्राफ़र और पत्रकार दूल्हा-दुलहन की नई-नई तस्वीरें लेने पहुँच गए। उनसे जान छूटी तो केशव डाक का थैला और फलों का टोकरा लेकर आ धमका। वह दफ़ा न हुआ तो हनीमून कुछ किरकिरा-सा हो गया।

विवाह धर्मदेव के लिए सौभाग्यशाली सिद्ध हुआ। उसकी गिनती फ़िल्म-इंडस्ट्री का भाग्य बनाने वालों में होने लगी। पहले बेटे के जन्म पर जो फ़िल्म रिलीज़ हुई, वह सुपर हिट सिद्ध हुई। लोग उसके नाम की क़समें खाने लगे। धर्मदेव

की पूजा आरंभ हो गई।

धर्मदेव टेकनिक!

धर्मदेव टच!

धर्मदेव स्टाइल!

'धर्मदेव मघई पान का बहुत ही शौक़ीन है,' वर्ली नाके के पान वाले की दुकान हिट हो गई।

'धर्मदेव जुहू होटल में बैठकर स्क्रीन प्ले तैयार करवाता है,' जुहू होटल में कमरा मिलना कठिन।

धर्मदेव का दर्जी, आमवाला, नारियल पानीवाला, चाटवाला, मंगला का सुनार, बनारसी साड़ियों वाला, चूड़ीवाला। अगर धर्मदेव की फ़िल्म की रिलीज़ से पहले वह संयोग से कहीं कीचड़ में फिसल पड़ता तो तमाम होशियार प्रोड्यूसर क्यू बनाकर उस कीचड़ में फिसलने लगते। और उसकी मिट्टी तबर्रुक बन जाती।

विवाह और बच्चों में डूबकर मंगला ने काम छोड़ दिया। केवल धर्मदेव की फ़िल्म के गाने गाती। दूसरे बेटे की बार मंगला कुछ बीमार हो गई। इसलिए फ़िल्म की रिलीज़ पर धर्म अकेला ही दिल्ली, कलकत्ता, मद्रास, हैदराबाद के टूर पर गया। जहाँ वह जाता, डिस्ट्रीब्यूटर उसके सम्मान में हंगामा खड़ा कर देते। फ़िल्म-स्टार से भी कुछ बढ़-चढ़कर पब्लिसिटी की जाती। लोग अदबदाकर उसको घेर लेते। शौक़ीन लड़के और लड़कियाँ, पतियों से उकताई हुई सुन्दरियाँ, बिगड़े नवाबों, राजाओं की बिगड़ेदिल लड़कियाँ, स्कूलों-कॉलेजों में फेल होने वाले छात्र, पेशे से तंग आई हुई रंडियाँ—सभी चाहते कि जादू की छड़ी से वह उन्हें आकाश पर पहुँचा दे। बम्बई टाकीज़ के अहाते में लगे हुए इमली के पेड़ वाले चबूतरे पर बैठा हुआ वह झेंपा-शरमाया कमसिन लड़का अब तक अपना स्थान न पहचानता। उसकी पसन्द और नापसन्द इंडस्ट्री का ईमान बन गई थी। उसने जिसे हाथ लगा दिया, वह सोना बन गया।

अभी तक वह दिन नहीं भूला था जब वह सफल नहीं हुआ था। एक अनगढ़ हीरा था, जो मनों मिट्टी के बोझ तले दबा पड़ा था। उसे मेहनती और शौक़ीन नौजवानों से हमदर्दी थी। उसने अपने कई असिस्टेंट प्रथम श्रेणी के डायरेक्टर बना दिये। गुमनाम लोगों को चमका दिया। अगर उसने किसी को इस योग्य न समझा तो उसका निर्णय भाग्य बन गया। वह कभी न उभर पाया। उसके चुनाव पर लोगों को आश्चर्य होता था। उसका निशाना अचूक था।

धर्मदेव ने कुछ यों ही सा पढ़ा कि पढ़ाई छोड़ दी थी और फ़िल्म के चक्कर में घर से भाग खड़ा हुआ था। उसके दिल में उच्च शिक्षित व्यक्तियों के प्रति सम्मान की भावना थी लेकिन एक विचित्र प्रकार की चिढ़ भी थी। वह उनकी बड़ी-बड़ी डिग्रियों और साहित्यिक क्षेत्र में आदर-मान देखकर बहुत ही प्रभावित

होता लेकिन फ़िल्मी सिचुएशन गढ़ने में उस जैसी योग्यता उनमें नहीं थी। इससे उसके अहम् को बड़ा संतोष मिलता था।

"फ़िल्म की स्क्रिप्ट लिखने के लिए किसी बहुत बड़ी तोप की ज़रूरत नहीं, बढ़ई का काम है। जो भी ज़रा सीधी कील ठोंकना जानता है, बढ़िया कहानी बना सकता है।" और फिर वह तो पारस पत्थर था। रणधीर बड़ी सीधी कील उतार लेता था। उसकी कई हिट फ़िल्में लिख चुका था। हर घड़ी का साथ उठना-बैठना। मित्रता भी थी और काम भी मनचाहे ढंग से हो जाता था। लेकिन धर्मदेव को कठिनाइयाँ पसन्द थीं। एक दिन वैसे ही कुछ चिढ़ा हुआ-सा बैठा था। बड़े हीरो हर बात में दख़ल देने की पोज़ीशन पर पहुँचे हुए थे। और दख़ल देने से धर्मदेव की शान को बट्टा लगता था कि स्वयं उसकी पोज़ीशन कोई मामूली न थी। हालाँकि डायरेक्टर का महत्त्व दिन-प्रतिदिन कम हो रहा था। वह उन गिने-चुने डायरेक्टरों में से था जिनकी अब भी साख बँधी हुई थी। रणधीर एक-एक सीन दस-दस बार लिख चुका था लेकिन धर्मदेव का मुँह बिसका रहा था।

"कुछ बात नहीं बनी, मज़ा नहीं आ रहा," वह हर सीन सुनकर कह देता। दो दिन पहले वह बंगाल के एक सुप्रसिद्ध स्क्रिप्ट-राइटर से मिला था। दिमाग़ कुछ ऊँचाइयों की ओर उड़ान भर रहा था।

"आप मेरी मजबूरी पर ध्यान नहीं देते। असल में यह रोल इंडस्ट्री का कोई हीरो नहीं कर सकता। मैं ठोंक-पीटकर उसके क़द पर लिबास फिट करने की कोशिश कर रहा हूँ। कोई ढंग का हीरो दीजिए। फिर आप सीन सुनकर फड़क न उठें तो जो चोर की सज़ा, वह मेरी," रणधीर ने चक्कर दिया।

"अब इंडस्ट्री के बाहर से किसे लाया जाए? नया लड़का..."

"आप स्वयं ही यह रोल क्यों नहीं करते?"

"अमाँ, घास खा गए हो!"

"क्यों? आप जितना इस रोल को समझते हैं, न किसी बड़े हीरो को इतनी दिलचस्पी और न ही कुछ अधिक फिट होता है कोई। यह 'ही मैन' का रोल है। किसी ढीले-ढाले हीरो के वश की बात नहीं। और फिर नाक-नक़्शा भी रईसाना, रौबदार होना चाहिए। हीरो है तो राजकुमार...और आपको कोई पिक्चर बेचने के लिए हीरो लेना नहीं। आपकी पिक्चर वैसे ही हाथों-हाथ जाती है। फिर इनकी औंधी-सीधी क्यों झेलें? हीरोइन तो आप हमेशा मामूली ही लेते हैं। बस, सारी मुसीबत हीरो की रह जाती है।"

"मगर..." मस्का कुछ काम करने लगा।

"बेकार का तक़ल्लुफ़ है। देखिए, राजकपूर किस ठाठ से फ़िल्म बनाता है! क्या बात है उसमें? कौन-सा हम्फ्री बोगार्ड है? मगर दुनिया दीवानी है। पूछिए, क्यों?"

"अच्छा डायरेक्टर है और..."

"और रोल अपने फिट करवाता है। उसे समझता है, पसंद करता है और निभाता है।"

धर्मदेव अब दुबला-पतला तो नहीं था, जैसे हुआ करता था। बदन भर गया था। देखने में ज़रा गोल-मटोल-सा हो गया था। फिर भी समुद्री डाकू के वेश में कुछ उपहासास्पद-सा लग रहा था। चेहरे की प्राकृतिक सुकुमारता और नर्मी गलमुच्छों और मूँछों से भी न दबी।

फ़िल्म धड़ से गिरी। लेकिन जो डिस्ट्रीब्यूटर उसकी अगली फ़िल्में पहले ही से ख़रीद चुके थे और भारी एडवांस भर चुके थे, उन्होंने इस फ़िल्म को चुपके से दफ़न कर दिया और लाश ऐसी गाड़ी कि कुछ पता ही न चला और जल्दी से दूसरी फ़िल्म की धूमधाम शुरू कर दी। उसका हीरो भी धर्मदेव ही था। बहुत ही लचर-सी भोंडी कॉमेडी थी। लेकिन गाने ऐसे हिट हुए कि शायद लोगों ने आँख बन्द करके देख ली और हिट हो गई। और जो चीज़ हिट हो जाए, वह उचित, बल्कि आवश्यक। इन दो-तीन गुल-गपाड़े की फ़िल्मों से वह हीरो तो बन गया लेकिन केवल अपनी कम्पनी का। बाहर कोई जुआ खेलने को तैयार न हुआ।

बजाय बाहर के हीरो को पैसा देने और उसके नखरे सहने के धर्मदेव ने फ़िल्मों में सेक्स-अपील बढ़ा दी। गाने, नाच, मार-धाड़ और छोकरियाँ भर दीं। पब्लिसिटी चौगुनी कर दी। हर फ़िल्म को ख़ूब धूमधाम से उठाया जाता। सिनेमा में गानों पर पैसे फिंकवाए जाते। ताली मारने वाले बैठाए जाते। यही तालीबाज़ जब किसी और की फ़िल्म रिलीज़ होती तो वहाँ हूट करने पहुँच जाते।

इस अंडरहैंड पब्लिसिटी का इंचार्ज केशव बिना पूछे-गछे ख़ुद बन गया था। धर्मदेव को इस विषय में पूरी-पूरी बातें मालूम न थीं। कभी तो अपनी लचर-सी फ़िल्म के हिट होने पर बड़ी निराशा और खीज होती। पब्लिक का टेस्ट कितना भोंडा है! हाँ, जहाँ फ़िल्म रिलीज़ होती, वह पब्लिसिटी के लिए जाने में कोई बुराई नहीं समझता था और ज़रूर जाता था। डिस्ट्रीब्यूटर वहाँ बड़ी शानदार दावतें उसके सम्मान में करते।

हैदराबाद में उसकी नई फ़िल्म की रिलीज़ पर उसे एयरपोर्ट से फूलों से सजी मोटर में लाया गया। नाच-रंग की महफ़िलें जमीं। शराब पानी की तरह बहाई गई। उसने एक अनाथालय का निरीक्षण किया और दस हज़ार रुपये दान में दिये। एक ब्यूटी कम्पटीशन की अध्यक्षता की जिसमें ठीक समय पर जनता के विरोध पर भले घरानों की लड़कियाँ ग़ायब हो गईं। केवल पेशेवर औरतें आईं। एक नये सिनेमा हाउस का उद्घाटन भी बड़ी शान-शौक़त से हुआ। कोई तेलुगु फ़िल्म थी। रिबन काटने के लिए चाँदी की एक कैंची भेंट की गई। तेलुगु फ़िल्म बहुत ही लंबी थी। बीच में वह ऊँघने भी लगा लेकिन नाच लाजवाब थे। ख़ास तौर पर एक दुबली-

पतली लड़की को देखकर तो वह बिलकुल ही जाग पड़ा।

"यह कौन है?" उसने केशव को पता लगाने के लिए दौड़ाया।

"मद्रास की कोई लौंडिया है। पहले स्टेज पर शो दिया करती थी। रत्ती-भर काम की नहीं, एकदम लकड़ी की तरह सूखी," केशव जानता था, धर्मदेव को लबालब क़िस्म की छोकरियाँ पसन्द हैं। अपने घर जैसी सूखी मारी लड़कियों को कौन देखने आता है? खाई-पी हीरोइन जमती है। बस, तोल में होना चाहिए। फिर धर्मदेव को याद आया, एक साँवली सूखी-सी लड़की को किसी ने इंटरवल में मिलाया तो था लेकिन उसने नोटिस नहीं लिया था, आगे बढ़ गया था।

"मालूम करो, है या गई," उसने केशव से कहा, "अभी तो यहीं थी, फ़िल्म के प्रीमियर पर आई होगी।"

शो के बाद डिनर पर जब उसे वही लड़की एक कोने में सहमी-डरी दिखाई दी तो वह उछल पड़ा।

"वह...वह देखो, वही है न?" उसने केशव की पसली में कुहनी मारी।

"किधर?" वह छाती सहलाने लगा।

"वह...वह मोटा-सा सेठ है न!"

"यहाँ तो हर तीसरा आदमी मोटा सेठ है बॉस!"

"अबे, वह शो-केस के पास कुछ देख रही है। वह...अरे, वह तो बाहर जा रही है!"

"अरे हटाओ बॉस, छिपकली जैसी, एकदम सूखी..." केशव मुँह बनाने लगा।

लड़की बाहर नहीं गई, बस, झाँककर लौट आई। हिरणी जैसी तराशी हुई नज़रों से किसी को भीड़ में ढूँढ़ रही थी। बादामी रंग की हरे कोर की साड़ी, हरे मैचिंग ब्लाउज़ में वह कुछ थकी हुई और बीमार-सी लग रही थी, जैसे अभी पीलिया से उठकर आई हो! वह जिसे ढूँढ़ रही थी, वह अब तक नहीं मिला था। उसकी आँखें भीड़ पर से भटकती हुई पल-भर के लिए धर्मदेव की आँखों से जुड़ीं फिर झपक गईं और वह मुँह मोड़े, सिर झुकाए दूसरे कमरे की ओर भटक गई।

मुख्य अतिथि से सबका परिचय कराया गया।

"यह ज़रीना जमाल..." ज़रीना जमाल अपने ही जैसी मरियल-सी सफ़ेद साड़ी पहने एक औरत की बाँह थामे खड़ी थी। शायद वह उसकी माँ थी।

"आपका डांस बहुत अच्छा था।"

"ही," उसने बच्चों की तरह दाँत निकोस दिये।

'दाँत इकसार हैं,' धर्मदेव ने अपने मोती जैसे दाँतों पर ज़बान फेरकर सोचा।

"आपको हिन्दी आती है?" धर्म ने पूछा।

"जी नहीं।"

"मगर हिन्दी बोल जो रही हैं!"

"जी, यह तो उर्दू है।"

"ओह," धर्मदेव उसकी सुतवाँ नाक और होंठों की मोहक बनावट पर नज़रें जमाकर बोला, "वह एक ही बात है।"

"ये मेरी अम्मी हैं।"

"आदाब अर्ज," धर्मदेव ने लखनवी सलाम झाड़ा।

"नमस्ते," माँ ने हाथ जोड़कर उत्तर दिया।

"आप बम्बई की फ़िल्मों में काम करेंगी?"

"क्यों?" ज़रीना ने अहमकों की तरह कहा।

धर्मदेव कुछ निरुत्तर-सा होकर हँस पड़ा। दूसरे प्रशंसकों ने उसका ध्यान अपनी ओर खींच लिया और वह उनकी ओर मुड़ गया।

'आज क्या हो गया है बॉस को?' केशव आप ही आप खौल रहा था।

धर्मदेव ने दूसरे दिन सुबह आँख खुलते ही ज़रीना जमाल की माँ के पास संदेश भेजा। अभी पाँच सौ रुपये महीना। जब फ़िल्म शुरू होगी तो एक हज़ार। धर्मदेव प्रोडक्शन से पाँच साल का कांट्रैक्ट। बिना इजाज़त बाहर काम नहीं करेगी, और अगर करेगी तो पारिश्रमिक का आधा कम्पनी को देना होगा।

"पाँच सौ?" ज़रीना जमाल ने काली-काली आँखें मूँद लीं और खनखन हँस पड़ी।

शाम को कांट्रैक्ट हो गया। माँ-बेटी ख़ाक न समझीं।

"आप जो भी ठीक समझें," माँ ने रोई हुई आवाज़ में कहा, "बिन बाप की बच्ची है। रेड्डी साहब, तेलुगु फ़िल्म के प्रोड्यूसर, ख़ानदानी दोस्त हैं। अपनी बच्ची समझते हैं।" देर तक बातें होती रहीं।

ज़रीना उकताई हुई कभी छत पर लटके फ़ानूस को तकने लगती, कभी कालीन के फूल गिनने लगती।

"वह क्या नाम है उस चिड़िया का?" उनके जाने के बाद धर्मदेव ने केशव से पूछा।

"चिड़िया! कैसी चिड़िया?"

"वह...वह होती है न... फ़ाख़्ता!"

"फ़ाख़्ता?" सुना है, ख़लील ख़ाँ फ़ाख़्ता उड़ाया करते थे। इससे ज़्यादा केशव नहीं जानता था।

'इस छोकरी को देखकर फ़ाख़्ता याद आती है,' धर्मदेव ने अपने-आप से कहा और चाँदी की कैंची से नाख़ून कतरने की कोशिश करने लगा।

वापसी पर सान्ताक्रुज़ एयरपोर्ट पर पूरा स्टाफ मौजूद था, दो-चार डिस्ट्रीब्यूटर्ज़ भी मौजूद थे।

"यार, एक राय लेनी है तुमसे," सी.पी. के डिस्ट्रीब्यूटर अग्रवाल जी बड़ी

राज़दारी से अलग ले जाकर बोले। उनके साथ एक भड़कती हुई छोकरी लगी हुई थी।

"क्या बात है?"

"कैसी रहेगी?" उन्होंने भड़कदार लड़की की ओर आँख मारी।

"कौन?"

"त्रिवेणी—धर्म बाबू।"

त्रिवेणी ने बहुत ही मिठास में डूबी आवाज़ में आदाब किया और ढेरों काजल लगी छोटी-छोटी अन्दर को घुसी आँखें टिपटिपाने लगी।

"देव के साथ प्रदीप की पिक्चरों में डाल रहा हूँ। यार, तुम्हारी राय ज़रूरी है। तुम लौंडियों को तोलने-नापने में एक्सपर्ट हो, कैसी रहेगी?"

"अच्छी रहेगी। कैमरामैन से पूछो, मैं कैसे बता सकता हूँ?"

"अमाँ यार, तुम न बताओगे तो साला कैमरामैन क्या बताएगा!" फिर पास झुककर कान में बोले, "सेक्स-अपील के बारे में क्या ख़याल है?"

धर्मदेव हूँ-हाँ करके टालने लगा। "भला सेक्स-अपील के बारे में क्या पता चल सकता है! न जाने कितनी असली है, कितनी नकली!"

"सौ फ़ीसदी जेनुयन माल है..." अग्रवाल जी ने प्रत्यक्षदर्शी गवाह की हैसियत से विश्वास दिलाया, "लेते हो अपनी नई फ़िल्म के लिए? सी.पी. के वितरण अधिकार मेरे..."

"देखेंगे..." धर्मदेव ने टाला।

"तो चलो वरसोवा...रणधीर को भी बुलवाए लेते हैं। ज़रा रहेगी यार!" अग्रवाल जी ठहरे तो रिट्ज़ में थे। एक कॉटेज बिज़नेस के लिए वरसोवा में ले ली थी।

"यार, बच्चे को तबीयत नहीं अच्छी...।"

"अमाँ, हमें सिखा रहे हो...दाँत निकल रहे हैं बच्चे के! एक गिलास में कौन-सी देर हो जाएगी!"

लेकिन कभी एक गिलास शैतान की आँत हो जाता है। त्रिवेणी समुद्र में डुबकी लगाकर आई थी। अग्रवाल जी झूठ नहीं बोल रहे थे। त्रिवेणी सिर से पैर तक जेनुयन थी। डुगडुगी की तरह ऊपर-नीचे फैली हुई बीच में कमर ऐसी कि छल्ले में पिरो लो। एक फ़ोटोग्राफ़र भी भटकता-भटकता आ निकला। वह फ़ौरन पोज़ देने लगी। उसकी उँगलियों के बीच में रेत भर गई थी जो बुरी तरह खटक रही थी। उसने पैर धर्मदेव की गोद में रखकर हुक्म दिया, "यह देखो, क्या मैं झूठ बोल रही हूँ? देखो न!"

धर्मदेव देखने लगा तो कैमरे ने आँख मारी।

कभी एक पैग भी शैतान की आँत की तरह लम्बा हो जाता है। और दो-चार लोग आ गए। जब सुबह वह घर पहुँचा तो सुबह के पाँच बज रहे थे। सोचा, शायद

मंगला रूठकर मैके चली गई होगी।

''बेबी सिक हो गया, उसको अस्पताल लेकर गया,'' गोरखे ने बताया।

हनीमून के आठ दिन की रंगरेलियों के बाद कभी संयोग से ही पति-पत्नी का मिलन हो जाया करता था। दिन-रात की शूटिंग, एडीटिंग और फिर जगह-जगह रिलीज़। इसके बावजूद मंगला फिर उम्मीद से थी। अभी बबलू दस ही महीने का था। कभी वह भी व्यस्त थी। रोज़ ही कोई-न-कोई रिहर्सल या रिकॉर्डिंग चलती रहती थी। अच्छा समय बीत जाया करता था। पर शादी के बाद उसकी हैसियत एक शो-पीस की-सी रह गई थी। धर्मदेव की सजावट की चीज़ की तरह उसके पहलू में रख दी गई थी।

''एयरपोर्ट से कहाँ चले गए थे?'' जिरह शुरू हुई।

''एक डिस्ट्रीब्यूटर से चेक लेना था। पेमेंट रुका हुआ है रिकॉर्डिंग का,'' वह बहाने बनाने लगा।

''वरसोवा में कौन-सा डिस्ट्रीब्यूटर रहता है?''

''रहता...नहीं, वह अग्रवाल जी ने...कॉटेज ली है।''

''तुमसे मना किया, इस अग्रवाल से न मिला करो। दलाल है मुआ। कौन थी आज उसके संग?''

''कैसी बातें करती हो?''

''पद्मा होगी?''

''नहीं, पद्मा नहीं।''

''तो सबीना होगी?''

''उफ़्फ़ोह...तुम तो पीछे पड़ जाती हो...सबीना मद्रास गई है।''

''मगर थी तो कोई ज़रूर...कौन थी...आख़िर बताते क्यों नहीं?''

''वह थी...कोई कमबख़्त...नाम नहीं याद आता।''

''वह जो दिल्ली से भगाकर लाया है, वही मोटी भैंस?''

''मुझे क्या मालूम, कहाँ से भगाकर लाया है। मैं तो हैदराबाद...''

पेट के बच्चे ने उसे बहुत ही चिड़चिड़ा बना दिया था, ''वहाँ भी होगी कोई?''

''अरे, वहाँ कोई भी नहीं थी। तुम्हारी जान की क़सम!''

''हाँ, खाओ मेरी जान की क़सम कि मरूँ तो ऐश की छूट मिले।''

''अच्छा, पूछ लो केशव से।''

''पूछ लिया।''

''ऐं...? तो...?''

''हाँ, कहाँ ठहराया है?''

''दिमाग़ ख़राब हुआ है! वह...वह तो...''

''कान्ट्रैक्ट किया तो संग लाए नहीं?''

"क्या ओंगी-बोंगी बातें लगा रखी हैं! कहाँ है यह हरामज़ादा केशव? आने दो साले को!" धर्म निरुत्तर-सा होकर बड़बड़ाने लगा, "हर बात में शक करती हो। एक हद होती है। बेकार का ग़ुस्सा दिलाती हो।"

"केशव को क्यों गालियाँ देते हो? उसने तो बल्कि यह कहा कि बिलकुल थर्ड क्लास लड़की है। सूखी खपच्ची" मंगला ज़रा नर्म पड़ गई।

"नहीं जँची तो टाल देंगे। बड़ी बेवकूफ़-सी लड़की है। माँ बीमार है। बाप है नहीं," धर्म ने मंगला को नर्म पड़ते देखकर हैदराबाद से लाई हुई चीज़ें सूटकेस से निकालकर दीं। रहा-सहा क्रोध भी समाप्त हो गया। वह झुका हुआ सामान निकाल-निकालकर उसके आगे डालता जा रहा था और हैदराबाद रिलीज़ की रिपोर्ट भी देता जा रहा था।

"गाने तो एकोएक सुपर हिट," सूटकेस की तह में वह चाँदी की कैंची भी पड़ी थी जो सिनेमाहॉल का उद्घाटन करने के लिए उसे भेंट की गई थी। वह कुछ देर तक दूध जैसे सफ़ेद फल देखता रहा फिर मंगला की गोद में डाल दी।

एक चीख़ मारकर मंगला कैंची झटककर खड़ी हो गई, जैसे वह चाँदी की कैंची नहीं, फनफनाता हुआ साँप था, जिसने उसके व्यक्तित्व को डस लिया था!

"तुमने मेरी हरी-भरी गोद में कैंची डाल दी, यह कोई अच्छा शगुन है?" बड़ी मुश्किल से बहलाने-फुसलाने के बाद वह काबू में आई।

"अरे, इससे कुछ नहीं होता पगली!"

ऐसी हालत में औरतें कैसी अन्धविश्वासी हो जाती हैं!

"होता क्यों नहीं है? कैंची का शगुन हमेशा बुरा होता है। पति-पत्नी के बीच कैंची चल जाती है।"

"तो उठाकर फेंक दो।"

"नहीं-नहीं, असली चाँदी की है।"

"अच्छा, तो ऐसा करो, पूजा के लिए इससे फूल काटकर लाया करो। सारा पाप धुल जाएगा, हाँ।"

जब मंगला उसके बाजू पर सिर रखे सो रही थी तो उस पर बहुत ही अधिक प्यार आया। सचमुच इतनी लड़कियाँ दिन-रात उसके चारों ओर मँडलाती रहती थीं मगर कोई भी तो नहीं जँचती। जैसे मंगला ने उसके दिल में घुसकर अन्दर से दरवाज़े बन्द कर लिये हों और ऊपर से कुंडी चढ़ा दी हो!

और वह अहमक-सी पीलिया की मारी लड़की, बार-बार क्यों काँटे की तरह दिमाग़ में चुभती है? शायद उसका निशाना इस बार ग़लत बैठा। उसने ग़लत कांट्रैक्ट कर लिया है। तभी उसके भीतर का पूर्ण मानव अपनी मूर्खता पर पछता रहा है।

लेकिन ऐसा क्या अंधेर है! कांट्रैक्ट से छुटकारा पाना कोई ऐसी असम्भव बात तो नहीं।

ज़रीना जमाल अपनी माँ के साथ वायदे से कुछ पहले ही आ गई। धर्म तो भूल भी चुका था कि वे लोग कब आने वाले हैं। मंगला को तार मिला। उसने बहुत चाहा कि धर्म को सूचना दे, लेकिन वह कलकत्ता रिलीज़ पर गया हुआ था। माँ-बेटी को देखकर उसे बड़ा तरस आया। होश-हवास उड़े, हाँफती-काँपती बड़ी बी और उजाड़ सूरत एक्स्ट्राओं-से गए-बीते कपड़े पहने गुमसुम-सी लड़की। ऊपर का कमरा अब तक धर्मदेव की किताबों और फ़ाइलों से अटा पड़ा था। ज़रीना ने तो बहुत कहा, वह ज़मीन पर ही सो जाएगी लेकिन उसने एक पलंग और डलवा दिया और फ़ाइल वगैरह बक्स में भरकर मचान पर डलवा दिये।

'यह चुहिया क्या फ़िल्म-लाइन में टिक सकेगी? पहले ही शॉट पर रोकर भाग खड़ी होगी,' मंगला ने उसे देखकर सोचा।

बातचीत से मालूम हुआ, उसकी कोई राय नहीं। ज़रूरत सब कुछ कराती है सो करना पड़ेगा। तेलुगु फ़िल्म में काम कर चुकी है। लेकिन तेलुगु फ़िल्मों का क्या! दूसरी भाषाओं की फ़िल्म कुछ बेकार-सी चीज़ लगती है।

लेकिन यह उन ज़हर की पुड़ियों से हज़ार दर्जे अच्छी रहेगी। धर्म इसके चक्कर में खाक फँसेगा। अच्छा है, कोई फुसफुसी हीरोइन परमानेंट हो जाए तो धड़का जो जी को हरदम लगा रहता है, उससे तो मुक्ति मिलेगी। मंगला ने दोनों का बहुत ही ध्यान रखा। कम्पनी के ख़र्च पर डॉक्टर बुलवाया वरना वे तो काँप रही थीं बेचारियाँ। ज़रीना तो अड़ी हुई थी कि माँ के लिए जो खिचड़ी या शोरबा पकेगा, वही खाएगी। लेकिन मंगला उसे ज़बर्दस्ती खिलाती कि ज़रा तो बोटी चढ़े। धर्म बनावटी ठूसम-ठास से बहुत चिढ़ता है। कभी सैट पर कोई मनचली सेक्स-अपील बढ़ा लाती तो वह फ़ौरन उसे मेकअप रूम में वापस भिजवाकर कूड़ा-करकट निकलवा देता।

वैसे सूखी-मारी है लेकिन चाल में एक अद्‌भुत रचाव है। गर्दन कैसी मोरनी जैसी उठाती है! पीठ में ज़रा भी कुम्भ नहीं। कमान की तरह खिंची रहती है। माथा बड़ा गिच-पिच है। धर्म बाल नोंचना पसन्द नहीं करता। लेकिन फ़िल्म-स्टार बनने के कोई आसार नहीं। अगर होते तो शायद स्वयं मंगला को इतनी प्यारी न लगती।

वह बड़ी देर तक उसे बनाव-सिंगार, रख-रखाव सिखाती, कपड़े मैच करके पहनना। स्वयं अपने हाथ से उसके तरह-तरह से बाल बनाती। फिर बड़े सलीके से हल्का-हल्का मेकअप करके देखती कि सचमुच वह तो कुछ से कुछ निकल आई। अपनी साड़ी-ब्लाउज़ पहनाया। ज़रा टाँके लगाने पड़े।

"चलो, कुछ थोड़े-से कपड़े ख़रीद लो—मैं तैयार होकर तुम्हें पुकार लूँगी।"

वह झटपट तैयार हुई। ज़रीना जब नीचे आई तो मुँह फूला हुआ था। बाल सपाट और कपड़े सलीके से तह कर लाई थी।

"कपड़े पहने ही रहती, और मेकअप क्यों धो डाला?" उसने टोका।

"वज़ू करना था। और कपड़े ये क्या बुरे हैं?" उसने वज़ू के अर्थ समझाए।

लो भई, यह आई हैं हीरोइन बनने और हाथ में माला जपती चली आ रही हैं! मंगला का जी उदास हो गया। ऐसी हीरोइन जिससे वह सुरक्षित रह सके, उसके भाग्य में नहीं। यह तो एक्स्ट्रा भी बन जाए तो बहुत है।

"अम्माँ ने कहा है, कपड़े बहुत हैं। दो तौलिये ले आओ," उसने दस रुपये का नोट नचाकर कहा।

"तुम पैसे की चिन्ता न करो। मैंने तुम्हारे पैसे में से एडवांस ले लिया है।"

"मेरे पैसे?" ज़रीना जमाल ने आँखें झपकाईं।

"तुम्हारी तनख़्वाह महीने की पहली तारीख़ से शुरू हो गई है।"

"लेकिन मैं तो अठारह को आई हूँ-पहली तारीख़ तो बहुत दूर है।"

"बड़बड़ बहुत करती हो। तुम्हें इससे क्या? मैं जो कहती हूँ—चलो!" मंगला ने डाँटा।

धर्मदेव आया तो मंगला ने ज़रीना जमाल की चर्चा कर-करके उसका दिमाग़ चाट लिया।

"उसका एक डांस डाल दो।"

"अपने सिर में डाल दूँ? फ़िल्म तैयार हो गई।"

"तो क्या एक डांस नहीं डाल सकते?"

"कहाँ डाल दूँ?" धर्म चीख़ पड़ा। डिस्ट्रीब्यूटर भी दबी ज़बान से कह रहा था, कुछ थोड़ा-सा साला हो जाए।

"और गाना भी तो चाहिए।"

"वह मेरी ठुमरी तुम्हें बहुत पसन्द है न—फूल गेंदवा...बस, उसी पर बोल लिखे जाएँगे। दादा को फ़ोन करूँ?"

"इधर आओ।"

"क्या?"

"पहले एक प्यार दो," धर्म ने उसकी कलाई पकड़ ली।

"धत्!" वह दोहरी हो गई।

"तो फूल गेंदवा कैंसिल..."

रिश्वत देकर रातोंरात गाने के बोल चिपकाए गए। रिहर्सल हुई और तीसरे दिन रिकॉर्डिंग हो गई।

नवाँ महीना लग चुका था। साथ डॉक्टर बैठा था मगर वह अपनी ज़िद पर अड़ी हुई थी। बहुत दिनों बाद उसे यों कुछ करने का मौक़ा मिला था। उसकी रिकॉर्डिंग पर वैसे ही बड़ी भाग-दौड़ मचा करती थी। अब तो मालूम होता था, इमर्जेन्सी आ गई है। दादा मुँह बना रहे थे कि ऐसे पूरे दिनों में साँस फूल जाएगी। लेकिन रिकॉर्डिंग के बाद जब गीत सुना गया तो उसमें गर्भवती ने अपना सारा रस

निचोड़ दिया था। बोझिल साँस से दादा ने वह काम लिया कि मालूम होता था, कोई रसवन्ती भावावेश से हाँफ रही हो।

जब उसने ज़रीना को यह ख़ुशख़बरी सुनाई तो वह ऐसे हक्की-बक्की रह गई, जैसे यह उस पर बहुत बड़ा अत्याचार हुआ है! मंगला कुछ फीकी-सी रह गई लेकिन रिहर्सल में उसने जान निकालकर रख दी।

शूट तैयार था—ज़रीना जमाल का पहला शूट। उसके भाग्य का निर्णय इसी पहले शूट पर था कि उसके भाग्य में फ़िल्म-स्टार बनना है या फिर अप्रसिद्धि की गहरी गुफ़ा में उतरना है। अगर यह डांस कूड़ा हो गया तो?

"अरे भई, आख़िर देर काहे को हो रही है?"

"वह नहीं पहनती," मेकअप मैन भिन्नाया हुआ आया।

"क्या नहीं पहनती?"

"ड्रेस।"

"क्या?" सारा स्टूडियो प्रश्न की प्रतिमा बनकर रह गया। धर्मदेव के सैट पर किसकी इतनी मजाल कि उसके आदेश की अवहेलना करे? और वह भी एक गुमनाम सूखी-सी छोकरी!

"उससे कहो, पाँच मिनट के अन्दर ड्रेस पहनकर सैट पर आ जाए," धर्म ने बड़े धीरज से कहा।

दस मिनट बाद मेकअप मैन ग़ुस्से से बिफरा हुआ लौटा।

धर्मदेव जब मेकअप रूम में पहुँचा तो ज़रीना मेकअप किए स्टूल पर बैठी थी।

"यह ड्रेस ठीक नहीं," उसने धीमी आवाज़ में कहा।

"इसका फ़ैसला तुम नहीं करोगी।"

"फिर कौन करेगा फैसला...?"

"जो भी करे, तुम..."

"तो वही यह ड्रेस पहने," उसने बड़ी ढिठाई से कहा।

"जानती हो, तुम क्या कह रही हो?"

"जी...कि...यह ड्रेस..."

"तुम नहीं पहनोगी?"

"नहीं," उसने मरी हुई आवाज़ में कहा।

"फिर शूटिंग नहीं होगी।"

"नहीं।"

"जानती हो, फिर तुम कभी फ़िल्म में काम नहीं कर सकोगी। कम से कम बम्बई में तो नहीं कर सकोगी।"

"जानती हूँ।"

"मगर यह ड्रेस नहीं पहनोगी?"

"नहीं।"

पता नहीं, अगर कोई और होता तो धर्मदेव ने उसे लात मारकर निकाल बाहर किया होता। उसे अपनी सहनशक्ति पर आश्चर्य हो रहा था।

"बताओगी कि क्यों नहीं पहनोगी?"

"यह...यह बहुत नंगा ड्रेस है। और ड्रेसमैन कहता है, इसके साथ दुपट्टा नहीं ओढ़ना है।" उसके आँसू बहने लगे। "मैंने तो सुना था कि धर्म जी की फ़िल्में इन बातों से पाक होती हैं," उसने ड्रेस उठाकर दिखाया, "कितनी रुई ठूँसी है!"

"हूँ," वह खिसियाना रह गया, "अच्छा, दुपट्टा हो तो काम चलेगा?" उसने बड़े शान्त भाव से पूछा।

"जी हाँ...और रुई?"

"वह भी निकल जाएगी।"

ज़रीना जमाल ने दाँत निकोस दिये और मेकअप सँवारने लगी।

धर्मदेव ने शूटिंग अपने असिस्टेंट के ऊपर छोड़ी और स्वयं रणधीर के साथ पैडर रोड वाले फ्लैट में नई कहानी पर काम करने चला गया।

3

ज़रीना जमाल के नृत्य ने फ़िल्म-इंडस्ट्री में धूम मचा दी। धर्मदेव के सबसे मुँहचढ़े असिस्टेंट त्रिवेदी ने कुछ इस कुशलता से फ़िल्माया कि वही सूखी-मारी छिपकली जैसी छोकरी क़यामत बन गई। लोग फ़ौरन ऑफ़र लेकर चढ़ दौड़े। मगर धर्मदेव ने सबको टाल दिया। वह फ़िल्म जो त्रिवेदी डायरेक्ट करने वाला था, फ़ौरन सैट पर चली गई। उसमें रीता के साथ एक नये लड़के अनिल को एसाइन किया था। लेकिन रीता के पास इतनी ढेर सारी फ़िल्में हो गई थीं कि वह टालमटोल कर रही थी। वैसे भी रीता इन दिनों बौखलाई-सी फिर रही थी। वर्मा जी ने उसकी नाक में दम कर रखा था। परिवार के आने के बाद वह पुराना रिश्ता तो दम तोड़ चुका था मगर उन्हें उसकी सूरत देखे बिना चैन न पड़ता। उनकी अपनी फ़िल्म, जिसमें रीता के साथ उन्होंने रम्मी को हीरो लिया था, खटाई में पड़ गई थी और प्रोड्यूसर उसे मुफ़्त छूने को तैयार न थे। वर्मा जी रीता को क़ाबू में रखने के लिए उसका रोल बढ़ाते गए। बस, हर समय कैमरा रीता पर मँडराए चला जा रहा है। रम्मी बेचारा कुछ दिन तो टुकुर-टुकुर देखता रहा फिर लोगों ने उसे ऊँच-नीच समझाई। और वह समझ गया। अब हुआ यह कि वर्मा जी तो रीता का रोल बढ़ाते और रीता रम्मी का रोल बढ़ाने का आग्रह करती। यह वही रीता थी जो कभी एक-एक क्लोज़अप का दुगुना पारिश्रमिक एडवांस लेने पर ज़िद करती थी, अब रम्मी के क्लोज़अप के लिए ज़िद करने लगी। वर्मा जी थक चुके थे और वह जवान बैठा था। रीता से साल-दो साल छोटा होगा। बहुत ही तेज़-तर्रार और दिलचस्प। हमेशा तो रीता वर्मा जी के पास ही बैठी रहा करती थी। शॉट दिया और आकर पैरों के पास बैठ गई।

"कैसा रहा शूट?" वह ज़रूर पूछती।

"जवाब नहीं।"

"झूठ। मेरा दिल रखने को कह रहे हैं," वह उनके घुटने पर ठोड़ी रख देती।

लेकिन जब शॉट समाप्त हो जाता तो वह रम्मी के साथ वैसे ही ठीठी किए जाती, या दोनों न जाने किधर ग़ायब हो जाते! वर्मा जी का मूड ख़राब हो जाता और

वह स्टाफ की टाँग लेने लगते। शुरू-शुरू में तो उन्हें शक भी नहीं हुआ लेकिन जब लव-सीन हद से अधिक लम्बे और सेंसर के योग्य होने लगे तो एकदम बिदक गए।

यह फ़िल्म-इंडस्ट्री का दस्तूर है कि अगर किसी हीरो-हीरोइन की कंटीन्यूटी मिल जाए तो सब उसी जोड़े को लेकर फ़िल्म बनाने लगते हैं। शायद वे समझते हैं कि इस तरह कुछ उनका व्यक्तिगत प्रेम रजत-पट पर भी झलक दिखाएगा।

ऐसे जोड़े बड़े डूबकर लव-सीन करते हैं। दूसरे, दोनों अधिक से अधिक साथ रहना चाहते हैं। हमारे सैट पर उन्हें इसका अच्छा मौक़ा मिलेगा। अधिक समय दे सकेंगे। प्रेमियों का जोड़ा भी साथ ही काम पर ज़ोर देता है। कभी एकदम बीच में दोनों की कुट्टी हो जाती है तो फ़िल्मों के लेने के देने पड़ जाते हैं। वर्मा जी को भी बाहर रीता के साथ दो-तीन फ़िल्में मिली थीं। दो का तो मुहूर्त भी हो गया था। लेकिन जब उनके खिंचाव की अफ़वाह उड़ने लगी तो वे भी खटाई में पड़ गईं। पत्नी पहले ही उन्हें केवल बैंकबैलेंस के अतिरिक्त और कुछ न समझती थीं। बड़ी बेटी के हाथ पीले करने का समय आ रहा था। जब तक चेक कैश होते रहे, झेलती रहीं कि पूर्वी नारी क्या कुछ झेलने की आदी नहीं! लेकिन जब इस हद तक बात पहुँच गई कि एक-एक करके सब दरवाज़े बन्द होने लगे तो वह दुधारी तलवार बन गईं। रीता तो अपने नये बंगले में उठ गई थी और वर्मा जी वाले फ्लैट का किराया देने लगी थी। जब हिसाब-किताब बहनोई के हाथ में आया तो उसने अनावश्यक ख़र्चे बन्द कर दिये। रीता से कहा भी नहीं। वर्मा जी पर मकानदार ने दावा कर दिया। उनके स्वाभिमान ने गवारा न किया कि रीता से प्रार्थना करें कि नेकबख़्त, तेरे कारण घर-बार छोड़कर आया हूँ, अब वापस उसी घर में किस मुँह से जाऊँ। कुछ महीने मित्रों के यहाँ पड़े रहे। लेकिन बम्बई में किसी के यहाँ कब गुंजाइश होती है। और वर्मा जी के सारे गुंजाइश वाले यार-दोस्त कभी के कट चुके थे। उन्हें रीता की देखभाल के बाद फ़ुर्सत ही कहाँ मिलती थी! और फिर फ्लाप फ़िल्में बनाने वालों का हिट फ़िल्म वालों से कैसा रिश्ता?

रीता कहीं आउट डोर शूटिंग पर गई हुई थी। वैसे भी वह कई-कई दिन नहीं मिलती थी। न जाने किस होटल में बासी-तिबासी खा लिया। वर्मा जी को सख़्त बदहज़मी हो गई। नब्ज़ें छूट गईं। बीवी-बच्चों को ख़बर हुई तो वे आकर उन्हें समेट ले गए।

विल्वमंगल में आगा हश्र काश्मीरी का बड़े मार्के का सीन है। जब सूरदास की पत्नी चिंतामणि नायिका से अपने सुहाग की भीख माँगने के लिए आँचल फैलाती है। मिसेज़ वर्मा ने आँचल तो न फैलाया और न वह भीख माँगने के मूड में थीं। मौका पाकर उन्होंने रीता को घेरा और वर्मा जी को यों बीच मँझधार में छोड़ देने पर ख़ूब आड़े हाथों लिया।

"दीदी, वर्मा जी मेरे गुरु हैं, वह मेरे पिता समान हैं। वह जब शूटिंग के लिए हुक्म दें, मैं हाज़िर होने को तैयार हूँ। लेकिन उनकी ज़बान काबू में नहीं। फ़िल्म नहीं बिकती तो मैं क्या कर सकती हूँ? मैं अपनी सारी फ़िल्मों का सौदा उन्हीं से करवाती हूँ। मैंने कोई कौड़ी भी माँगी?"

"माँगने का मुँह भी है, ऊँह!" मिसेज़ वर्मा गुर्राईं।

"नहीं दीदी, भूखों मरती होऊँगी तब भी न माँगूँगी। मैं ऐसी अहसान भुला देनेवाली नहीं। चाहे बाज़ार में मेरी कुछ भी क़ीमत हो, मैं आपकी फ़िल्म में मुफ़्त ही काम करती रहूँगी। लेकिन दीदी, आप ही न्याय कीजिए। बर्दाश्त की भी एक हद होती है। सारी इंडस्ट्री में मेरे बारे में न जाने क्या उल्टी-सीधी बातें उड़ाई हैं।"

एक दिन शूटिंग के सिलसिले में कुछ पानी में रीता और रम्मी को उतरना था। शूट के बाद दोनों रोज़ाना की तरह ग़ायब हो गए। रीता के कपड़े इस क़ाबिल न थे कि जवान लड़के के साथ ग़ायब होने पर बातें न बनतीं। वर्मा जी बौखला गए। और जब वे दोनों एक-दूसरे के कपड़े निचोड़ते हुए झाड़ियों में पाए गए तो उन्होंने वह दुंद मचाया कि यह चुटकुला इंडस्ट्री में बहुत दिनों तक नमक-मिर्च लगाकर उड़ाया गया।

"अच्छा जी, तो दो बोल उन्होंने कह दिये तो तुम्हारी इज़्ज़त पर बट्टा लग गया? जब संग फ्लैट में रहती थीं तो कुछ नहीं था?" निरुत्तर होकर मिसेज़ वर्मा ओछे वारों पर उतर आईं।

"आपने घर से निकाल दिया तो फिर कहाँ जाती? क्या सड़क पर जा बैठती?" वह बड़े धीरज से अभिनय कर रही थी। दूसरे दिन शूटिंग के इंटरवल में मिसेज़ वर्मा को रगेदने की कहानी काफ़ी मज़ेदार रहेगी।

वर्मा जी को जब पता चला कि पत्नी उस फ़ाहिशा के घर गई थीं तो क्रोध से भिन्ना उठे, "क्या समझती है हरामज़ादी? मैं बनाना जानता हूँ तो बिगाड़ना भी जानता हूँ। आज चाहूँ तो इंडस्ट्री से निकाल बाहर करूँ। एकोएक क्लोज़अप न काट दूँ तो बात नहीं!"

इन धमकियों को सुनकर रीता हँस-हँसकर रम्मी पर ढह पड़ी। वह मज़े ले-लेकर उनके बूढ़े चोंचलों की बड़ी बेहयाई से चर्चा करती तो सब ज़ोर से ठट्ठे लगाते।

विचित्र संयोग हुआ। जिस दिन धर्मदेव की फ़िल्म बम्बई में रिलीज़ हुई, मंगला को अस्पताल जाना पड़ा। वह सारी रात प्रिंट भिजवाता रहा था। रिलीज़ के बाद पता चला, तगड़ी हूटिंग हो रही है। होंठों के एक्शन और शब्दों का तालमेल नहीं। दूसरे दिन दिल्ली में रिलीज़ थी। धर्मदेव का एक पैर लेबोरेट्री में, दूसरा एडीटिंग रूम में। कई दिन से पलक नहीं झपकाई थी। व्हिस्की के बलबूते पर इंजन चल रहा था। बार-बार आँखों तले अँधेरा आकर दुनिया गुम-सी हो जाती। धर्मदेव

पागलों की तरह हर एक पर बरस रहा था। किसी जर्नलिस्ट से झड़प हो गई, मार-पीट तक नौबत आ गई। मंगला के अस्पताल जाने की सूचना मिल चुकी थी।

वह लेबोरेट्री से निकलकर अस्पताल जा रहा था कि रीता का ड्राइवर हाँफता-काँपता आया। "रीता श्री साउंड स्टूडियो से मेकअप करके निकल रही थी कि वर्मा जी ने उन पर तेज़ाब फेंक दिया।"

"कौन-से अस्पताल में है?"

"अधिक नहीं पड़ा। वह डर के मारे बँगले में नहीं गईं। आपके यहाँ उतर गईं। मुझसे कहा, आपसे कह दूँ। बँगले पर भी फ़ोन कर दिया है।"

घर रास्ते ही में पड़ता था। धर्म ने सोचा, दो मिनट के लिए होता चले। उसे देखकर रीता फूट-फूटकर रोने लगी। मन में भय समा गया था, ज़रा-सी छींट गर्दन पर पड़ी थी। धर्म ने तुरंत पड़ोस के डॉक्टर को फ़ोन किया। डॉक्टर ने आकर कुछ दवा लगा दी और आराम करने को कहा।

"प्रीमियर पर जो जाना है..." रीता ने सिसकी भरी।

"क्या ज़रूरत है? मैं भी थोड़ी देर को जाऊँगा।"

"आप जा सकती हैं। ऐसी कोई बात नहीं। ख़ैर हो गई कि निशाना चूक गया, वरना एसिड बड़ी ख़तरनाक चीज़ है। कौन पागल था?" डॉक्टर ने पूछा।

"आ...कोई...न मालूम।"

"ये फैन भी दीवाने होते हैं।"

डॉक्टर के जाने के बाद धर्म ने पूछा, "क्या क़िस्सा था?"

"कुछ नहीं...बस...पागल, कमीना, कुत्ता..." रीता फिर फूट पड़ी, "मेरी ज़िन्दगी अजीरन कर दी है। अपनी नाकामी का बदला मुझसे ले रहा है। कहता है, किसी करम का न छोड़ूँगा।"

धर्म ने जो ज़रा तसल्ली देने को थपथपाया तो वह बिलकुल ही बिखर गई। जल्दी से उसे थोड़ी-सी ब्रांडी पिलाई। थोड़ी-सी ख़ुद भी गिलास में डालकर ऊपर से बर्फ़ के टुकड़े भर दिये। रीता की तबीयत कुछ सँभली और वह अपनी दुख-भरी कहानी सुनाती रही, "इधर वर्मा जी ने नाक में दम कर रखा है, उधर रम्मी बिखरा जाता है। बहुत पीने लगा है। और पीकर हाथ-पैर चलाने लगता है। वर्मा जी के ताने दे-देकर कलेजा छलनी किए देता है।"

पैग ख़त्म हो गया तो धर्म ने एक उसके लिए और एक अपने लिए भी बना लिया। वह उसे समझाता रहा। बेटे के पैदा होने की ख़बर हर जगह उसे ढूँढ़ती फिरी। किसी को ख़याल भी न आया कि वह घर पर होगा। उसे मंगला का ख़याल सताने लगा। कितने ज़ालिम होते हैं ये बच्चे! कितना दुख देते हैं! उसकी सामर्थ्य के अनुसार डॉक्टर दर्द के हमले को सहने के लिए थोड़ी-थोड़ी देर बाद क्लोराफ़ार्म दे रहे होंगे...जब अपेंडिसाइटिस का ऑपरेशन हुआ था तो उसे भी दिया गया था।

दर्द के आरे कैसे धीरे-धीरे डूब गए थे! पलकें आपस में मिलीं, कई दिन की बिफरी-झल्लाई नींद भूखी शेरनी की तरह टूट पड़ी और उसे सुध न रही।

उसकी भाभी कमरे में क़दम रखते ही ठिठककर रह गई। फिर जल्दी से वासू की बाँह पकड़कर उसे घसीटती हुई ड्राइंग रूम में ले गई। फिर 'हाय राम' कहकर काँपती हुई सोफ़े पर बैठ गई।

"क्या हुआ?" वासुदेव घबड़ा गया।

"सो रहे हैं।"

"तो क्या हुआ? अरे, तू भैया से अब तक डरती है! अरे भई, बेटा हुआ है। यह वक़्त कोई सोने का है!" वह कमरे की ओर चला।

"नहीं, नहीं...सुनो तो जी," उसने बड़े रहस्यपूर्ण ढंग से कहा, "वह भी है—रीता।"

"रीता!" वासू सन्नाटे में रह गया। कुछ आहट हुई। दोनों चोरों की तरह भागकर बाल्कनी में चले गए। रीता दबे पैर कमरे से निकली। वह मंगला का ड्रेसिंग गाउन पहने हुए थी। जल्दी से वापस पलट गई। वासुदेव का चेहरा सुर्ख़ अंगारा हो गया। वह तेज़ी से फ्लैट से बाहर निकल गया।

"सुनो जी!" कमला पीछे दौड़ी। वह इस पाप से भरे घर में एक पल अकेली नहीं रह सकती।

जब वे मोटर में वापस जा रहे थे तो रीता ने उन्हें खिड़की में से देखा और गुमसुम रह गई। मगर यह सब हुआ कैसे?

धर्मदेव कुर्सी से लुढ़ककर उसके ऊपर कब ढह पड़ा? जब रीता की आँख खुली तो वह आधा पलंग पर था और आधा फ़र्श पर। सोते में मुँह खुल गया था और राल बह रही थी। उसे बड़ी ज़ोर की घिन आई। वर्मा जी की सोते में हमेशा राल बहा करती थी। इतने में ड्राइंगरूम में वासुदेव और कमला के बोलने की आवाज़ आई। वह उसे धीरे से धकेलकर उठी। उसकी साड़ी बुरी तरह मसल गई थी। उसने मंगला की साड़ी निकालने के लिए अलमारी खोली तभी उसे मालूम हुआ, वासू आ रहा है। उसने कुर्सी पर पड़ा हुआ मंगला का ड्रेसिंग गाउन पहन लिया। जब वासू न आया तो उसने इत्मीनान से साड़ी निकाली। बाँध ही रही थी कि खिड़की में से वासुदेव और उसके पीछे कमला भागती हुई दिखाई दी।

सारा ड्रामा उसकी समझ में आ गया। इन लोगों ने उसे और धर्म को देखा और भाग खड़े हुए। उफ़, ज़िन्दगी में वैसे ही क्या कम उलझनें थीं! वर्मा जी, रम्मी, और अब यह! इस लाइन में तो लोग हर बात पर विश्वास कर लेते हैं। और अब रम्मी और भी थूकेगा। रम्मी, जिसके बिना ज़िन्दगी में काँटे ही काँटे थे। और सबसे बड़ा

काँटा तो यह वर्मा का बच्चा उसके हलक़ में फँसा हुआ था। वह कितनी बेवक़ूफ़ थी! बच्ची ही तो थी। वर्मा जी देवता समान मालूम होते थे। मुहल्ले के छिछोरे लौंडों की तरह नहीं। न उस पाजी केदार की तरह जो हमेशा उसे तरसाता ही रहता था और छोड़कर भाग गया। फिर वर्मा जी ने ही उस पर दया की। उसका मासूम दिल उन्होंने अपनी अनुभवशीलता से मुट्ठी में ले लिया। उसे मालूम हुआ कि उनसे पहले तो वह धूल फाँक रही थी। वर्मा जी तो चन्दन थे— चन्दन! उसका रोम-रोम खिल उठा—सचमुच?

बहुत-सी बातों में इनसान अपने से भी सच नहीं बोलता।

नहीं, उसे सचमुच उनसे प्रेम नहीं था। उसने सुना और देखा था कि वह मिट्टी को सोना बना देते हैं। और वह सोना बनने के लिए सब कुछ कर सकती थी। इसीलिए उसने मिसेज़ वर्मा की मौत की दुआएँ माँगी थीं। इसलिए नहीं कि वह मिसेज़ वर्मा बनना चाहती थी बल्कि इसलिए कि फिर वह उन पर हुकूमत कर सकेगी। तब उन्हें उसे फ़िल्म-स्टार बनाना ही पड़ेगा। उसने यह भी सुना था कि वर्मा जी ने भँवरे की-सी तबीयत पाई है। जब जी भर जाता है तो दूसरी नई खिली कली पर झुक जाते हैं। कभी वह ज़रूर डरती थी कि वर्मा जी का उससे जी भर गया तो वह किसी दूसरी को चांस दे देंगे, मगर उसके सिलसिले में तो वह भँवरा नहीं, जोंक सिद्ध हुए। ऐसे चिपटे कि छुटाए नहीं छूटते।

रीता ने सोए हुए धर्मदेव को जगाना उचित न समझा। उसने साड़ी पहनी और अपनी एक सहेली के यहाँ चली गई।

जब धर्मदेव की आँख खुली तो टेलीफ़ोन की घंटी बुरी तरह चीख़ रही थी।

"बेटा!" थोड़ी देर तक तो उसकी समझ में नहीं आया कि किसके बेटे की चर्चा हो रही है। उसने रणधीर की पूरी बात भी नहीं सुनी। टेलीफ़ोन पटककर भागा।

"बड़े ज़ोर का मुक़ाबला है मंगलू! तुम बेटे पैदा करो, हम हिट बनाएँ।"

"ना जी, हमें तो बिटिया चाहिए।"

"अच्छा, अब के बिटिया सही, पर हम सुपर हिट ही बनाएँगे।"

"बनाए जाओ हिट," उसने रुखाई से कहा और मुँह फेर लिया।

"क्या है मंगला...डार्लिंग?"

"जाओ, प्रीमियर में देर हो गई है वैसे ही," उसने आँखें मूँद लीं।

'मंगला कुछ नाराज है।' मन ही मन सोचता हुआ वह थियेटर पहुँचा।

लोग पागल होकर उसकी मोटर पर टूट पड़े और पुलिस को लाठी-चार्ज करना पड़ा। पीठ-पीछे इंडस्ट्री के लोग उसका एक्टिंग का मज़ाक उड़ाते थे। मगर हिट के बाद कौन बोल सकता था! वैसे तो करन दीवान और प्रदीप कुमार एक्टिंग के नाम लट्ठ नहीं जानते लेकिन ऐतिहासिक हिट फ़िल्मों के हीरो हैं।

वासुदेव और कमला कुछ बुझे-बुझे-से दिखाई दे रहे थे। धर्म के फ़रिश्तों को

भी वह सीन याद न था जो उन दोनों के दिमाग़ों को दाग़ चुका था। ज़रूर कमला और वासू में झगड़ा हुआ है। उसकी सफलता से दोनों के मुँह उतरे हुए हैं। कमला ने ताना दिया होगा। वही कि एक भाई इतना ऊँचा और दूसरा उसके टुकड़ों पर पड़ा है। इन रिश्तेदारों को कितना भी साथ घसीटो, दिमाग़ ही नहीं मिलते। धर्मदेव के भाई हैं, सब लोग इसी से अदब-लिहाज करते हैं।

"बेटा मुबारक हो भाई जी," कमला ने मरी हुई आवाज़ में कहा। शायद जल रहे हैं दोनों कि उसके यहाँ फिर बेटा हुआ, वासू की पहलोठी की लड़की हुई। धर्मदेव के मन में अप्रसन्नता भर गई। इतने में ज़रीना जमाल अपनी माँ के साथ दिखाई पड़ी। वह एकदम चिढ़ गया। क्या तामझाम बनकर आई है! इस लड़की को भी बम्बई की हवा लग गई। बनारसी साड़ी और ऊपर से लिपस्टिक। एक चांस क्या दे दिया कि पूरी हीरोइन बन बैठी! जी चाहा, अभी जाकर लिपस्टिक पोंछ दे। 'आज सब मुझे जलाने पर तुले हुए हैं,' उसने झल्लाकर सोचा। इतने में हॉल तालियों से गूँज उठा। सारी कोफ़्त दूर हो गई। उन तालियों में ही तो एक कलाकार की जान होती है। इन तालियों के होने न होने से वह मरता और जीता है। इन तालियों से तो धन बरसता है। तिजोरियाँ भरती हैं। शायद ये तालियाँ केशव के किराये के हाथ बजा रहे हैं। और अगर ये तालियाँ नहीं बजतीं तो प्रोड्यूसर के बारह बज जाते हैं।

रीता अपने चहेते रम्मी के साथ थी। उसने धर्मदेव को कई बार कनखियों से देखा। समझ गई, अभी बम नहीं फटा। फ़िल्म-लाइन में कोई ऐसा रहस्य नहीं जिसका भंडाफोड़ नहीं होता और अख़बारों में उसकी धज्जियाँ नहीं उड़ाई जातीं। धज्जियाँ उड़ेंगी तब रम्मी उसकी धज्जियाँ उड़ा देगा। कमसिन प्रेमी कितना ज़ालिम और नखरेबाज़ होता है! घुटने टिकवाकर ही दम लेता है। जैसे वह वर्मा जी को...।

प्रीमियर के बाद वह बाहर निकला तो देखा, ज़रीना जमाल और उसकी माँ एक ओर खड़ी थीं। किसी ने उसे पहचाना तक नहीं। एक दिन पहचान जाएँगे तो उसे देखकर बावले कुत्तों की तरह ज़बानें लटकाए उस पर टूट पड़ेंगे।

उसने केशव से कहा, "इन्हें स्टेशन वैगन में इनके घर छोड़ देना।"

4

सुबह उसकी आँख खुली तो दिल धक-से रह गया। उसने साढ़े नौ बजे तक मंगला से आने का वायदा किया था और नौ बज चुके थे। अब आधे घंटे में नित्य कर्म से छुट्टी पाए, शेव करे या अख़बारों के ढेर में फ़िल्म के रिव्यू पढ़े? जब कुछ समझ में न आया तो समय बचाने के लिए उसने एक हाथ में इलेक्ट्रिक शेवर थामा, दूसरे में अख़बार और कमोड पर बैठ गया। फिर उसे अपनी मूर्खता पर ग़ुस्सा आया। वह अपनी पत्नी और अपने बच्चे से मिलने जा रहा है। उसकी पत्नी, अर्द्धांगिनी और उसका प्यारा बच्चा! मंगलू जानती है, वह कितना थका हुआ है।

अस्पताल में मुबारकबाद देने वालों का जमघट था। जीवन एक स्थायी मुबारकबाद बनकर उस पर निछावर हो रहा था।

लौटते समय उसने हीरे का सेट मंगला के लिए नाना भाई जौहरी के यहाँ से लिया कि शाम को देगा। कलकत्ता रिलीज़ पर जाने से पहले वह मंगला के पास गया तो हार घर पर ही भूल आया था। मंगला से चर्चा भी न की।

रीता भी कलकत्ता जा रही थी। रम्मी से उसका प्रीमियर के दिन ख़ूब झगड़ा हुआ था। सारी रात लड़ाई होती रही। वर्मा जी की हरकत पर उससे हमदर्दी करने के बजाय वह गड़े मुर्दे उखाड़ रहा था। हाथ-पैर जोड़कर उसे कलकत्ता चलने पर राज़ी किया। वह खिसियाना वैसे ही हो रहा था। लोग रीता को देखकर दीवाने हुए जा रहे थे। उसके आटोग्राफ़ ले रहे थे। उसके साथ फ़ोटो खिंचवा रहे थे। उसे कोई नहीं पहचान रहा था। वह जला-भुना शराब के नशे में धुत बोर हो रहा था।

होटल में रम्मी ने शराब पीकर ऐंग्लो-इंडियन लड़कियों से फ्लर्ट करना शुरू कर दिया। इस पर रीता का मूड बिलकुल ऑफ़ हो गया। वह दिखावे के लिए अलग कमरे में ठहरा था, मगर रीता के कमरे से मिला हुआ उसका कमरा था। प्रीमियर पर जाने के सिलसिले में और भी तू-तू, मैं-मैं हुई। धर्म ने बीच-बचाव करना चाहा तो उसे भी दो-चार सुना दीं। मगर फिर तुरन्त माफ़ी माँगी और पैर पकड़ने लगा। ख़ैर, दोनों गले मिले और आइन्दा फ़िल्म में काम करने के वायदे हुए। मगर सब नशे में। मोटर में फिर दोनों उलझने लगे। रम्मी मोटर से उतरकर चल

दिया। रीता को भी ग़ुस्सा आ गया और वह चिल्ला-चिल्लाकर उसे माँ-बहन की गालियाँ देने लगी।

इंटरवल में फिर न जाने किधर से आ पहुँचा। और भी पिये हुए था। उसकी सीट पर कोई रीता के प्रशंसक आकर डट गए थे। रम्मी उपेक्षा से मुड़ गया। रीता जली बैठी थी। उसने भी ख़ूब धर्मदेव से चिपटकर इठलाते हुए फ़ोटो खिंचवाए। रम्मी ने दाल गलते न देखी तो न जाने किधर खिसक गया। रात को प्रीमियर से वापसी पर रीता धर्मदेव के कमरे में आकर चुपचाप बैठ गई। उसने बम्बई ट्रंक-कॉल बुक कर रखी थी। चलते समय मंगला चुपचाप-सी थी। क्या कुछ गड़बड़ तो नहीं? डॉक्टर उससे छिपा रहे हों!

एकदम रीता फूटकर रोने लगी।

''अरे...क्या हुआ?''

''हाय, धर्म जी...'' वह उसके कंधे से लगकर सिसकियाँ लेने लगी।

''बेकार ही उस लौंडे के पीछे परेशान हो रही हो। गोली मारो कमबख़्त को,'' उसने समझाया।

''गोली मारने से काम नहीं चलेगा...आई एम प्रेगनेंट।''

''यू...यू आर व्हाट?'' धर्मदेव उछल पड़ा, ''ओह...माई गॉड!'' धर्म ने उठकर दो तगड़े-तगड़े पैग बनाए।

''पर तुम क्यों मरे जा रहे हो, तुम्हारी फ़िल्म तो पूरी हो गई,'' रीता ने ताना दिया।

''दूसरी जो सैट पर जा रही है,'' धर्मदेव ने झूठ बोला। उसका इरादा रीता के साथ फ़िल्म बनाने का बिलकुल न था। साथ में रम्मी को जरूर ही लेना पड़ेगा। वह ऐसा बुद्धू नहीं जो इन घिस्सों में आ जाए। आज मिलाप, कल लड़ाई। पिक्चर का डिब्बा गोल।

''दूसरी को डालो चूल्हे में। यहाँ जान पर बनी है और तुम्हें पिक्चरों की पड़ी है! मुझसे किसी को दिलचस्पी नहीं। मैं मर जाऊँ, ख़ाक में मिल जाऊँ, बस हिट फ़िल्में बनती रहें।''

''मगर वह उल्लू का पट्ठा गया कहाँ?''

''गया होगा कहीं अपनी अम्मा-बहना के साथ,'' अच्छे घराने की लड़की ऐसे मज़े से बाज़ारू गालियाँ बक देती थीं कि लोग हक्का-बक्का रह जाते थे।

''लोगो, कोई हल तो सोचो मेरी मुसीबत का!''

इतने में बम्बई से कॉल मिल गई।

''हैलो, कैसी हो मंगल,'' उसका जी चाह रहा था, रीता भूतनी कमरे से चली जाए तो मंगला से कोई बहुत प्यारी-सी बात कहे। उसने रिसीवर पर हाथ रखकर कहा, ''प्लीज़, रीता!''

"हाँ, तुम्हारी बला से मैं चाहे मर जाऊँ।"

"कब आ रहे हो?" मंगला ने छूटते ही पूछा।

"तुम लकी हो न, बस, तुम...तुम्हारी चहेती बीवी...बच्चे..." रीता ने लम्बी-सी आह भरी।

"सुबह के प्लेन से दिल्ली...फिर...,उफ़्फ़ोह...रीता, प्लीज़..., हैलो!"

"दिल्ली न जाओगे तो क्या दिवाला निकल जाएगा?" मंगला ने कहा।

"सीटें बुक हो गई हैं। वहाँ इन्तज़ार हो रहा होगा, प्रीमियर है आख़िर..."

"बस, प्रीमियर...मुहूर्त, शूटिंग...एडीटिंग...इसी में ज़िन्दगी बीत जाएगी। तुम्हें शादी की क्या ज़रूरत थी?"

"उफ़्फ़ोह, मर-मर के तो ये लड़कियाँ शादी करती हैं फिर उल्टे ताने देती हैं।"

"भगवान...मैं माँ बनने वाली हूँ," रीता ने अपने किसी पुराने फ़िल्म का डायलॉग दोहराया और एक साँस में गिलास ख़ाली कर दिया।

"शट अप रीता!"

"यू शट अप हरामज़ादे...कमीने," रीता चिंघाड़ी।

"यह तुम किससे बातें कर रहे हो?" मंगला ने पूछा, "कौन है तुम्हारे कमरे में?"

"रीता है।"

"रीता...तुम्हारे कमरे में...क्या कर रही है?"

"रो रही है," धर्मदेव ने हँसते हुए कहा।

"हाँ...मैं...मशहूर फ़िल्म-स्टार रीता देवी...नसीब को रो रही हूँ," रीता पर ख़ूब चढ़ी हुई थी। वह रिसीवर पर झुककर चीख़ी, "मैं जनमजली, अभागिन...मैं माँ बनने वाली हूँ," उसने रिसीवर छीनने की कोशिश की।

"हैलो...हैलो...मंगला...हैलो," मगर लाइन कट चुकी थी। उसने रीता को दूर झटका और फिर से कॉल बुक करने लगा। धर्मदेव का दम घुटने लगा। मंगला की अप्रसन्नता के विचार से ही उसके रोंगटे खड़े हो गए थे। जी चाहा, रीता को उठाकर खिड़की से बाहर फेंक दे। बेकार ही कुढ़ रही होगी मंगला। पिछली बार की तरह दूध सूख गया तो बड़ी मुसीबत होगी। मगर ऐसी बात ही क्या है! मंगला ऐसी तो नहीं कि उस पर कोई ऐसा-वैसा संदेह कर बैठे।

वह थोड़ी देर सिर पकड़े बैठा रहा। सुबह नौ बजे एयरपोर्ट पहुँचना था। जी तो चाह रहा था, बजाय दिल्ली जाने के सीधा बम्बई ही चल दे। मगर प्रोग्राम लौट-पौट हो जाने का डर था। बड़े ज़ोर के रिसेप्शन की तैयारियाँ होंगी।

"चलो रीता, अपने कमरे में।"

मगर रीता अड़ गई।

"उठो भई, रम्मी आ गया होगा।"

"नहीं, वह नहीं आएगा...कभी नहीं आएगा। वह चार लड़कियों के साथ गया है।" उसने चार उँगलियाँ फैलाईं और गंदी-गंदी गालियाँ खोल-खोलकर बकने लगी।

"रात के दो बजे हैं..."

"अभी तो दो लड़कियाँ बाक़ी होंगी...," वह धर्म के गले में बाँहें डालकर चिंघाड़ने लगी।

"घबड़ाओ नहीं रीतू, सब ठीक हो जाएगा।"

"क्या ठीक हो जाएगा! मेरे पेट में कुलबुलाते कीड़े का क्या होगा? बस, एक ही रास्ता है—मौत।" वह फिर किसी फ़िल्म के सैट पर पहुँच गई।

"पागल न बनो," वह उसे घसीटता कमरे की ओर ले चला।

"सुबह से पहले उसे छुट्टी नहीं मिलेगी। बड़ी लंबी ड्यूटी है—छोड़ दो मुझे हरामज़ादे...!" उसने धर्म को दूर झटका और खिड़की की चौखट पर चढ़ गई।

"क्या करती है पगली?" उसने रीता को पकड़कर बेड पर बैठा दिया।

इतने में ट्रंक-कॉल मिल गई।

"मैं जीना नहीं चाहती," वह फिर खिड़की की तरफ़ लपकी और चौखट पर चढ़ गई।

"हैलो...मंगला...अरे..." वह टेलीफ़ोन पटककर लपका।

"मुझे मरने क्यों नहीं देता हरामज़ादे..." वह चिंघाड़ी, "मुझे छोड़ दे ज़ालिम!"

एक-एक करके होटल के कमरों में बिजलियाँ जलने लगीं। कोई धर्मदेव का दरवाज़ा पीट रहा था। रीता जंगली बिल्ली की तरह उसका मुँह नोच रही थी। बड़ी मुश्किल से उसने रीता को ज़मीन पर गिराया। लपककर दरवाज़ा खोला और लपककर वापस उसे दबोच लिया।

जब केशव, रणधीर, होटल का मैनेजर और कुछ इधर-उधर के तमाशबीन अन्दर आए तो उन्होंने देखा, रीता और धर्म एक-दूसरे में उलझे हुए कलाबाज़ियाँ लगा रहे थे। सबने रीता को धर्मदेव से थियेटर में लिपटते देखा ही था। रम्मी से भी उसके झगड़े की बात सबको मालूम हो चुकी थी। सिवाय केशव के किसी को भी विश्वास न हो पा रहा था कि धर्म की हैसियत इस नाटक में एक दीवार से अधिक नहीं जिससे अभागिन रीता अपना सिर फोड़ रही है।

जब लोग तड़पती, बिलबिलाती अबला को ले गए तो धर्म की नज़र फाँसी पर लटके हुए रिसीवर पर गई। लाइन अभी तक कटी नहीं थी।

"हैलो...हैलो...मंगलू..." वह हाँफा।

उधर से सिर्फ़ एक अधूरी-सी सिसकी उभरी और लाइन कट गई। वह बड़ी देर तक रिसीवर कान से लगाए सुन्न बैठा रहा। फिर उसने मुर्दा रिसीवर रख दिया। बूढ़ों की तरह घुटनों पर हाथ रखकर उठा। ह्विस्की का गिलास भरा और गटगटा गया,

फिर क़ालीन पर बैठ गया। दोनों हाथों से पैर पकड़कर आगे-पीछे झूम-झूमकर सिसकियाँ भरने लगा।

बचपन में जब उसकी माँ ग़ुस्सा होकर उसे अकेले कमरे में बंद करके बाहर से कुंडी चढ़ा दिया करती थी तो वह इसी तरह ज़मीन पर फसक्कड़ा मारकर बिसूरने लगता था।

सुबह जब वह एयरपोर्ट जा रहा था तो उसने देखा, रीता सजी-सजाई लाउंज में बैठी है। रम्मी उसे नारंगी की फांकें छील-छीलकर खिला रहा था। और वह तुतला-तुतलाकर उससे प्यार की बातें कर रही थी।

रात ज़रूर उसने कोई डरावना सपना देखा था।

बम्बई पहुँचकर उसने सब यार-दोस्तों को टाल दिया। सीधा घर पहुँचा। सामने बरामदे में केशव उकड़ूँ बैठा तिनके से ज़मीन कुरेद रहा था। वह और रणधीर रात के प्लेन से पहुँच गए थे। उसे देखकर वह लपका। धर्मदेव उतरने लगा तो वह दरवाज़ा खोलकर बैठ गया।

"मंगला अस्पताल से तो आ गई न? कैसी है?"

"अच्छी हैं, दफ़्तर चलो," उसने ड्राइवर से कहा।

"अबे क्या बात है?" धर्मदेव ठिठक गया, "ठहरो," उसने ड्राइवर से कहा।

"कुछ नहीं...चलो तो दफ़्तर।"

"क्यों?"

"घर में ताला पड़ा हुआ है," उसने चुपके से कहा। हालाँकि ड्राइवर को सब मालूम था।

"कुशल तो है?" उसने ड्राइवर को चलने का इशारा किया।

"हाँ, कुशल ही है..."

"केशव...!"

"मैं कहता हूँ, ऐसी घबड़ाहट की क्या बात है! मद्रास के डिस्ट्रीब्यूटर का सुबह फ़ोन आया था, मैंने उन्हें दो बजे का टाइम दे दिया है। बस, आते ही होंगे," केशव इधर-उधर की हाँकने लगा।

"यह क्या...उँह," वह अपने को संयत कर नाख़ून काटने लगा। उसे केशव की इस लीपा-पोती से बड़ी चिढ़ थी।

"कहाँ गई हैं?" उसने दफ़्तर में पहुँचकर बेताबी से पूछा।

"मैके, और कहाँ जाएँगी!"

"मगर..."

"मैंने बहुत समझाया, मगर वह तो मुझे आपका चमचा समझती हैं। वासू और

कमला ने उन्हें सब बता दिया। फिर उस दिन ट्रंक-कॉल पर तो ग़ज़ब ही हो गया। दीदी को फिट पड़ गया। तमाम खलबली मची हुई है।''

''कमला और वासू ने क्या बता दिया?''

''उस दिन...जब वर्मा जी ने एसिड फेंका था तो आप उसे साथ ले आए थे कमरे में। उन्होंने अपनी आँखों से देखा।''

''ऐं...!''

''जी।''

''मगर बड़ा गधा है यह वासू का बच्चा...।''

''अब देखो, ज़्यादा गड़बड़ मत करो। ख़ुद ही तो कहते हो कि बिज़नेस और रोमांस को गड़बड़ नहीं करना चाहिए।''

''अबे साले, क्या बक रहा है! तू जानता है, मेरा और रीता का कोई घपला आज तक नहीं हुआ।''

''मैं तो जानता हूँ बाबा, पर मैं तुम्हारी बीवी तो नहीं हूँ। यह तो औरत ज़ात है और सिचुएशन ऐसी बिगड़ गई है कि पित्ता पानी हो जाएगा सबूत देते-देते।''

''मैं कोई सबूत-वबूत नहीं दूँगा।''

''मगर दीदी का भी दोष नहीं। वासू और कमला ने उन्हें क्यों बताया कि रीता बेड पर लेटी थी?''

''तो ऐसा कौन-सा ग़ज़ब हो गया?''

''और आप...ऊपर...'' केशव अश्लीलता से मुस्कराया, ''कमला ने अपनी आँखों से देखा। मेरी कौन सुनता है! मुझे तो दीदी ने बाहर निकाल दिया।''

''तो रीता बताएगी।''

''वह तो उसने ट्रंक-कॉल पर कलकत्ते में ही बता दिया था।''

''केशव, बबलू की सौगंध...मैं...''

''मैं जानता हूँ जी, मगर बच्चे को इस गंद में न घसीटो। बाबू, यह फ़िल्म-लाइन है, यहाँ सब चलता है। सब फ़िल्म-लाइन के फुटे से नापे जाते हैं,'' इतने में स्टाफ के लोग आ गए और बात वहीं छूट गई।

धर्मदेव ससुराल पहुँचा। वहाँ हर आदमी का मुँह फूला कुप्पा। मंगला क्या रूठी, सारा कुनबा रूठ गया। अपना सगा भाई कतराकर निकला जा रहा है।

मंगला थी भी बहुत शक्की मिज़ाज। कभी बात इधर की उधर हो जाती तो जान को आ जाती। अपने जासूस छोड़ रखे थे।

'तुम तो कहते थे, एडीटिंग करनी है, फिर जूहू क्यों चल दिये?'

'ओवरसीज़ वाले डिस्ट्रीब्यूटर से मिलना था।'

'बस, होटलों में ही मिलना होता है? कमबख़्त दफ़्तर की फिर क्या ज़रूरत है? हाँ, वहाँ नंगी छोकरियाँ जो नहीं नाचतीं।'

ज्योंही वह घर से रवाना होता, वह उसका पीछा शुरू कर देती। ऑफ़िस पहुँचा कि नहीं, जगह-जगह फ़ोन करती। जब वह सचमुच काम में जुटा मिल जाता तो चोर-सी रह जाती।

'क्या क़िस्सा है, जगह-जगह फ़ोन कर रही हो? क्या समझती हो, किसी रंडी के यहाँ मुजरा सुन रहा हूँ?' वह चिढ़ जाता।

'अरे वाह, बबलू याद किए जा रहा है। घंटे-भर से डैडी-डैडी की रट लगा रखी है,' वह तुरन्त बच्चों की आड़ में दुबक जाती।

धर्म पिघल जाता। कैसा दुर्भाग्य था, उसे बच्चों को प्यार करने के लिए भी छुट्टी न मिलती थी! कई-कई दिन तो सूरत भी देखने को न मिलती। सुबह वह उठता तो बच्चे हवाखोरी को चले जाते। रात को वापस लौटता तो सोते होते। उसे कितना अरमान था अपने बेटे को दूध पिलाने का! उसे अपने साथ सुलाने का! वासू छोटा था तो धर्म और वह साथ सोया करते थे। कभी वह ज़िद करने लगता, 'बबलू को मेरे पास लिटा दो।'

'अभी सोया है, जाग गया तो रोने लगेगा,' मंगला टाल देती। वह ख़ुद उसकी भूखी होती थी।

"कुछ दिन यहाँ रह लेगी तो क्या अंधेर हो जाएगा?" मंगला की अम्माँ बोलीं।

"आप ही वहाँ चली चलें।"

"मैं कहाँ सारा घर-बार छोड़कर जाऊँ?"

"तो वहाँ भी तो घर-बार है," उसे सूने घर की कल्पना से डर लगने लगा, "दूसरे, जाना है न।"

"कहाँ जाना है?"

"कल रिसेप्शन है। रीता और रम्मी की शादी का," उसने गप्प मारी।

मंगला कान लगाकर सुनने लगी।

"शादी हो गई, कब? कहाँ?"

"शादी तो दिल्ली में चुप-चुपाते हो गई," वह दिलेरी से झूठ बोलता गया।

घर जाते समय वह मोटर ही में जिरह करने लगी।

"रात गए उस दिन तुम्हारे कमरे में क्या कर रही थी?"

"मेरे कंधे पर आँसू बहाने आई थी। रम्मी से झगड़ा हो गया था।"

"फिर... ? कैसे राज़ी हुआ?"

"तूने मुझे बहुत सताया है भूतनी," धर्म ने मंगला को घसीटकर उसके होंठ चूम लिये, "जी चाहता है, तेरा मुँह तोड़ दूँ।"

"हूँ-ऊँह," मंगला ने ड्राइवर की ओर इशारा किया। "आख़िर फाँस ही लिया रीता ने उसे!"

और धर्म का दिल बैठने लगा कि अगर झूठ खुल गया तो?

"पेट से है रीता?"

"कहती तो है।"

"प्रिमिच्योर बच्चा होगा," मंगला खिलखिलाकर हँस पड़ी।

घर पहुँचकर सबसे पहला काम धर्म ने यह किया कि केशव और रणधीर को बुलाया और फिर तीनों रीता के सिर पर जा सवार हुए।

"शादी होगी और आज रात ही होगी," उसने अल्टीमेटम दे दिया, "वरना लाशें बिछ जाएँगी।"

"अरे वाह, क्या घास खा गए हो? कोई गुड़िया-गुड्डे का ब्याह है जो आज ही हो जाए? इन्तज़ाम करना है, कोई मज़ाक है!"

कल तक रीता शादी के लिए बिलबिला रही थी। आज नखरे होने लगे। केशव और रणधीर ने मंगला को समझा दिया कि यह दिखावे की शादी है। असली शादी तो दिल्ली में हो चुकी।

क्या धूमधाम से शादी हुई! बहुत ही शानदार रेशमी इन्विटेशन कार्ड छपे। दुलहन सब शूटिंग वगैरा झटककर बैठ गई। सारी इंडस्ट्री की बहू-बेटियाँ जमा हुईं। उबटन लगा। मेहँदी रची। बँगला बल्बों और रंगीन झंडियों से जगमगा उठा। फाटक पर नौबत बज रही थी। लग्न-मंडप ज़री की लड़ियों और फूलों से लदा हुआ था। फेरे पड़े, वही प्रोड्यूसर, डायरेक्टर और आर्टिस्ट जो बारात में आए थे, दुलहन वालों के भी थे। दूल्हा फूलों से लदा-फँदा घोड़े पर सवार होकर बैंड-बाजे के साथ बारात लेकर चढ़ा। हैदराबाद से विशेष रूप से निज़ाम के तोशाख़ाने से झलाझल करती पीनस मँगवाई गई थी।

जब धर्मदेव ने कन्यादान किया तो मंगला के आँसू छलक पड़े। शायद जी भर आया होगा। मगर कुछ लोगों का विचार था कि अपनी ज़िन्दगी के रास्ते से ख़तरा टल जाने की ख़ुशी में आँसू छलक आए हैं। विदा के समय जब 'काहे को ब्याही बिदेस' फ़िल्म-लाइन की सबसे बढ़िया आवाज़ों ने उठाया तो दुलहन की चीख़ें निकल गईं। और कोई आँख ऐसी न थी जो छलक न उठी हो। रीता अपने-पराये से ऐसे गले मिल-मिलकर दहाड़ी, जैसे वह सचमुच हज़ारों कोस ब्याहकर जा रही हो! सबने उसे तोहफ़ों से लादकर विदा किया। उनमें डिस्ट्रीब्यूटर और प्रोड्यूसर भी थे। मेकअप मैन और डांस इंचार्ज भी थे। वे, जिन्होंने उससे लाखों बनाए थे और वे भी, जिन्होंने बुरे दिनों में उसकी नाक भी रगड़ी थी। आज सब बाराती थे। बारात घूम-फिरकर वापस लौट आई कि अब यह बँगला ही दूल्हे का था। दुलहन-दूल्हे के लिए एक कमरा लड़की वालियों ने सजाकर तैयार कर रखा था। मिरजकर आर्ट डायरेक्टर ने उसमें धर्मदेव के स्टोर में से लाकर काँच के कुनकुने इस कुशलता से सजाए थे कि परिस्तान के किसी सुहागरात के कक्ष का भ्रम होता था।

जब लड़कियाँ क़हक़हे मारती रम्मी को लाईं और कमरे में बंद करके चटखनी चढ़ा दी तो वह रीता को देखकर हक्का-बक्का रह गया। वह शरमाई-लजाई गठरी बनी मसहरी पर बैठी थी। ऐसी रीता को तो उसने सपने में भी न देखा था। उसे तो उसकी चोटें झेलने की आदत थी।

डरते-डरते उसने घूँघट उठाया। रीता मेहँदी लगे हाथों से मुँह छिपाकर और झुक गई। बड़ी मुश्किल से उसने हाथ हटाए तो रीता की नरगिसी आँखों में आँसू छलक रहे थे। उसके मासूम चेहरे पर किस बला का कुँवारपन था कि रम्मी को फुरेरी आ गई।

5

मंगला दो बच्चों के बाद भी कई हीरोइनों से अधिक लचकदार और नाज़ुक थी। उसकी आवाज़ का जादू तो पूरे देश में छाया हुआ था लेकिन एक्टिंग से वह बहुत डरती थी। न जाने किसने यह सुझाव दिया कि बंगाली कहानी के लिए उससे अच्छी लड़की नहीं मिल सकती। उसका ओजस्वी व्यक्तित्व रोल को चार चाँद लगा देगा। मंगला ने साफ़ इनकार कर दिया और धर्म ने भी ज़ोर न दिया।

ज़रीना की फ़िल्म के सिवा सैट पर और कोई फ़िल्म न थी। इतनी छोटी-सी फ़िल्म के बलबूते पर कैसे गाड़ी चलेगी? सबने बहुत कहा, मधुबाला या निम्मी को लेकर फ़ौरन फ़िल्म शुरू कर दी जाए, लेकिन न जाने धर्म को क्या हो गया था! हाल ही में कहानी के सिलसिले में इतनी बंगाली और मराठी फ़िल्में देखी थीं कि कोई चीज़ जम ही नहीं रही थी। उन्हीं दिनों बम्बई में विदेशी फ़िल्मों का एक मेला हो रहा था। धर्म ने कुछ इटली और फ्रांस की सर्वश्रेष्ठ फ़िल्में देखीं और उन्हें दिल दे बैठा। एकदम ऐसा लगा कि वह अब तक जो भी फ़िल्में बना चुका है, सोशल और स्टंट फ़िल्मों की कचूमर थीं। कोई फ़िल्म इस योग्य न थी कि किसी समय सुसंस्कृत देश में भारतीय फ़िल्म उद्योग की प्रतिनिधि बनाकर भेजी जा सके। उसने बड़े परिश्रम से एक अच्छी कहानी की तलाश शुरू कर दी।

बड़ी दिलचस्प होती है यह कहानियों की तलाश। चारों ओर हरकारे छोड़ दिये जाते हैं। फिर समय निश्चित किया जाता है। कहानी सुनी जाती है। दौर भी चलता जाता है। गप्पें होती रहती हैं। इंडस्ट्री के सारे स्कैंडलों की समीक्षा होती है। फिर कहानी चलती है। वही पिटे-पिटाए कथानक।

जब एक चीज़ मिल जाती है तो इनसान दूसरी ओर हाथ बढ़ाता है। जब रोटियों का अभाव था तो बस धन कमाने की तरकीबें सोची जाती थीं। फिर धन मिल गया तो प्रसिद्धि की भूख बढ़ गई। वह डिस्ट्रीब्यूटर और एक्ज़ीविटर की दी हुई प्रसिद्धि नहीं। इन्टेलेक्चुअल वर्ग की प्रशंसा। भले ही इस सौदे में सारी पूँजी से हाथ धोने पड़े। काला और सफ़ेद धन अपना महत्त्व खो चुका था। हर चीज़ से जी भर गया था। जैसे लंबे सफ़र के बाद गाड़ी इत्मीनान से शैड में खड़ी थी। विचित्र

उकताहट-सी वातावरण में छाई हुई थी।

अगर कोई कहानी जी को लगती थी तो वह बंगाली कहानी थी, क्योंकि ख़रीद ली गई थी और उस पर कुछ दिनों काम भी हो चुका था। इसलिए जब बहुत उकताहट छा जाती तो उसी को ले बैठते। केशव ने, जिसे केवल धूमधड़क्के वाली फ़िल्में पसंद थीं, न जाने क्या भलाई देखी कि वह भी उसके पक्ष में हो गया। उसने मंगला को पटाने का मन ही मन बीड़ा उठा लिया।

''दीदी, तुम्हारे सिवा रोल किसी पर नहीं सजता।''

''क्यों जी, तुम तो शरीफ़ घराने की लड़कियों का फ़िल्म में काम करना ऐब समझते हो!''

''अरे, तो मैं फ़िल्म में काम करने के लिए थोड़े ही कहता हूँ। धर्म जी यह फ़िल्म कोई मार्केट की माँग पूरी करने के लिए थोड़े ही बना रहे हैं। एक ऊँची पिक्चर बना रहे हैं। और दीदी, इन साली हीरोइनों से तो पीछा छूटेगा। आख़िर को जवान हैं, सुंदर हैं, पोज़ीशन है। मक्खियों की तरह लड़कियाँ टूटती हैं। वह नज़र उठाकर भी नहीं देखते। आपके आगे वह हर किसी को धूल समझते हैं। क्यों उनका दिल तोड़ती हो?''

मंगला भी घर-गृहस्थी से कुछ ऊब चली थी। घर की सजावट बनकर रह गई थी और इस सजावट को देखने की घरवाले को फ़ुर्सत भी न थी। कम-से-कम साथ ही रहेगा। सिर्फ़ गाने गाकर और कभी-कभार शूटिंग में परायों की तरह बैठने से साथ कहाँ मिलता है! अगर काम कर लिया तो कहानी पर भी साथ बैठने को मिलेगा। उछल-कूद तो नहीं करनी, जो शर्म आए।

जब शाम को धर्म आया तो वह बैठी स्क्रिप्ट पढ़ रही थी। एकदम उसने चुनाव की सराहना की।

''मगर क्या फ़ायदा, पैसे भी डूबे, बनेगी कहाँ?''

''क्यों? ऐसा बहुत तो ख़र्च भी न आएगा। कास्ट्यूम और सैट का तो कुछ झगड़ा भी नहीं। कैरेक्टर भी चार-छह ही हैं।''

''मगर हीरोइन का बड़ा टेढ़ा सवाल है।''

''नरगिस को ले लो।''

''नहीं।''

''आख़िर उससे अच्छा इस रोल को कौन कर सकता है?''

''रोल तो सारा हीरो का है। बड़ी हीरोइन क्यों तैयार होगी? और श्यामा-शकीला के बस का यह रोल नहीं।''

''हूँ,'' मंगला सोच में पड़ गई। फिर स्क्रिप्ट खोलकर बोली, ''यह सीन तो बड़ा ही दिल को पकड़ता है। जहाँ हीरो पत्नी की कमर में हाथ डालता है तो वह उसकी नीयत को समझकर होंठों पर पल्लू रख लेती है।''

धर्म ने उसकी कमर में हाथ डालकर अपनी ओर खींचा और मंगला ने एकदम अपने होंठों पर पल्लू रख लिया। दोनों हँस पड़े।

मंगला का टेस्ट आवश्यकता से अधिक संतोषप्रद सिद्ध हुआ। धर्म में जैसे किसी ने जान डाल दी। दोनों रात-रात बैठकर सैट बनवाते। मंगला ने धोतियाँ और ब्लाउज़ बाक़ायदा धूल में रगड़कर ऐनमेन स्क्रिप्ट के अनुसार ख़ुद तैयार करवाए। एक-एक सीन मोती की तरह जड़ा जाने लगा। किसी तरह दोनों की तसल्ली ही न होती। बार-बार सैट लगते, उखड़ते और फिर से सीन लिये जाते। पहली बार क्लास पिक्चर बन रही थी। शुरू-शुरू में तो ख़ूब पब्लिसिटी हो गई। फिर बात ठंडी पड़ गई।

डिस्ट्रीब्यूटर ने फ़िल्म देखी तो तारीफ़ों के पुल बाँध दिये। लेकिन जाकर देवानन्द और मधुबाला की फ़िल्म ख़रीद ली। धर्म ने जलकर ज़रीना वाली फ़िल्म 'नाज' भी देने से इनकार कर दिया। उसकी रिपोर्ट बुरी नहीं थी लेकिन बिलकुल नई हीरोइन और गुमनाम से हीरो अनिल की फ़िल्म से किसी को बहुत ज़्यादा दिलचस्पी भी नहीं थी।

फ़िल्म रुपया बटोरने के लिए नहीं बनाई गई थी। लेकिन ख़र्च बहुत बढ़ता जा रहा था। क्योंकि धर्म और मंगला दोनों ही अपनी बात को निभाने पर तुले हुए थे। फिर से न्यू थियेटर की परम्परा को दोहराने का संकल्प था। गाने भी बहुत ही क्लासिकी रंग में थे और मंगला ने बड़ी जान लगाकर गाए थे। मगर चलते हुए हल्के-फुल्के गानों की तरह लोग उन पर सिर नहीं धुनते थे। फिर ज़रा चलते गाने रिकॉर्ड हुए। वे भी बुझ गए। न इधर के न उधर के। इस उधेड़बुन में दोनों ही कुछ चिढ़े-से रहने लगे। बात-बात पर बहसें चल निकलतीं। स्टाफ का दम सूखने लगता। पहले कभी हीरोइन से खटक जाती थी तो मेकअप के बाद पीछा तो छूट जाता था। यहाँ तो दोनों मोटर में रूठते-मनते जाते। घर जाकर फिर वही सिलसिला चलने लगता।

इसी मूड में एक दिन धर्म 'नाज़' के सैट पर चला गया। वहाँ ज़रीना एक भड़कदार ऊदी साड़ी और लाल ब्लाउज़ पहने नकली ज़ेवरों में सिर से पैर तक डूबी अनिल के साथ कोई सीन कर रही थी। उसके तेवर देखकर लोगों की वैसे ही जान सूख जाती थी। ज़रीना तो दाँत निकालकर हँस दी लेकिन अनिल के पसीने छूट गए।

"इससे कहो, यह बेहूदा ड्रेस जाकर बदले," उसने त्रिवेदी को बुलाकर कहा।

"लेकिन कंटीन्यूटी?" त्रिवेदी यों सैट पर फटकारे जाने से नर्वस हो गया।

"चूल्हे में डालो कंटीन्यूटी, बहुत बेहूदा है ड्रेस। और अनिल बिलकुल उल्लू का पट्ठा लग रहा है। यह दो रंग की जैकेट क्यों पहना दी?"

"लेकिन..." त्रिवेदी पसीना पोंछने लगा, "पिछले सीन रिशूट करने पड़ेंगे।"

"तुम्हारी बला से, पैसा मेरा डूबेगा," स्टूडियो में खुसुर-पुसुर हो रही थी। यह फ़िल्म तो उस समय सैट पर गई थी जब धर्मदेव पर इंटेलेक्चुअल फ़िल्म का भूत सवार नहीं हुआ था। ब्लैक और व्हाइट फ़िल्म में ऊदे और लाल में क्या अन्तर पड़ता था! त्रिवेदी का मुँह फूल गया। धर्म एकदम नर्म पड़ गया।

"अच्छा बाबा, तुम जैसा ठीक समझो। मगर यह ड्रेस तो..."

"आपने ही बनवाया था...अब आप कहते हैं..."

"अच्छा, चलो, सीन लो," वह सैट छोड़कर दफ़्तर में जा बैठा।

मंगला से बड़े ज़ोर की झपट हो गई थी।

"हाँ, अब तुम भी दूसरी हीरोइनों की तरह रौब गाँठने लगीं!" उसने जलकर कह दिया और स्टूडियो चला आया।

त्रिवेदी तो उसी समय सैट छोड़कर जाने वाला था, लेकिन सबने समझाया कि धर्म जी बहुत परेशान हैं। आजकल तुम्हीं उनका लिहाज़ न करोगे तो फिर कौन करेगा? कोई नहीं चाहता था कि फ़िल्म खंडित में पड़ जाए। फ़िल्म अच्छी चल रही थी। सबकी रोज़ी उसी से लगी हुई थी। मंगला और धर्म की फ़िल्म 'नैया' तो डूबती ही दिखाई दे रही थी। फ़िल्म ज़रा ठंडी होने लगे तो स्टाफ की सिट्टी-पिट्टी गुम होने लगती है। कहीं अनावश्यक स्टाफ की छँटनी की नौबत न आ जाए।

लेकिन धर्म ने स्वयं ही त्रिवेदी को बुलाकर अपनी ग़लती मान ली। उसी घड़ी एक जर्नलिस्ट को फ़ोन किया कि सैट पर आकर डायरेक्टर की पब्लिसिटी के लिए कुछ फ़ोटो ले लो। और जब त्रिवेदी ने डायरेक्शन देते हुए कुछ पोज़ देकर फ़ोटो खिंचवाए तो उसका क्रोध शान्त हो गया।

चार दिन 'नैया' के पुराने सैट की फिर से शूटिंग होती रही। परिणाम कुछ संतोषजनक न निकला। इससे तो पुरानी शूटिंग ही अच्छी थी। लेकिन नया गाना जो रिकॉर्ड हुआ, उसे सुनकर सारा स्टूडियो झूम उठा। पता नहीं सचमुच गाना लाजवाब था या उद्देश्य ही कुछ ऐसा था कि डूबती 'नैया' को सँभाला जाए!

न जाने क्या हो जाता है! सफलता की एक सीढ़ी पर पहुँचकर इनसान बिलकुल अकेला रह जाता है। आसपास उसके नौकर और ख़ुशामदी रह जाते हैं। स्वार्थ की तो यह दुनिया है। मित्रों को निभाने के लिए न फ़ुर्सत और न फ़िल्मी ज़िन्दगी इसकी छूट ही देती है। साथ काम करने वाले ही शत्रु या मित्र रह जाते हैं। कभी तो मित्र भी असिस्टेंट बनकर पराये लगने लगते हैं। प्रेम के स्थान पर हित आड़े आ जाते हैं। वह अपने कई पुराने मित्रों को साथ लाया कि शायद उनकी संगत में फिर वही इमली के पेड़ के नीचे बिताए हुए दिन वापस लौट आएँगे। वही हँसी-मज़ाक, धौल धप्पा। लौंडियों के पुर्ज़े उड़ाना। लेकिन बहुत जल्द नौकर और मालिक का रिश्ता आड़े आ गया। अगर फिर भी किसी से उसने मित्र ही बनने की ज़िद की तो सारे मातहत स्टाफ की नज़रों में खटकने लगा। लगाई-बुझाई शुरू हो गई और

उसका पत्ता कट गया। कभी त्रिवेदी से कैसी बेतकल्लुफ़ दोस्ती थी! उसके घर खाना खाने जाता था तो हमेशा पेट ख़राब कर लेता था। उसके कपड़े वर्षों पहने और अहसान उतारने के लिए अपने साथ ले लिया। त्रिवेदी होशियार था। ऐसी हरकत कभी न की कि स्टाफ को शिकायत होती। वह पीठ–पीछे सबके साथ बैठकर हाँ में हाँ मिलाया करता था और धर्म के बारे में उसने बहुत–से चुटकुले गढ़ लिये थे।

"तुम दोनों को छुट्टी की ज़रूरत है।" 'नाज़' की आउट डोर शूटिंग के लिए यूनिट नैनीताल जा रही थी। रणधीर ने धर्म को भी राय दी कि चलो, ज़रा तफ़रीह रहेगी।

लेकिन मंगला की हिमाकत देखिए कि ऐन वक़्त पर एक चैरिटी शो में गाना गाने का वायदा कर लिया।

"तुम चलो, मैं तीन–चार दिन में आ जाऊँगी।"

धर्म सचमुच थक गया था। वैसे उस दिन सैट पर त्रिवेदी को रोकने के बाद धर्म ने अपनी ग़लती मान ली थी। लेकिन फिर भी त्रिवेदी यह नहीं चाहता था कि इंडस्ट्री में यह बात उड़ जाए कि धर्म फ़िल्म की ओर से हाथ धो बैठा है क्योंकि त्रिवेदी को हस्तक्षेप अच्छा नहीं लगता। स्टूडियो से हमेशा बात तोड़–मरोड़कर बाहर फैलाई जाती है। वह धर्मदेव को मानता था। बड़े खुले दिल से उसकी राय मानता था। धर्म की राय हमेशा लाभदायक सिद्ध होती थी। वह धर्म ही से नहीं, रणधीर से, कैमरा मैन से और दूसरे असिस्टेंटों की राय से भी लाभ उठाता था। फ़िल्म अच्छी बनी तो नाम उसी का होगा। कोई राय देने वालों को नहीं गिनेगा। नैनीताल पहुँचकर वह दो दिन लगातार सोने का प्रोग्राम बनाए रहा। कभी असम्बद्ध भाव से शूटिंग की ओर भी निकल जाता। त्रिवेदी उसे देखकर झट डायरेक्टर की कुर्सी प्रस्तुत करता।

"बॉस, यह सीन बिलकुल क़ाबू में नहीं आ रहा है। यह तो तुम्हारे लेने का है," वह मस्का लगाता।

"नहीं भई, तुम ही लो।"

"अच्छा, देखते तो रहो, ग़लती करूँ तो देना एक झापड़।"

"एक नहीं, दो मिलेंगे," धर्म हँसता।

शॉट तैयार था। आख़िरी रिहर्सल और टेक। त्रिवेदी ने पूछा, "कैसा लगा?"

"कुछ समझ में नहीं आया। एक रिहर्सल और," धर्म का ध्यान न जाने किधर था, "कौन–सा सीन है?"

"हीरो बर्फ़ पर चलता हुआ आता है। किसी के छींकने की आवाज़ आती है," त्रिवेदी ने सीन का फ़ाइल खोलकर बताया।

"अच्छा, अच्छा, वह सीन? एक रिहर्सल और हो जाए।"

हीरो आया, छींक की आवाज़ आई। लेकिन उससे पहले ही हीरो ठिठक गया।

"फिर से, फिर से," त्रिवेदी ने कैमरा ट्रक बैक करवाया।

आठ बार रिहर्सल कराया और आठों बार कोई न कोई गड़बड़ हो गई।

''बिलकुल ही ठस है,'' धर्म ने रणधीर के कानों में कहा।

नवीं बार ख़ुदा-ख़ुदा करके मामला फिट बैठा। हीरो ठीक समय पर छींक की आवाज़ पर ठिठका। झुककर देखा, बर्फ़ के तोदे के पीछे हीरोइन बैठी थी। वही छींक रही थी।

''कौन हो तुम?'' हीरो पूछता है।

''लड़की,'' हीरोइन फिर छींककर उत्तर देती है।

''क्या कर रही हो?'' हीरो पूछता है।

''छींक रही हूँ,'' हीरोइन उत्तर देती है।

ज़रीना ने कुछ इस भोलेपन से कहा कि धर्म ज़ोर से हँस पड़ा। सारा स्टाफ साथ में हँसने लगा। धर्म की आँखें चमकने लगीं। रणधीर का चेहरा खिल उठा। उसके सीन की इतनी ज़ोरदार सराहना, और वह भी धर्म के मुँह से! शूट ठीक था, क़हक़हे ने बिगाड़ दिया।

''सॉरी त्रिवेदी...मेरी मिस्टेक...फिर से लो,'' वह बड़े शौक़ से आगे झुककर देखने लगा।

''बॉस, हो जाए यह सीन,'' त्रिवेदी मस्का लगाने लगा।

''नहीं जी, डायरेक्टर तुम हो, मैं कौन?'' धर्म तकल्लुफ़ करने लगा।

''धर्म जी, देखो, कुट्टी हो जाएगी। यह सीन तो लेना ही पड़ेगा,'' वह अलग हाथ बाँधकर खड़ा हो गया।

''ऐ—देखो, यों नाक मसलो,'' वह ज़रीना को बताने लगा। यह पहला मौक़ा था कि धर्म स्वयं ही उसे डायरेक्ट कर रहा था। श्रद्धा से उसकी आँखें छलक पड़ीं और मुँह देखती रह गई।

''मुँह क्या देख रही हो? हाँ, यों नाक मसलकर फिर छींको।''

ज़रीना ने जोर से छींक मार दी।

''उफ़्फ़ोह, ऐसे नहीं...पहले नाक।''

लेकिन ज़रीना छींके जा रही थी।

''मैं थोड़े ही छींक रही हूँ। आपसे-आप आ रही हैं छींकें,'' वह फिर छींकी।

''ऐं? अच्छा, जल्दी करो वरना बर्फ़ में अकड़कर मर जाओगी। एक प्याली चाय दो।''

''अरे भई, तुम बैठो,'' त्रिवेदी ने अनिल से कहा। वह आँखों में एतराज लिये कभी त्रिवेदी को और कभी धर्म को देख रहा था।

इतने में एक बादल का टुकड़ा आ गया। और सब चाय पीने लगे।

चाय के बाद फिर काम शुरू हुआ।

''रणधीर, यह सीन ओ. के. हुआ था।''

"हाँ, यह देखो, तुम्हारे हाथ का नोट लिखा हुआ है। क्या बात है!"

"कुछ नहीं, कुछ जम नहीं रहा है। मज़ेदार सीन है। ज़रा कुछ और होना चाहिए।"

"रेडी," त्रिवेदी ने धर्म से कहा।

"सुनो, ऐसा करो, तुम दूसरा सीन शुरू कर दो...आज ज़रा इसे देख लें। कल शूट करेंगे, क्यों?"

"बिलकुल, बिलकुल," त्रिवेदी सीन जमाने लगा।

यह सीन बड़ा टेढ़ा था। हीरो टहलता जा रहा है। बग़ल से हीरोइन अचानक निकलकर टकरा जाती है। पहले रिहर्सल में जब हीरोइन टकराई तो हीरो का संतुलन बिगड़ गया।

दूसरी बार ज़रीना की चप्पल की एड़ी बर्फ़ में फँस गई और वह लड़खड़ा गई।

अब की बार जो ज़रीना आई तो अनिल ने एकदम हाथ फैलाकर उसे रोक दिया। वह बेवकूफ़ों की तरह मुँह तकने लगी। जितने ज़्यादा रिहर्सल होते उतने ही अनिल के होशहवास गुम होते गए।

"थोड़ी देर सुस्ता लो," त्रिवेदी ने उसे एक ओर ले जाकर कहा। सबको ग़रीब हीरो पर तरस आ रहा था। यही तो मौक़ा है उस पर तरस खाने और हँसने का। दो-चार फ़िल्में गोड़कर फिर चोटी पर चढ़ जाएगा। फिर मर्ज़ी है जो कुछ करे, किसी की मजाल न होगी चूँ भी करने की। ऐसे समय पर लोग बड़े बेरहम हो जाते हैं।

अनिल गुमसुम-सा एक ओर बैठ गया। साला धर्मदेव जब सैट पर आ जाएगा, सत्यानाश मार देगा। बड़ा नाजुक समय था। पुराना हीरो पचास रिटेक करवाए, कोई उसका क्या बिगाड़ सकता है! धर्मदेव को हर कठिन काम अच्छा लगता है। चार-पाँच रीलें बन गईं तो क्या हुआ, जी में आ गई तो छुरी गर्दन पर फेर देगा।

धर्म ने अनिल को ख़ुद रिहर्सल करके बताया।

ज़रीना भागती आई। टकराने की हिम्मत न पड़ी। एकदम झिझक गई।

"अरे!" धर्म मुस्कराया।

दूसरी बार आई तो एकदम लँगड़ाने लगी। उसके जूतों में बर्फ़ भर गई।

तीसरी बार भागती आई, पास आकर चाल धीमी की, फिर हौले-से टकरा गई। बहुत ही शर्मिन्दा और खिसियानी।

"ऐसे नहीं। यह क्या, पहले रुक गईं फिर फस से टकरा गईं! एकदम बिना ध्यान किए भागती आओ और ज़ोर से टकराओ, समझीं?"

"जी," वह फिर वापस गई।

उसके बाद कुलाचें भरती तीर की तरह आई और धाँय से धर्मदेव की छाती पर गोली की तरह लगी। धर्म इस टक्कर के लिए बिलकुल तैयार न था। दोनों लुढ़ककर गिरे। सारा स्टाफ हँस पड़ा। ज़रीना अपनी हँसी दबाए बैठे-बैठे दूर खिसकने लगी,

जैसे धर्म उसके थप्पड़ ही तो मार देगा! फिर धर्म हँस पड़ा और वह भी हँसने लगी।

अनिल चुपचाप बैठा सिगरेट के लम्बे-लम्बे कश ले रहा था।

रिहर्सल पर रिहर्सल होता रहा। ज़रीना थककर चूर हो चुकी थी। हाथ-पैर बर्फ़ हो रहे थे। कई बार आँखों तले अँधेरा छा गया। धर्मदेव ढिठाई से खड़ा रिहर्सल लिये जा रहा था।

आख़िरी बार ज़रीना भागती हुई आई। छः इंच दूर रुक गई। समझ में नहीं आया, बिगड़ते सीन को कैसे सँभाले। एकदम सिसकियाँ लेकर सिर धर्म की छाती पर टिका दिया।

एक पल के लिए धर्म सन्नाटे में रह गया। फिर उसने ज़रीना को दोनों हाथों से ऐसे दूर फेंका, जैसे वह कोई साँप या बिच्छू थी! वह उसे फटी-फटी आँखों से देखने लगी। मारे गुस्से के धर्म का मुँह लाल हो गया और उस सर्दी में भी रोम-रोम से पसीना फूट निकला। वह एकदम मुड़ा और त्रिवेदी को सीन लेने को कहकर गेस्ट हाउस की ओर चल दिया।

ज़रीना को अपने भाग्य का निर्णय मालूम हो गया। वह बर्फ़ पर हाथ टेके बैठी रही।

"क्या मरने का इरादा है? उठो।" त्रिवेदी ने रिहर्सल लेना शुरू किया। दो-चार बार में अच्छा-ख़ासा सीन जम गया।

"टेक कीजिए न!" अनिल ने कहा।

"अभी से पैर न निकालो प्यारे! दो-चार फ़िल्मों के बाद हुकुम चलाना," त्रिवेदी धर्म के पास पहुँचा। वह दराज़ से बोतल निकाल रहा था।

"बॉस, शूट रेडी है।"

"टेक करो।"

"टेक तो तुम्हीं को करना होगा।"

"बस जी, जैसा भी हो, ठोंक दो।"

"ठोंकूँगा नहीं।"

"तो पैकअप करो," धर्मदेव भी गर्म हो गया।

"बहुत अच्छा," वह पैर पटकता हुआ वापस लौट गया।

"पूरा दिन ख़ाक में मिल गया," केशव उसके गिलास में बर्फ़ डाल रहा था और आप ही आप बड़बड़ा रहा था।

"पहले तो कचरा भर लेते हो फिर जब घोटाला हो जाता है, अपना ख़ून जलाते हो। क्या फ़ायदा इन बातों से! कितना कहा, बेकार साले नये हीरो पर पसीना न बहाओ। न बाहर काम करते हो, न अपनी फ़िल्म में। आख़िर सोचा क्या है?"

धर्म मंगला को कॉल बुक कर रहा था। उसने केशव की बकवास सुनी-अनसुनी कर दी।

सारा दिन मिट्टी में मिल गया। होटल में मालूम होता था, जैसे कोई मौत हो गई हो! रोज़ शूटिंग के बाद बरामदे क़हक़हों से गूँजा करते थे। पीने-पिलाने का सिलसिला शुरू हो जाता। दो-चार मेज़ों पर रमी या फ्लश होने लगता। रणधीर, त्रिवेदी और केशव धर्म के साथ गपशप या दूसरे दिन के प्रोग्राम के बारे में बातें किया करते। ज़रीना बहुत जल्दी सो जाया करती थी। कभी अपनी हेयर ड्रेसर के साथ कैरम खेलने लगती, फिर जाकर सो जाती। आज वह माँ के पास चुपचाप बैठी नारियल के तेल से मेकअप उतार रही थी। त्रिवेदी सबसे अलग मुँडेर पर बैठा था। अनिल चिट्ठियाँ पोस्ट करने नीचे गया था।

धर्मदेव को बम्बई की कॉल मिल गई। वह मंगला पर ग़ुस्सा हो रहा था।

"ख़ाक डालो चैरिटी शो पर, तुम फ़ौरन आओ!" उसने आदेश दिया।

"मगर तुमने ख़ुद तो कह दिया था। रफ़ी बुरा मानेंगे।"

"और मैं जो बुरा मानूँगा तो? तुम्हारे बिना भी तो शो हो सकता है।"

"उफ़्फ़ोह...देखो..."

"कुछ नहीं देखना है। मंगलू, प्लीज़, आ जाओ...वरना मैं शूटिंग बंद करके आ रहा हूँ।"

"ऐसा न करना, कितना नुक़सान पहले ही हो चुका है।"

"और हो जाएगा।"

"पोस्टर में नाम दे दिया है। न जाऊँगी तो लोग बड़ा दंगा मचाएँगे। लता जी से तो रफ़ी साहब की अनबन है। मेरे ही भरोसे पर हैं।"

"और मैं किसके भरोसे पर रहूँ?"

"क्या बात है?"

"बात क्या होती," वह चिढ़ गया, "नहीं आती तो न आओ।" उसने फ़ोन पटक दिया।

उसे ख़ुद नहीं मालूम था तो वह क्या बताता कि क्या बात है। कुछ जानवर इतने संवेदनशील होते हैं कि आने वाले ख़तरे की गंध दूर ही से सूँघकर चौकन्ने हो जाते हैं। एक अनजानी-सी उलझन। बिना वजह की झल्लाहट। ज़रीना जमाल की माँ अपने ही विचारों में खोई हुई थीं।

छोटी-छोटी बच्चियों को छोड़कर अल्लाह को प्यारे हो गए। पहले मोटर बिकी, फिर फर्नीचर नीलाम हुआ। फिर घर भी छोड़ना पड़ा। एक छोटे-से घर में बच्चियाँ फूट-फूटकर रोतीं, ज़िद करतीं। शौक़िया बच्चियों को डांस सिखवाया था, वही रोज़ी का ज़रिया बन गया। स्टेज़ पर महीने में दो-चार प्रोग्राम हो जाते थे। बड़ी की चौदहवीं साल ही में शादी कर दी। तीन साल बाद बाक़ी की दो भी थोप दीं। ज़रीना सबसे छोटी रह गई। जब दोस्तों के कहने पर फ़िल्म में काम करवाया तो किसी ने एतराज़ तक न किया। किसे इतनी परवाह थी कि उनसे नाता जोड़ता। डेढ़

साल होने को आया, इस मरदूद फ़िल्म-लाइन में पैर नहीं जमने पाए। एक डांस मिला सो भी लोग भूल-भाल गए। अब यह फ़िल्म चल रही थी, उसके भी लाले नज़र आ रहे हैं।

बाहर स्टाफ के लोग कानाफूसी कर रहे थे। दिमाग़ ख़राब हो गया है। जान-जानकर अपना गला अपनी छुरी से काटता है। यह तो धर्म की पुरानी आदत है। बार-बार एक सीन को पीटे जाना। यहाँ तक कि उसका कचूमर निकल जाए। फिर उठाकर फेंक देना। पूरी-पूरी पिक्चर दोबारा बन रही है। लेकिन यही नुस्ख़ा अंत में सफल हो जाता तो सारी हानि लाभ में बदल जाती।

धर्म अपने कमरे में अकेला बैठा व्हिस्की पी रहा था। रणधीर और केशव आए थे। उन्हें उसने टरका दिया कि नींद आ रही है।

"आ सकती हूँ?" एक धीमी-सी आवाज़ आई।

"कौन?"

"मैं...जी, मैं ज़रीना," वह दरवाजे में से चुहिया की तरह सहमी हुई झाँक रही थी। सैट पर न हो तो यह लड़की किस गजब की एक्टिंग करती है।

"क्या है?"

वह आकर चुपचाप खड़ी हो गई।

"मम्मी की तबीयत तो ठीक है? बैठो न।"

वह कुर्सी की कमर पर उखड़ी-उखड़ी-सी टिक गई।

"क्या कुछ कहना है?"

"जी।"

"तो कहो," वह उसी तरह उपेक्षा से एक मैगजीन के पेज उलटने लगा, 'अब रोएगी यह लड़की,' वह डरा।

"अम्माँ कहती हैं...दिल्ली से ट्रेन पकड़ लेंगे।"

"ट्रेन...पकड़ लोगी?"

"हाँ...यहाँ से बस में चले जाएँगे।"

"क्यों?"

"हवाई जहाज़ से बहुत ख़र्चा होता है।"

"हूँ...फिर?"

"कल सुबह हम चले जाएँगे बस से, और फिर ट्रेन पकड़ लेंगे।"

"कल सुबह चली जाओगी?"

"हाँ।"

"कहाँ?"

"बम्बई...फिर वहाँ से हैदराबाद।"

"हैदराबाद! और यह जो पाँच साल का कांट्रैक्ट किया है?"

"वह तो ख़त्म।"

"ख़त्म?"

"हाँ, आपको मेरा काम पसन्द नहीं आया...तो..."

"तुम्हारा काम नहीं पसन्द तो इससे तुम्हें मतलब?"

"जी?" वह चकरा गई।

"जी...जी क्या लगाई है!" वह एकदम बिगड़ गया, "लाखों का मामला है, गुड़ियों का खेल तो नहीं। सारा नुक़सान तुम भरने को तैयार हो?"

"तौबा, मैं कहाँ से भरूँगी?" उसकी आँखें भर आईं।

"तो फिर क्यों बक-बक कर रही हो? जाओ, अब सो जाओ। सुबह जल्दी उठना है।"

"तो पिक्चर बन्द नहीं होगी?" एकदम आँसू बह निकले।

"किसने कहा, पिक्चर बन्द हो रही है?"

"सब कह रहे हैं कि यह फ़िल्म भी डिब्बे में बंद हो जाएगी।"

"बकते हैं सब तो...तुम्हें कल के लिए डायलॉग याद हैं न?"

"जी...।"

"तो बोलो—कौन हो तुम?" उसने घुटनों पर हाथ रखकर झुककर पूछा।

"लड़की," ज़रीना ने सिसकी ली।

"यहाँ इतनी सर्दी में क्या कर रही हो?"

"इस समय तो छींक रही हूँ," लेकिन छींक हिचकियों में उलझ गई।

"झूठ, बिलकुल झूठ! तुम तो रो रही हो! ऐसे काम नहीं चलेगा। मेहनत करनी पड़ेगी, समझीं?"

ज़रीना ने सिर हिला दिया।

"खाना खा लिया?"

"नहीं, अम्माँ ने कहा, भूख नहीं, इसलिए मेरी भी भूख उड़ गई।"

"और कोई गर्म कपड़ा क्यों नहीं पहना? मर गईं तो जानती हो, कितने लाख का नुक़सान हो जाएगा? पूरे तीन लाख डूब जाएँगे।" न जाने क्यों जी एकदम हल्का होकर बड़बड़ करने को चाह रहा था। इतने में रणधीर झाँका, वह पलटकर जाने लगा तो धर्म ने पुकारा, "अरे रणधीर, खाना खा लिया?"

"नहीं, वही पूछने आ रहा था।"

"इस बेवकूफ़ लड़की ने भी नहीं खाया और अम्माँ भी भूखी हैं। ऐसा करो, केशव से कहो, हम सबका खाना उधर ही भिजवा दे।"

"क्यों, क्या मार पड़ी?" रणधीर ने ज़रीना की आँखों में झाँककर पूछा।

"नहीं, आज तो छोड़ दिया है। कहती है, सुबह घर जाएँगे। मैंने कहा, पिक्चर का नुक़सान भर दो, चली जाओ।"

''ठीक तो है,'' रणधीर उसे मूड में देखकर खिल उठा, ''अबे ओ केशव के बच्चे...'' वह चीख़ता हुआ बाहर लपका।

उसकी आवाज़ की लहक से ही लोग समझ गए कि समस्या हल हो गई। ज़रीना को सिखा-पढ़ाकर भेजना काम आ गया। कैमरामैन माधवकर ने झट तकिए के नीचे से ताश निकाले और बाँटने लगा।

धर्मदेव को देखकर त्रिवेदी मुँडेर पर से उतर आया। धर्म ने यारों की तरह उसकी गर्दन में हाथ डाला और धकेलता हुआ सीढ़ियों से उतर गया।

ज़रीना की अम्माँ को देखकर बड़ी परेशानी हुई। बम्बई की आबहवा शायद उन्हें सूट न कर रही थी। पहले से बहुत बूढ़ी लग रही थीं। उन्हें देखकर अपनी माँ याद आ गई। एक उम्र को पहुँचकर सब औरतें एक शक्ल की लगने लगती हैं।

''अरे, अरे, उठिए नहीं!'' उसे देखकर वह उठने लगीं तो धर्म ने रोका। उन्हें वहीं सूप वगैरह दे दिया गया। और वे सब वहीं फर्श पर पालथी मारकर बैठ गए।

''अपनी पिक्चर कब शुरू कर रहे हैं?'' ज़रीना ने सबको खाना निकालकर दिया।

''यहाँ से जाकर...क्यों, काम करने का इरादा है?''

ज़रीना ने दाँत निकालकर सिर हिला दिया।

''पछताओगी।''

''क्यों?''

''सैट पर मेरा दिमाग़ ख़राब हो जाता है। बहुत डाँट पड़ेगी।''

''परवाह नहीं,'' ज़रीना ने सिर झटककर एक लट गाल पर गिरा ली।

''सोच लो,'' धर्म का जी चाहा, वह लट वापस बालों में उड़स दे।

''सोच लिया, डाँट तो क्या, मार भी पड़े तो भी मंज़ूर।'' एक पल को दोनों की आँखें उलझीं। धर्म खाने पर झुक गया।

''भई, गवाह रहना रणधीर, फिर रोने-पीटने से काम नहीं चलेगा।''

''जी हाँ, ज़रा कम रोती हूँ,'' ज़रीना तुनककर बोली।

''भूल गईं आज की रगेद?'' रणधीर ने छींटा कसा।

''पहले दिन सबको ही डर लगता है।''

''अब डर निकल गया?''

''बिलकुल, मार डालने से तो रहे।''

''और जो मार ही डाला?''

''तो पूरे तीन लाख का पटरा,'' ज़रीना ने हाथ से तलवार चलाई।

धर्म ने एक ज़ोरदार क़हक़हा लगाया।

'अब की पिक्चर सुपर हिट,' रणधीर ने सोचा और तरबतर कौर मुँह में रख

लिया। ऐसा ज़ोरदार क़हक़हा बहुत दिन बाद सुनाई दिया। धर्म अपने रंग पर आ रहा है। ज़हरमोहरा असर दिखा रहा है। बस, दो-चार हिट लग जाएँ फिर कोई पलीता मिल जाएगा तबीयत भड़काने को।

सच तो है, घर-गृहस्थी का जुआ एक कलाकार के कंधे पर नहीं सजता। बन्धनों में मन की उमंगें नहीं मिलतीं। और जब उमंग ही मर जाए तो कला कहाँ जी सकती है!

6

धर्मदेव जब अपने कमरे में आया तो इतना अकेलापन नहीं था, जैसा रोज़ हुआ करता था। बात ही क्या थी, मंगला दो दिन बाद आने वाली थी। आख़िर चैरिटी शो भी एक नेक काम है। बच्चा भी कमज़ोर है, सर्दी न पकड़ ले। उससे झगड़ा बेकार ही किया।

दूसरे दिन रिहर्सल बड़े ज़ोर-शोर से शुरू हो गए। अनिल चेहरे पर झूठी हँसी चिपकाए अलग बैठा था। धर्मदेव की यह आदत थी कि वह छोटी से छोटी बात आर्टिस्ट को ख़ुद करके दिखाता था। ज़रीना एक पतली-सी टहनी पत्तियाँ सूतकर लाई और बड़े अदब से धर्म को पेश की।

''यह क्या?''

''गलती करूँगी तो ज़रूरत पड़ेगी सज़ा देने के लिए।''

''ओह!'' धर्म हँसने लगा।

''ज़रा देखिए, ठीक चलती है कि नहीं,'' ज़रीना ने हथेली फैला दी।

''पहले ग़लती तो करो।''

''तो क्या है, एडवांस चलेगा?''

धर्म ने हल्के से कमची उसकी हथेली पर जमा दी।

''ज़रा कसकर मारिए।''

''रेडी,'' त्रिवेदी बीच में आ टपका।

शूटिंग कुछ यूँ ही ऊटपटाँग-सी हुई। सीन लिये गए, फिर बदल-बदलकर लिये गए। धर्म का मूड हद से ज़्यादा चोंचला हो रहा था। रिहर्सल होते, फिर डिसकशन होने लगते। कभी रणधीर के साथ, कभी त्रिवेदी के साथ। फिर तबीयत घबड़ा गई एक ही जगह से। दूसरी जगह अधिक उपयुक्त थी। सारा ताम-झाम उधर ढोया गया। इतने में सूरज झुक गया। पैकअप हो गया।

सिवाय अनिल के सब ख़ुश थे। ख़ुदा-ख़ुदा करके पुराना धर्मदेव तो जागा।

''काम अच्छा करती है,'' जब सब पीने-पिलाने के लिए इकट्ठे हुए तो रणधीर ने कहा।

"हाँ, बुरी नहीं," धर्म ने ऊपरी मन से कहा।

"वह साला लमढेक बिलकुल मिट्टी का माधो है।"

"मेहनत नहीं करते ये नये लड़के। बस, फ़िल्म-स्टार बन बैठते हैं। थर्ड क्लास कम्पनियों से कांट्रैक्ट मिल जाते हैं फिर इनके दिमाग़ नहीं मिलते।"

अनिल को जैसे ही धर्म ने एसाइन किया, पाँच नई फ़िल्मों के कांट्रैक्ट मिल गए। लेकिन अभी तीन शुरू भी नहीं हुई थीं। डिस्ट्रीब्यूटर धर्म की फ़िल्म के इन्तज़ार में थे। अगर हीरो चल निकला तो क़िस्तें जारी, वरना देखा जाएगा।

"यार, तुम इसे छोड़ो, मेरी कहानी पर लग जाओ," धर्म ने रणधीर से कहा।

धर्म की कहानी कई बार चली और फिर ठप्प हो गई। कभी जोश आ जाता तो बड़े ज़ोर-शोर से काम होने लगता। फिर कोई दूसरा फड़कता हुआ आइडिया मिल जाता और कुछ दिन बाद जब उससे जी उकता जाता तो फिर घूम-फिरकर उसी कहानी पर तान टूटती। तीन साल से धर्म उस कहानी की उधेड़-बुन कर रहा था। रणधीर की चिढ़ हो गई थी वह कहानी। लेकिन धर्म का मूड देखकर उसी पर काम होने लगा।

धर्म का मूड इतना अच्छा था कि कहानी बनती ही चली गई।

मंगला बिना सूचना दिये पहुँच गई कि धर्म उसके अचानक पहुँचने से उछल पड़ेगा। जब वह एक हाथ में बबलू की उँगली और दूसरे हाथ में बैग लिये अन्दर पहुँची तो ज़रीना आँखें मूँदे सज़ा के लिए हाथ फैलाए मुँह ही मुँह में कुछ बुदबुदा रही थी।

"यह क्या हो रहा है?" धर्म ने आगे झुककर पूछा।

"दुआ पढ़कर फूँक रही हूँ कि चोट न लगे।"

"जंतर-मंतर से काम न चलेगा," धर्म हँसा।

"अच्छा, लगाइए," ज़रीना ने हथेली पर फूँक मारकर कहा।

धर्म ने हल्के से छड़ी लगाई।

"ज़रा कसके मारिए। वाह, सज़ा देनी भी नहीं आती! यह देखिए..." छड़ी लेकर उसने सड़ाक-सड़ाक अपनी हथेली पर लगाई।

"अरे पगली!" धर्म ने उसके हाथ पर हथेली रख दी।

कमची जो पड़ी तो तिलमिला गया।

"हाय, सॉरी...सॉरी!" दरवाज़े पर जो नज़र गई तो चीख़ उठी, "दीदी!"

"तुमने तार क्यों नहीं दिया?" उसने बबलू को लेना चाहा लेकिन वह मंगला के पीछे छिप गया।

"सोचा, तार से पहले ख़ुद पहुँच जाऊँगी," धीरे-धीरे सब खिसकने लगे।

ज़रीना ने हाथ फैलाए। बबलू भागकर उसकी गोद में चढ़ गया। वह उसे लेकर चक्कर लगाने लगी।

"बड़ा पाज़ी है। हमने बुलाया तो अकड़ गया। बेबी ठीक है?"

"हाँ, मम्मी के पास छोड़ दिया है। दो को कैसे सँभालती, परसों है शो। रफ़ी मेरी जान को आ गए लेकिन मैंने कह दिया—बाबा, ट्रंक-कॉल आया है। सब घबड़ा गए कि न जाने क्या बात है!"

"तुमने क्या कहा?"

"क्या कहती?"

"कह देतीं, मेरा पति मेरे बिना एक पल नहीं रह सकता। न गई तो किसी खड्ड में कूदकर जान दे देगा," उसने मंगला को बाँहों में समेट लिया।

हनीमून के बाद यह पहला मौक़ा था कि धर्म ने उसे यों टूटकर प्यार किया, जैसे कोई सोया हुआ किसी अनजानी आहट से जाग पड़ा हो!

"कहाँ थे, बहुत दिनों बाद दर्शन हुए!" मंगला ने उससे प्यार के आवेश में डूबकर पूछा।

"तुम्हें ही ढूँढ़ रहा था।" व्हिस्की और मंगला। फिर व्हिस्की। जितनी पीता, प्यास बढ़ती ही जाती। व्हिस्की की भी और मंगला की भी। मंगला कभी तो बौखला जाती, बबलू का बहाना करके भाग जाती। ज़िन्दगी में पहली बार अपनी जान की क़समें दे-देकर उसने मंगला को भी पिलाई। धर्म की बात कौन टाल सकता था! और फिर वह तो उसकी पत्नी थी, प्रेमिका थी, वह कलाकार थी जो एक बार गाना सुनकर ट्यून याद कर लिया करती थी। पहले ही पैग में सातवें आसमान पर पहुँच गई। सती सावित्री ने वेश्या के प्यार को मात कर दिया।

और बबलू ज़रीना जमाल की गोद में सो जाता। उसी के हाथ से खाना खाता। वही उसे नहलाती-धुलाती।

दूल्हा-दुलहन हनीमून मना रहे थे। बारात बाहर बैठी सूख रही थी।

"बेकार क्यों फ़िल्म गँवाते हो," रणधीर ने त्रिवेदी से कहा। वह चाहता था, कुछ तो काम निबटाए।

"तो फिर हम यहाँ क्यों झक मार रहे हैं?" माधव बड़बड़ाया। उसे अपनी गर्ल फ्रेंड याद आ रही थी। 'भागवान से कहा, हेयरड्रेसर बनकर साथ चल, मगर अकड़ गई।'

"यह मालिक से पूछो," त्रिवेदी ने उत्तर दिया।

"अरे, बेचारे को बम्बई में तो फ़ुर्सत नहीं मिलती, यहाँ ज़रा मौक़ा मिला है, काहे को हुश्कारते हो! खाओ, पियो, मज़े से सेहत बनाओ," रणधीर बोला।

"तुम बनाओ सेहत, अपनी तो क़ब्र ख़ुद रही है," अनिल बिसूरा।

"अरे, तुम काहे को चिन्ता करते हो? पाँच पिक्चर हो गई हैं, कोई हाथ नहीं लगा सकता," एक नया असिस्टेंट बोला, "और यहाँ से जाते ही त्रिवेदी साहब दीनदयाल वाली पिक्चर का मुहूर्त कर रहे हैं।"

अनिल का जी ठहर गया।

भगवान जाने फ़िल्म-लाइन में बहुत ही व्यक्तिगत बातें कहाँ से टपककर गंदे नाले में पहुँच जाती हैं। धर्मदेव के स्टाफ ने तो एक शब्द भी मुँह से नहीं निकाला लेकिन जब बम्बई पहुँचे तो यह ख़बर चारों ओर फैली हुई थी कि 'नाज' ठप्प हो रही है। नये हीरो की गर्दन पर छुरी चल गई। वह बौखलाया हुआ अपने प्रोड्यूसरों के यहाँ दस्तक दे रहा है। एक फ़िल्म की तो नौ रीलें तैयार थीं। उसके डिस्ट्रीब्यूटर ने क़िस्तें देने में कुछ हिचर-मिचर शुरू कर दी थी। दूसरी फ़िल्म में उसका साइड रोल था। किसी समय भी उड़ सकता था। लेकिन उसकी हीरोइन अनिल पर दयालु थी। बाक़ी की तीन फ़िल्मों के प्रोड्यूसर फाइनेंसर घेरने रियासतों के दौरे पर गए हुए थे कि वहाँ अब भी फ़िल्म के शौक़ीन नवाबज़ादे और राजकुमार पाए जाते हैं।

धर्मदेव सब कुछ छोड़-छाड़ कहानी पर काम करने के विचार से रणधीर के गुमनाम से शैक में जा छिपा। रणधीर एक फ़िल्मी रंडुआ था। एक अदद बीवी देस में बच्चों को पाल रही थी। वह कभी बम्बई नहीं आई। लेकिन रणधीर उसे बड़ी पाबन्दी से अपनी कमाई का अधिकांश भेज देता था। दिल्लू उस ज़माने की यादगार थी जब वह दोस्तों के उधार पर बम्बई की कठिनाइयाँ झेल रहा था। वह डाँडा के ठर्राखाने में मिली थी। कमसिन-सी चिकनी-चुपड़ी-सी लड़की थी। बस, मछलियों की सड़ांध कोई झेल जाए तो वह काफ़ी मज़ेदार थी। इस छोटी-सी उम्र में बहुत दुनिया देख चुकी थी। एक दिन नशे में रणधीर उसे अपनी झोंपड़ी में ले आया। सुबह उसने जो ग़रीबी देखी तो चोली से पाँच रुपये का नोट निकालकर वापस तकिए के नीचे रख दिया।

नोट देखकर रणधीर वहीं मैले फटे बिस्तर पर बैठकर इतना रोया कि हिचकी बँध गई। उसने ये पाँच रुपये इसलिए ख़र्च कर दिये थे कि क्यों न आख़िरी बार ज़िन्दगी का मज़ा चख लिया जाए। पास ही समुद्र है तो संखिया पर पैसा बर्बाद करने की क्या ज़रूरत है? इन पाँच रुपयों ने उसका भाग्य बदल दिया। रोज़ाना की तरह फेमस में इधर-उधर ऑफ़िसों में झाँक रहा था कि कहीं शायद चाय-पानी का डौल बैठ जाए कि किसी ने कहा, तुम्हें धर्मदेव पूछ रहे थे।

धर्मदेव... ? धर्मदेव पूछे तो फिर क्या कहने हैं! उसने कोई लंबी-चौड़ी बातें नहीं कीं जो धर्मदेव प्रभावित हो जाता। न धड़ाधड़ आइडिए सुनाए, न डायलॉगों का रौब झाड़ा। बस, गुमसुम बैठा रहा।

"कुछ एडवांस की ज़रूरत हो तो..." उसने चलते समय पूछा।

"मिल जाए तो ठीक है," उसने बड़ी लापरवाही से कहा।

चेक भुनाकर वह आदत के अनुसार सीधा डाकखाने मनीऑर्डर करने पहुँचा, लेकिन कुछ सोचकर अंदर नहीं गया। वहाँ से टैक्सी पकड़ी और सीधा डाँडे पहुँचा। ख़ूब डटकर पी, ताज़ा-ताज़ा मक्खन में तली हुई मछली खाई, फिर दिल्लू का पता पूछा।

''पैडर रोड वाले फ्लैट में होगी या शायद मेरीन ड्राइव वाले घर में,'' ठर्रे के मैनेजर ने कहा।

''ऐं?'' रणधीर चकरा गया।

''अरे हाँ, पता जो पूछ रहे हो। टकियाई का पता किसे मालूम! यार, घास खा गए हो।''

रणधीर जब घर पहुँचा तो वह चौखट पर बैठी थी और बिलकुल धर्मपत्नी की तरह लड़ने लगी। उसने एक झापड़ मारा। जब वह खाट पर गिरकर उसे गालियाँ देने लगी तो उसने पतलून में से रुपये निकालकर उसके ऊपर बिखेर दिये।

दो-चार दिन बाद रणधीर ने उससे बाँदरा की मस्जिद में निकाह कर लिया। सैयद अमजद अली, फ़िल्मी नाम रणधीर की शादी सुरैया बेगम असली नाम दिल्लू से बड़ी ख़ामोशी से हो गई। और तीन बच्चे भी हो गए।

रणधीर के यहाँ दिल्लू हर तरह का आराम दे सकती थी लेकिन बच्चों का गला नहीं घोंट सकती थी। और तीन बच्चे बारी-बारी रोएँ तो कहानी कैसे बने! इसलिए वरसोवा में एक कॉटेज ले ली गई। कॉटेज का नाम सुनकर मंगला भिन्ना उठी। वह जानती थी, उन कॉटेजों में क्या होता है।

''पैडर रोड वाले फ्लैट में क्या ख़राबी है?''

''अरे हटाओ, वहाँ बीमार बुढ़िया...'' धर्म ने टाल दिया।

''बेचारी बुढ़िया क्या तुम्हें काटेगी? चार बेडरूम हैं, डाइनिंग रूम, ड्राइंग रूम—सब ख़ाली ढंढार पड़े रहते हैं। वह माँ-बेटी तो एक कमरे में रहती हैं। सब बंद पड़ा है। तुम अगले दो कमरे ले लो। बिलकुल अलग हैं। खाना पहुँच जाएगा।'' फिर मंगला नैनीताल के रवैये का रोना रोने लगी।

यह ख़बर बड़ी तेज़ी से इंडस्ट्री में फैली कि धर्मदेव ज़रीना जमाल के साथ रहने लगे हैं। मंगला से झगड़ा हो गया है। मंगला ख़ूब हँसी। अहमक कहीं के!

शूटिंग शुरू हो गई। केवल स्टाफ के लोगों को मालूम था कि हीरो बदल गया है, लेकिन यह किसी को नहीं मालूम था सिवाय कुछ ख़ास आदमियों के कि कहानी भी बदल गई है।

अनिल ने कुछ उड़ती हुई ख़बर सुनी कि शूटिंग हो रही है। वह दौड़ा हुआ आया।

''मुझे ख़बर ही नहीं दी?'' उसने और कोई तो मिला नहीं, मेकअप मैन से पूछा।

''ज़रीना का काम हो रहा था,'' उसने टाल दिया और जल्दी से बाहर निकल गया। थोड़ी देर अनिल बैठा बोर होता रहा फिर धर्मदेव से मिलने गया।

''अभी बाहर गए हैं,'' ऑफ़िस ब्वाय ने कहा।

धर्मदेव अन्दर नाक-भौं चढ़ाए बैठा था।

''बेकार परेशान हो रहे हो। मैं कहता हूँ, ठीक हो जाएगा सब,'' केशव ने चिढ़कर कहा।

अनिल सैट पर चला गया। सब उसे देखकर बेहद काम में व्यस्त हो गए। काम हो रहा है, किसे फ़ुर्सत है!

''हैलो!'' उसने त्रिवेदी को देखकर कहा।

''हैलो।'' मुँह फुलाए त्रिवेदी बाहर चला गया। वह भी उसके साथ हो लिया।

''क्या बात है?'' अनिल ने उसके साथ चलते हुए कहा। वह चुपचाप चलता रहा।

''बात अपने तक ही रहे,'' त्रिवेदी ने मेकअप रूम की चटखनी चढ़ाते हुए कहा।

''ऐं?'' अनिल के पैरों तले से धरती सरकने लगी।

''पिक्चर बंद हो गई।''

''ऐं? तो फिर यह शूटिंग?''

''पूछो मत।''

''मेरा कांट्रैक्ट है, मज़ाक नहीं। मैं तो धर्म जी की धज्जियाँ उड़ाकर रख दूँगा। समझते क्या हैं?''

''बस, तुम्हारी ओर से मुझे यही डर था। मेरी ओर देखो, बारह साल से इस इंडस्ट्री में नाक घिस रहा हूँ। माना कि मुझमें ही कुछ कमी है वरना मेरे असिस्टेंट प्रोड्यूसर बने बैठे हैं।''

''क्या बात करते हैं! आप तो इन उल्लू के पट्ठों को दस साल सिखा सकते हैं कि बेटा, डायरेक्शन क्या चीज़ होती है।''

''जानता हूँ प्यारे, मगर यहाँ तो भाग्य चलता है, भाग्य। तुम चाहो तो यह क़िस्सा कोर्ट तक ले जा सकते हो। पर जानते हो, क्या होगा?''

''क्या होगा?''

''मुक़दमा जीत जाओगे...कितना व्हाइट कांट्रैक्ट है?''

''दस...तीस ब्लैक।''

''तो तीस का तो कोई सवाल नहीं उठता। रह गए बीस, तो तुम ले चुके हो। यानी दस व्हाइट और...''

''पाँच की रसीद दी है।''

''पाँच और मिल जाएँगे। फिर, वे कांट्रैक्ट जो धर्म जी की वजह से मिले हैं, उनमें से तीन तो मुझे मालूम हैं, गोल हो गए। रह गए दो, अगर तुमने यह लफड़ा चालू कर दिया तो वे भी खटाई में पड़ जाएँगे। कोर्ट में धर्म जी के साथ हम सब गवाही देंगे कि तुम बिलकुल कूड़ा हो। बहुत पैसा बर्बाद करवाया। नैनीताल तुम्हारे सिर मढ़ दिया जाएगा। सोचो, फिर कौन तुम्हें हाथ लगाएगा?''

"मैं थूकता भी नहीं इस इंडस्ट्री पर। मैं कोई नंगा-भूखा नहीं।"

"हाँ, तुम वापस लौट सकते हो। मेरे लिए कोई रास्ता नहीं।"

"त्रिवेदी साहब...!"

"अगर तुम ठंडे मन से सुनो तो...मैं धर्मदेव से खुल्लमखुल्ला बिगाड़ नहीं करूँगा। वह अपनी-सी करने पर उतर आया तो मेरा कबाड़ा हो जाएगा। बड़ा हीरा आदमी है, मगर ज़िद आ जाए तो बड़ा ज़हरीला आदमी है। इंदौर वाले सेठ बड़े सीधे-से आदमी हैं। उन्होंने अभी इंडस्ट्री नहीं सँभाली है। इससे पहले कोई हुश्काए, दयाल जी वाली पिक्चर सैट पर चली जाए। मैं इस दिन से हमेशा डरता था, मैंने पूरी तैयारी कर ली है। तुम्हारा रोल ऐसा है कि तुम जम जाओगे। भावुक न बनो। समझ गए?"

"समझ गया। लेकिन एक बार फ़िल्म बन जाए, फिर..."

"फिर तुम सफलता की ख़ुशी में सब भुला दोगे। मैं दयाल जी के यहाँ जा रहा हूँ। उन्होंने बुलाया है। चलते हो?"

"चलिए।" अनिल खड़ा हो गया।

"यों नहीं, तुम चलो, मुझे ईरानी के होटल के पास मिल जाना। वहाँ से टैक्सी ले लेंगे। मुझे ज़रा केशव से काम है।"

लोग कैसी बेपर की उड़ाया करते हैं, मंगला यह अच्छी तरह जानती थी। स्वयं उसके लिए विवाह से पहले यह प्रसिद्ध हो गया था कि धर्म ने शादी से पहले उसका एबार्शन करवाया था। धर्म की कोई बात उससे छिपी हुई नहीं थी। जब रीता पर वह 'बाली' की शूटिंग के ज़माने में कुछ नर्म हुआ था तो सारी इंडस्ट्री में धूम मच गई थी। उसने अपने जासूस छोड़ दिये थे जो मिनट-मिनट की ख़बर देते थे। ज़रीना पर उसे संदेह करने का कोई कारण ही दिखाई नहीं दे रहा था। जब धर्म पैडर रोड वाले फ्लैट में काम कर रहा था तो ज़रीना की बड़ी बहन और बहनोई आ गए थे। माँ की भी तबीयत ठीक थी। इसलिए वह या तो स्टूडियो चली जाती जहाँ डांस की प्रैक्टिस करती थी या मंगला के पास आ जाती। दोनों शॉपिंग को जातीं या बैठी गप्पें लगाया करतीं। ज़रीना हद दरजे की बातूनी थी। वह अब भी न फ़िल्मी परियों के से कपड़े पहनती थी न मेकअप करती थी।

मंगला रोज़ स्टूडियो जाती थी मगर उसने कभी ज़रीना को धर्म के ऑफ़िस में नहीं देखा। धर्म ने अब एक स्थायी स्टूडियो ले लिया था। ऑफ़िस के साथ ही पूरा फ्लैट लगा हुआ था। अब स्क्रिप्ट का काम वहीं होने लगा। ज़रीना के फ्लैट में उसकी दूसरी बहन भी आई हुई थी। उन लोगों की तकलीफ़ के विचार से धर्म ने स्टूडियो का फ्लैट फर्निश कर लिया था। जब मंगला होती तो वह उसके पास जा

बैठती। बस, पूरे समय उसका बटुआ उठाए साथ रहती। ऐसा ख़याल कभी किसी हीरोइन ने मंगला का नहीं किया था। उसे ज़रीना पर बहुत प्यार आता था।

शूट के बाद वह भागी-भागी मंगला के पास आती।

"ठीक था न दीदी?"

"अपने डायरेक्टर से पूछो।"

"वाह जी, हम तो डायरेक्टर के डायरेक्टर से पूछेंगे। वह आप से ही ठीक रहते हैं। वरना बस, अपना तो दम निकलता है।"

"तुम्हें उनसे डर लगता है?"

"बहुत।"

"क्यों?"

"अरे, बड़े ग़ुस्से के तेज़ हैं। सुना है, मार बैठते हैं...।"

"हट पगली, यह तुझसे किसने कह दिया?"

"साइलेंस," धर्मदेव ने दोनों की खुसर-पुसर से चिढ़कर कहा। माइक टैस्ट हो रहा था।

ज़रीना दुबक गई।

"क्यों तुम लोग बड़बड़ किया करती हो? चुपकी नहीं बैठतीं तो भागो यहाँ से!" वह मंगला के पास आकर बोला।

"देखा," ज़रीना ने सहमकर मंगला की बाँह पकड़ ली, "भाग चलो, इसी में ख़ैरियत है।"

"अच्छा, बाबा, जाते हैं," मंगला उठ खड़ी हुई।

"अरे बैठो, मैंने तो मज़ाक में कहा था।"

"ओहो, तो तुम समझे, हम सचमुच डर गए? बाबा को दूध देना है।" मंगला बटुआ उठाकर चली गई। उसने मुड़कर नहीं देखा कि जब धर्म ने ज़रीना को डाँटा कि बीच सीन में इधर-उधर की बातें न किया करो, मूड ख़त्म हो जाता है, सिलसिला टूट जाता है तो उसने शर्मिन्दा होकर जल्दी से हथेली सज़ा के लिए बढ़ा दी। धर्म का मुँह एकदम से फक हो गया, जैसे कोई चीज़ उसके अस्तित्व में से उभरी और ज़रीना की संदली हथेली पर तड़पने लगी! ज़रीना भी उसका रंग देखकर डर गई। शायद वह उस मज़ाक को भूल गया होगा तभी तो यों परायों की तरह घूरने लगा।

सीन बहुत ही नाज़ुक था। ज़रीना एक बहुत ही चरित्रहीन और सस्ती क़िस्म की लड़की के रूप में एक भोले-भाले शरीफ़ घराने के युवक को बहकाकर अपने कोठे पर ले जा रही है। दो महीने से हज़ारों रुपये की लागत से बनाया हुआ सैट पूरे स्टूडियो में खड़ा था। मालूम होता था, बम्बई की गंदी गली लाकर सजा दी गई है।

धर्मदेव मासूम और शरीफ़ हीरो के रूप में कच्चे धागे से बँधा उसके जादू से आकर्षित खिंचा चला जा रहा था। ज़रीना के चेहरे का उतार-चढ़ाव, ठुमकती हुई

चाल और बदन की तोड़-मरोड़ देखकर ऐसा मालूम होता था कि वह बहुत ही अनुभवी शरीर बेचने वाली लड़की है! उसके चेहरे से चरित्रहीनता टपक रही थी और निगाहों से नंगी भूख। पूरा स्टाफ उसके अभिनय में खो गया था। ज़रीना की बहन, जिसे शूटिंग देखने का बहुत शौक़ था, उस भयानक सीन को देखकर सिर से पैर तक काँप रही थी। मंगला भी सीन से ऐसी प्रभावित थी कि उसे विश्वास नहीं हो पा रहा था कि वह गाना, जो उसने जी लगाकर गाया था, ज़रीना के होंठों पर इतना साकार और कामुक बन जाएगा। कई दिन से धर्म इस सीन में जान डाल रहा था। दिन-रात एक कर दिये थे। आज शायद वह भी यह भूल गया था कि यह केवल फ़िल्म का एक सीन है। सीन की समाप्ति पर देर तक सन्नाटा छाया रहा।

"कैसा रहा दीदी ?" ज़रीना मंगला के सामने घुटनों बैठकर पूछ रही थी।

मंगला ने पल-भर उस चरित्रहीन वेश्या को देखा जो उसके मासूम पति को सर्वनाश के गड्ढे में घसीटे लिये जा रही थी। उन मासूम आँखों में एक कलाकार की प्रार्थना थी। उसने लम्बी साँस खींची और ज़रीना को सीने से लगा लिया।

स्टूडियो तालियों से गूँज उठा। धर्म की बाछें खिल गईं। उसने एक शब्द भी ज़रीना से नहीं कहा और दूसरे शूट की तैयारी में जुट गया।

धर्म की यह पुरानी आदत थी कि जब शूटिंग पूरे ज़ोरों पर होती थी तो सिवाय फ़िल्म के वह हर चीज़ को भूल जाया करता था। मंगला से भी उसकी माँग बहुत ठंडी पड़ जाती थी। पिक्चर उसे बिलकुल अपनी सौतन लगती थी, जिसकी चाह में वह अपनी चहेती पत्नी को भी भूल जाया करता था। लेकिन अब वह इतनी नादान न थी। वह धर्म और उसमें रचे हुए कलाकार को पहचान चुकी थी। पहले वह ईर्ष्या और द्वेष की आग में तपा करती। तरह-तरह के संदेह करती। जासूस लगाती, ज़रा-ज़रा-सी बात का बतंगड़ बना देती। लेकिन अब उसने हर ओर से ठोंक-बजाकर देख लिया था। उसके मन में संदेह पैदा होते तो वह बिना सोचे-समझे फट पड़ने के बजाय ठंडे दिल से जाँच-पड़ताल करती और इत्मीनान कर लेती कि यह सब एक्टिंग है। बाहर ही बाहर है, अन्दर कुछ नहीं। जैसे ये दिखावे के महल-दुमहले कुछ नहीं, केवल खपच्चियाँ हैं।

लेकिन खपच्चियाँ ही जोड़-जोड़कर अर्थी सजाई जाती है।

कैसी छोटी-सी बात थी जो बनी तो पहाड़ बन गई।

रणधीर मेकअप रूम में ज़रीना को सीन और डायलॉग समझा रहा था। वह बड़े ध्यान से सुन रही थी। उसका चेहरा सीन के प्रभाव से पिघला जा रहा था। मलगज़ी-सी साड़ी में वह बहुत ही दुखी और लाचार लग रही थी। धर्म बड़े ध्यान से उसके चेहरे के नाजुक कम्पनों को देख रहा था।

रणधीर किसी काम से बाहर चला गया। लेकिन वह उसी तरह कुचली हुई सीन में डूबी बैठी रही। इस बेसुधी पर धर्म बेचैन हो गया। वह उसके पास गया,

लेकिन वह पत्थर की मूर्ति बनी रही। अपने स्वभाव के बिलकुल विपरीत उसने उसकी ठोड़ी ऊपर उठाई। वह अब तक एक्टिंग कर रही थी। उसने नामुराद आँखें ऊपर उठाईं और एक आँसू मोती बनकर टपक पड़ा।

कि यह भी सीन में था।

धर्मदेव वहाँ नहीं था। उसने कन्धे पकड़कर उसे उठाया।

ज़रीना सिसकी भरकर उसके सीने से लग गई। कि यह सीन था।

धर्म ने झुककर अपने होंठ उसके काँपते हुए होंठों पर रख दिये। कि यह सीन में नहीं था।

वह न घबराई, न बिगड़ी। उसकी बाँहें धर्म की गर्दन में जा पड़ीं। उसकी गर्दन में मुँह छिपा लिया। फिर उसके कुर्ते का बटन दाँतों में लेकर खन्न-से हँस दी।

किसी के क़दमों की चाप सुनकर वह उछलकर अलग हो गया और रणधीर आया तो बग़लें झाँकने लगा। लेकिन ज़रीना वही शर्माई हुई मुस्कराहट लिए शून्य में खोई रही।

''शूट तैयार है, चलो।'' वह फ़ाइल उठाकर चल दिया। धर्म भी लपककर उसके पीछे भागा।

''कितना सुन्दर सीन है!'' उसने मेकअप मैन से कहा जो उसका मेकअप ठीक कर रहा था। वह कुछ न समझा।

जब ज़रीना सैट पर आई तो धर्म की घिग्घी बँधी हुई थी। उसकी ओर देखते जान निकल रही थी। ऐसी भूल-चूक की बड़ी क़ीमत भुगतनी पड़ती है अहमक प्रोड्यूसर को। अब साली रौब गाँठेगी। ऐसी दिलेर नज़रों से देखेगी कि मेकअप रूम वाला सीन सबको मालूम हो जाएगा। बस, इठलाना, मौक़े-बे-मौक़े लगावट शुरू हो जाएगी। बड़ा धम्माल मचेगा। मंगला कच्चा चबा जाएगी। फ़िल्म रगड़े में पड़ जाएगी।

लेकिन वह आई तो उतनी ही शिष्ट और सतर्क, जैसी पहले दिन थी कि धर्म को सन्देह होने लगा कि कहीं यह उसके दिमाग़ का कोई धोखा तो न था! कुछ हुआ भी था या नहीं। सीन उसने इतना डूबकर किया कि स्वयं धर्म बिलकुल सपाट हो गया। बार-बार शूट लिया जाता। ज़रीना पहले से और अच्छी सिद्ध होती, धर्म और भी कूड़ा हो जाता।

''क्या मूड नहीं है?'' रणधीर ने धीरे से पूछा। और धर्म के अन्दर सहमा हुआ कलाकार दिलेर हो गया। और फिर फ़िल्म की गाड़ी पटरियाँ बदलने लगी। धर्म ने सीधी सड़क छोड़कर घाटियों में उतरना शुरू कर दिया। रणधीर के होश उड़ने लगे। लेकिन वह भावनात्मक धर-पटक के बाद शारीरिक तोड़-मरोड़ पर उतर आया। लेकिन ज़रीना काठ की पुतली की तरह थी। इस सीन के बाद धर्म घंटों बदहवास रहता। ब्रांडी की ज़रूरत पड़ जाती, ज़रीना लोट-पोटकर फिर वही की वही। साफ़

दिल खिलंडरी...शिष्ट!

'सब सेन्सर काट देगा,' रणधीर मन में सोचता। पर धर्म जी का मूड बनता है तो सब चलता है। फ़िल्म जितनी बनी है, बेमिसाल है। डूबने का अब डर नहीं बशर्ते कि भूचाल न आ आए। हालाँकि भूचाल के सारे आसार दिखाई देने लगे थे। धर्म का पागलपन बढ़ता जा रहा था। नींद बहुत कम हो गई थी। रणधीर को झोंके आने लगे थे, वह डटा रहता। उसकी बुद्धि काम नहीं कर रही थी कि क्या करे! रात देर तक घर से बाहर रहने पर दिल्लू बावेला मचाने लगती थी।

रणधीर को ग़ुस्सा आता था मंगला पर कि वह जो दूर से ही गंध सूँघकर चौकन्नी हो जाया करती थी, क्यों ढील दे रही है। धर्म खुली किताब की तरह था जिसे पढ़ना कठिन न था। एक दिन बातों-बातों में उसने पूछ ही लिया। धर्म ने झुठलाया नहीं, बस, चुप हो गया। रणधीर ने दूसरी ही चाल चली।

"यार, आज मैं जल्दी जाऊँगा, कुछ दिल्लू की तबीयत ख़राब है।"

"अरे, क्या हो गया?"

"कुछ औरतों की तकलीफ़ है।"

"तो तुम क्या दाई हो? तुम क्या करोगे? चलो, डॉक्टरनी को लिये चलते हैं, आज वहीं बैठेंगे।"

"जी हाँ, वहीं बैठेंगे! साफ़ बात सुनोगे? मेरी पत्नी संन्यासिनी नहीं है। जवान है और उसे मेरी ज़रूरत होती है।"

"यार, तुम तो कह रहे थे, कुछ औरतों की तकलीफ़..."

"तो क्या बस मर्दों को ही होतो है, औरतों को नहीं होती? तुम्हारा और भाभी का न जाने भाई, क्या मामला है! मेरे ख़याल से इसी मारे तुम्हें नींद नहीं आती।"

धर्म फिर चुप हो गया।

"कितने दिन हो गए?"

धर्म चुप रहा।

"भई, कमाल है, अजीब आदमी हो!"

उस दिन उसने मंगला को फ़ोन कर दिया कि खाना न लाए, वह घर आकर खाएगा।

मंगला का रोम-रोम पुलक उठा। बड़ी तैयारियाँ कीं। बच्चों को जल्दी सुला दिया। नहा-धोकर गेरुआ रंग की साड़ी पहनी। गीले बाल धर्म को बहुत पसन्द थे। उसने यों ही खुले छोड़ दिये। धर्म नहा-धोकर बैठा तो दौर चलने लगा। धर्म कुछ चुप-चुप-सा था। इधर-उधर की बातें होती रहीं।

"हाय, ज़रीना को कैसा सड़ा-सा रोल दे दिया! झमकदार कपड़ों का एक भी तो सीन नहीं। ड्रीम सीक्वेन्स डाल देना था।"

"ड्रीम सीक्वेन्स? यह इस टाइप की पिक्चर नहीं।"

"उँह, क्या फ़र्क़ पड़ता है! पब्लिक तो पसन्द करेगी।"

"मैं जो पसन्द नहीं करूँगा।"

मंगला की समझ में न आया किस विषय पर बात करे।

"बर्मन दादा ने कहा था नई ट्यून के लिए। मुझे तो अच्छी लगी। तुमने सुनी?"

"हटाओ पिक्चर-विक्चर की बातें। दिमाग़ ख़ाली हो रहा है।" उसने मंगला के गीले बालों की लट अपने दाँतों में पकड़ ली। मंगला ने अपना चेहरा उसकी गर्दन में छिपा लिया। धर्म ने हाथ बढ़ाकर बल्ब बुझा दिया। "कितना सुंदर सीन लिखा है रणधीर ने! मेरा तो पढ़कर ही तन काँपने लगा।" उसने सीन की याद में उसके कुर्ते का बटन दाँतों में दबा लिया और हँसने लगी।

धर्म को ऐसा लगा, किसी ने पिचकारी से एकदम सारा ख़ून उसके बदन से खींच लिया। उसने धीरे से मंगला को हटाया और पैर लटकाकर बैठ गया।

"क्या हुआ?" मंगला ने कुहनी के बल होकर पूछा।

उसके मुँह से एक शब्द न निकला, सिर्फ़ सिर हिलाता रहा। फिर वह उठकर बाथरूम की ओर लपका और वाश-बेसिन पर झुक गया।

"ख़ाली पेट पीने से यही होता है।" वह उसके माथे पर यूडीकोलिन छिड़कने लगी।

"सॉरी मंगला!" उसने मंगला का हाथ पकड़कर अपनी जलती हुई आँखों पर रख लिया।

जैसे माँ हज़ार बच्चों की आवाज़ में से अपने बच्चे की आवाज़ सुनकर फ़ौरन पहचान लेती है, उसी तरह धर्म का पूरा स्टाफ उसके रवैये से फ़ौरन उसके मस्तिष्क के परदों में छिपे हुए तूफ़ान को अच्छी तरह पहचान रहा था। छोटे-छोटे कर्मचारियों ने तो इधर-उधर पतवार की तलाश में हाथ-पैर मारने शुरू कर दिये थे। अगर कोई प्रोड्यूसर दिवाला निकालकर ग़ायब हो जाता तो उसका स्टाफ सिरकटी मुर्ग़ी की तरह तड़पता रह जाता। फ़िल्म-प्रोड्यूसर का उचित-अनुचित पक्ष लेकर वे वैसे ही फ़िल्म-इंडस्ट्री में स्थान खो चुके होते हैं।

धर्म ने हर विभाग में तबाही मचा दी। अच्छी-भली शूटिंग स्थगित कर दी। अधूरे सीन छोड़कर एकदम फिर 'नाज़' की शूटिंग शुरू कर दी। त्रिवेदी को वापस बुलाकर ख़ूब उससे उलझा।

"अगर मैं कोई ग़लती करता हूँ तो तुम लोग मुझे रोकते क्यों नहीं? कम्पनी का सारा मुनाफ़ा मेरी जेब में तो नहीं जाता।" सबको मालूम था कि सचमुच इतना कमाने पर भी उसकी जेबें ख़ाली थीं। इधर का रुपया उधर हो रहा था। सबका जी उचाट हो रहा था।

फिर उसने त्रिवेदी को टाल दिया और अपने दो कांट्रैक्ट बाहर कर लिये।

"भाड़ में जाए यह कम्पनी!" मंगला ने भी हाँ में हाँ मिलाई, "स्टार के मज़े होते हैं। स्टाफ का छकड़ा तो नहीं घसीटना पड़ता!"

रणधीर क्योंकि धर्मदेव का अंतरंग था। सबने उसी को घेरा। धर्म को तो काम मिल गया लेकिन दूसरे तो बेमौत मर जाएँगे। कम्पनी डूबने का सारा बोझ उन्हीं को भुगतना पड़ेगा।

"आख़िर यार, बात क्या है? दिल आ गया है?"

"हिश्त!" धर्म का चेहरा गुलाबी हो गया।

"अरे, तो इसमें यों कलाबाज़ियाँ खाने की क्या ज़रूरत है?"

धर्म चुप रहा।

"तुम तो यार, बिलकुल लौंडों की तरह दम दे रहे हो। दो पैसे की लौंडिया के पीछे दस साल की मेहनत पर पानी फेरे देते हो।"

"मेरा दिमाग़ ख़राब हो जाता है," धर्म ने दिल का बोझ हल्का कर ही डाला, "एक आग-सी फुँक रही है।"

"तो कौन तुम्हारा गला काट रहा है! अमाँ यार, मुहब्बत ही तो है। साली हो गई तो क़यामत तो नहीं आ गई।"

"तुम नहीं जानते, मैं कितना परेशान हूँ। जी चाहता है, यह लाइन छोड़कर कहीं दूर चला जाऊँ।"

"अमाँ, मरे क्यों जाते हो? बेकार ही बात का बतंगड़ बना रहे हो। तुम मेरे साथ चलो।"

"कहाँ?"

"जहन्नुम में।...भाभी!" रणधीर ने मंगला को फ़ोन किया, "धर्म को ज़रा मैं अपने साथ ले जा रहा हूँ। बड़ी टेढ़ी सिचुएशन फँस गई है। हम लोग रात-भर बैठेंगे।"

"मैं खाना लेकर आऊँ?"

"नहीं भाभी, दिल्लू बुरा मान जाएगी। तुम क्यों तकलीफ़ करती हो? अगर जल्दी काम निबट गया तो आपको फ़ोन कर देंगे। और फिर खाने के बाद नींद आने लगती है।"

"लो, अब उठो," उसने धर्म को आँख मारकर कहा। उसका मुँह ज़रा-सा हो रहा था। बाहर निकलकर उसने बड़ी लापरवाही से कहा, "ज़रीना जी को लेते हुए पहुँच जाना। बलदेव से मैंने कह दिया है। वह तुम्हें क्वालिटी के सामने मिलेगा। और हाँ, सोडा न भूलना।"

"यह क्या कर रहे हो?"

"तुम्हारा सिर।"

"नहीं!" धर्म सिर से पैर तक काँप गया।

"अरे, तो इसमें बात ही क्या हुई! अगला सीन डिसकस करना है न।"

"उफ़!" धर्म ठंडा पड़ गया।

ज़रीना जमाल मेकअप समेत ही घर चली जाया करती थी। वही स्टूडियो की मैली-कुचैली साड़ी पहने चली आई। न कुछ पूछा न ताछा, ख़ुशी-ख़ुशी आ गई।

रणधीर और धर्म अन्दर बैठे पी रहे थे। बच्चे ऊपर के हिस्से में सोने जा चुके थे। ज़रीना आँगन में बैठी कुत्ते के पिल्लों से खेल रही थी। वह इतनी बड़ी स्टार तो थी नहीं कि घर वाले उसके आगे-पीछे फिरते या पड़ोसियों से मिलने जाते समय उससे अनुमति माँगते।

"यार, शोर मचाया तो?" धर्म के हाथ नई दुलहन की तरह ठंडे थे।

"तो साली का गला दबा देना।"

लेकिन ज़रीना ने शोर नहीं मचाया।

जब रणधीर और दिल्लू वापस लौटे तो धर्मदेव बरामदे की सीढ़ियों पर बैठा सिगरेट फूँक रहा था। उसका हवन्नक चेहरा देखकर रणधीर का दिल डूबने लगा। लेकिन जब ध्यान से देखा तो नई दुलहन ने मुस्कराकर नज़रें झुका लीं।

"जियो प्यारे!" रणधीर ने उसका कन्धा थपथपाकर कहा और वहीं फसक्कड़ा मारकर बैठ गया।

"मैं बहुत ही कमीना हूँ," धर्म ने मरी हुई आवाज़ में कहा।

"कौन-सी नई बात बता रहे हो! मर्द की ज़ात ही कमीनी होती है," रणधीर ने गर्व से कहा, "यही मर्द की शान है कि हरामकारी करता है मगर पछता लेता है।"

कमरे में झाँककर देखा तो ज़रीना साड़ी में मुँह छिपाए गुड़ी-मुड़ी पड़ी थी।

"इसे घर भिजवा दो," धर्म ने सहमकर कहा और ख़ुद बाथरूम में चला गया।

दिल्लू ने ज़रीना का कन्धा छुआ तो मालूम हुआ, वह बेसुध सो रही है।

दूसरे दिन सैट पर धर्म के होश उड़े हुए थे। रणधीर को भी घबराहट हो रही थी। शूट तैयार था और अभी तक ज़रीना नहीं आई थी। ड्राइवर ने वापस आकर कहा, "वहाँ तो कोई नहीं है। घंटी बजाते-बजाते तंग आ गया।"

"किसी से पूछा होता!"

"पूछा साहब! बम्बई में किसी को कुछ पता नहीं रहता कि पड़ोस में क्या हो रहा है।"

सुबह से धर्म बैठा सिगरेट फूँक रहा था। रणधीर को भी मालूम था कि अब कमबख़्त आएगी तो नखरे बघारती, इठलाती, जैसे रात के सौदे में सारे स्टूडियो को ख़रीद लिया! उसे प्रोड्यूसर की मुँहचढ़ी औरतों ने बड़े दुख दिये थे। अपने अपमान का प्रतिशोध स्टाफ के जूतियाँ लगाकर लेती है। ज़रीना न जाने कब से इस दिन की ताक में थी! कमाल है!

साढ़े दस बज गए, तब तो धैर्य की सीमा टूटने लगी।

"रणधीर, कैसे मालूम, फ्लैट में कोई नहीं?"

"टेलीफ़ोन कोई नहीं उठाता...न ड्राइवर...हैं? नहीं यार," धर्म का उड़ा हुआ चेहरा देखकर रणधीर के होश भी उड़ने लगे। और जो माँ-बेटी ने कुछ खा लिया और चिट्ठी छोड़ दी तो?

"चलते हो, दफ़्तर में एक चाबी फ्लैट की पड़ी है।"

जैसे ही दोनों उठे, जैसे मशीनगन की बाढ़ चल पड़ी।

ज़रीना और मंगला मोटर से उतरीं और तेज़ी से उनकी ओर लपकीं।

'या पीर दस्तगीर...या मुश्किल को आसान करने वाले!' रणधीर का गला सूख गया, 'आज उड़ेंगी धज्जियाँ!'

"आमिना के बेटा हुआ है," मंगला ने चहककर कहा, "साढ़े सात पौंड का मोटा-तगड़ा।"

आमिना ज़रीना की बहन थी।

"ऐं!" धर्म लड़खड़ाकर कुर्सी से उलझा।

"मैंने अस्पताल से फ़ोन किया, एंगेज—एंगेज, क्या मुसीबत है!" ज़रीना नाटकीय ढंग से बोलने लगी, "मैंने दीदी को फ़ोन किया।"

"बबलू ज़िद करने लगा, हम भी चलेंगे। इतने सवेरे कैसे ले जाती...।" मंगला फर-फर बोले जा रही थी, "और वहाँ यह पगली डर के मारे जान दे रही थी कि शूटिंग पर देर हो जाएगी तो धर्म जी मार डालेंगे।"

धर्म जी बड़ी तल्लीनता से मेज़ की दराज़ में कोई नामालूम चीज़ खोज रहे थे।

"आपके यहाँ से आई तो आपा बैठी रो रही थीं। मुझे क्या पता था! मैं तो मोटर वापस कर चुकी थी। बड़ी मुश्किलों से टैक्सी आई तब मैं और अम्माँ..." ज़रीना बके जा रही थी, "बस, दस मिनट में रेडी।" वह मेकअप रूम में भागी।

रणधीर अपने जूते के तस्मे बाँध रहा था।

'ऐसी-तैसी पिक्चर की! दलाली में भी मुँह काला करो,' उसने बूट का तस्मा इतनी ज़ोर से कसा कि टूटकर हाथ में आ गया।

दिन-भर ज़रीना बड़ी मुस्तैदी से शूटिंग करती रही। हमेशा की तरह रणधीर ने उसे डायलॉग समझाए। झूम-झूम उठी। धर्म ने सीन की व्याख्या करते समय आँखों में कुछ खोजने की कोशिश की, वहाँ कुछ न था। सीन सुनती गई और हमेशा की तरह उसमें डूबती चली गई।

लंच-ब्रेक में धर्म और रणधीर की आँखें चार हुईं।

"ख़ुदा क़सम, भाभी को देखकर तो मेरी जान ही निकल गई थी।"

"मेरी तो अभी तक निकली हुई है।"

"प्यारे, अब भी बिसूर रहे हो! सच बताओ, कुछ रात मामला पटा भी या गच्चा दे गई?"

"नहीं यार...यह सोच रहा हूँ, वह कौन होगा?"

"कौन?"

"उसका पहला प्रेमी?"

"लाहौल वला कुव्वत, यार, हद करते हो! जी चाहता है कि..."

"उफ़्फ़ोह, तुम...मैं तुम्हें कैसे समझाऊँ...शायद वह उसे चाहती होगी।"

"तुमने पूछ लिया होता!"

"टाल गई। बस, चुप हो गई। यार, इतनी-सी उम्र में..."

"सूखी-मारी है इसलिए ज़रा-सी लगती है। ऐसी नन्ही नहीं। ख़ैर, तुम्हारा जुनून तो ठंडा हो गया। यार, एक बात याद रहे, कहीं भाभी के सामने न उगल देना। बड़े तनतने वाली औरत है। मगर एक बात कहूँगा यार, क़सम से, भाभी मामूली औरत नहीं, देवी है। इस चुड़ैल से किस प्यार से मिलती है!"

दोनों मंगला के गुण गाते सैट पर पहुँच गए।

यह साधारण नियम है, जब कोई चाह पूरी हो जाए तो घर की मुर्ग़ी दाल बराबर हो जाती है। लेकिन ज़रीना को पाकर भी धर्म की प्यास न बुझी, बल्कि दुगुनी हो गई। उसे जीतकर भी पराजय की भावना रही। शरीर मिला लेकिन आत्मा हाथ न आई। सब कुछ सौंपकर भी वह न जाने कौन-सी अनजानी चीज़ उससे बचा ले जाती! हर घड़ी साथ रहकर भी वह अछूती और अजनबी ही रही। उसके चेहरे की मासूमियत और कुँवारपन बना रहा। उसके अस्तित्व के आन्तरिक भाग पर किसी भी गंदगी का प्रभाव न पड़ सका। न उसकी शोख़ी और अल्हड़पन में कोई अन्तर आया। वह उसे पिघलाने के लिए सुलगते हुए वाक्यों का प्रयोग किए चला जाता, उसके तलवे आँसुओं से तर कर देता, भावावेश से उसका दम घुटने लगता। तब वह किसी बहुत ही बचकानी बात की आड़ लेकर खिलखिलाकर हँस पड़ती। वह उसकी बाँहों से निकलकर जब सैट पर जाती तो बिलकुल भिन्न होती। जैसे एक सैट से दूसरे सैट

पर, एक सीन से दूसरे सीन पर वही संयम, और स्नेह जो बाँहों में, वही सैट पर। धर्म कभी बड़े अर्थपूर्ण अंदाज़ में उसकी आँखों में आँखें डालता तो उसका दिल बैठ जाता। उन आँखों में बीती हुई रात की कोई चर्चा न होती। तब वह बुरी तरह भयभीत हो उठता। वह मुझे नहीं जानती। धर्मदेव डायरेक्टर को जानती है। मुझे भूल चुकी है। मैं, जो केवल डायरेक्टर नहीं, मैं हूँ।

वह उसे किसी बहाने से सीन समझाने के लिए मेकअप रूम या दफ़्तर में ले जाता।

"क्या कुछ नाराज़ हो?" वह अपराधियों की तरह पूछता।

"नहीं तो, क्यों?" वह बड़ी सादगी से पूछती।

"काम का मूड नहीं... ?"

"नहीं, नहीं। आज तो बहुत मूड है। बहुत ही सुन्दर सीन है," वह डर जाती।

"थकी हुई हो?"

"नहीं, बिलकुल नहीं।"

"अल्ला क़सम?" धर्म ने ज़रीना से क़सम खानी सीख ली थी।

"अल्ला क़सम।" वह बड़ी गंभीरता से कहती।

फिर वह दोनों हाथ फैला देता और वह मूर्ति की तरह थिरकती उसकी बाँहों में समा जाती। और उसकी गर्दन पर धड़कती हुई रग पर होंठ रख देती।

दो साल से फ़िल्म बन रही थी। लेकिन उसके ट्रायल देखने वालों का विश्वास था कि हिट हो या न हो, यह धर्म की सबसे शानदार फ़िल्म सिद्ध होगी। इसलिए उसने अभी तक पूरी बिज़नेस नहीं की थी। हर जगह एडवांस पर देने का इरादा था, ताकि सारी मेहनत और ख़र्चा वसूल हो जाए।

शूटिंग के ज़माने में उसके स्टाफ ने ज़रीना से उसके सम्बन्धों को कुँवारी का भेद समझकर छिपाया। केशव उन सबका मुखिया था। वह धर्म को अच्छी तरह जानता था। वह जानता था बिना ज़रीना के वह बिना टायर की मोटर की तरह ठप्प हो जाएगा। हालाँकि आँखों की सुइयाँ रह गई हैं, वह अब भी पिक्चर को ख़ाक में मिला सकता था।

लेकिन वह यह भी जानता था कि धर्म मंगला के बिना भी ज़िन्दा नहीं रह सकता। जब वह रूठ जाती है तो आहत-सा होकर रह जाता है। जब तक मिलाप न हो जाए, सैट खड़ा रहेगा। धर्म अपने रहस्यपूर्ण कमरे में पड़ा पैग पर पैग चढ़ाएगा। फिर कहानी बदलने की योजना बनाता रहेगा। जब बात हद से गुज़रने लगती तो स्टाफ का एक प्रतिनिधिमंडल मंगला को समझाने जाता। बाल-बच्चों का वास्ता, कम्पनी के बाल-बच्चों का वास्ता। मंगला को मजबूर होकर ग़ुस्सा थूककर सोचना

पड़ता। तब वह मज़ेदार खानों का कटोरदान लिये, गेरुआ बंगाली ढंग की धोती पहने, ढेर-सा सिंदूर माँग में रचाए, बच्चों का हाथ पकड़े रूठे देवता को मनाने आती। फिर थोड़ी देर बाद धर्मदेव झेंपता, मुस्कराता सैट पर आ जाता और सबके चेहरे खिल उठते। ज़रीना को न रूठना आता था, न उसे मनाने की किसी को ज़रूरत पड़ी। न स्टाफ के लोगों पर उसने रौब झाड़ा। सबको दादा, भैया, काका बना लिया था। न किसी को मस्का लगाने की चिन्ता होती थी।

गानों की रिकॉर्डिंग के बाद मंगला बहुत कम स्टूडियो जाती थी। नैनीताल में जो व्हिस्की चखी थी, अब वह अकेलेपन का सहारा बन चुकी थी। दो-चार दिलचस्प क़िस्म की सहेलियाँ इकट्ठी हो जातीं, ताश खेलतीं। दो-दो शो अंग्रेज़ी फ़िल्मों के देख डालतीं। कभी धर्म के साथ जाती तो वह इतना थका हुआ होता था कि बीच में खर्राटे लेने लगता या गाड़ी में बैठा पिया करता। कभी ज़रीना और उसकी बहन भी होतीं। ज़रीना के साथ फ़िल्म देखने में बड़ा मज़ा आता। बहुत ही हँसाती। अगर धर्म कभी रुखाई से उसकी ओर देख लेता तो वह जीभ निकालकर कोने में दुबक जाती।

''यहाँ भी रौब झाड़ते हो जी,'' मंगला बड़बड़ाती, ''बेकार की चिढ़ है बेचारी से।''

और धर्मदेव जल्दी से उठकर अपनी गाड़ी में जा बैठता।

केशव की नाकेबन्दी को फलाँगकर अफ़वाहें इंडस्ट्री के चंडूखाने में ख़ूब फैल रही थीं। मंगला से कभी इंटरव्यू में कोई मनचला पत्रकार पूछ लेता तो वह सबकी टाँग घसीटने लगती।

''वह तो मेरी सहेली है। फ़िल्म वालों के दिमाग़ बड़े गंदे होते हैं। बकवास करते हैं।''

लोग उसकी मूर्खता पर पीठ-पीछे हँसते।

रीता और रम्मी की शादी जिस धूम-धाम से हुई थी, वैसे ही दम तोड़ रही थी। रीता की सिफ़ारिशों से उसे भी काम मिलने लगा। रीता तो बच्चे की पैदाइश में फूलकर भैंस हो गई, उसके भाग्य का सितारा चमक गया और उसने पत्नी को बिलकुल गृहस्थिन बनाकर बहुत ठाठ के फ्लैट में रख दिया। ख़ुद फर्राटे भरने लगा। रीता ने बहुत ऊधम मचाया, लेकिन किसी ने उसकी बकवास पर ध्यान नहीं दिया। क्योंकि धर्म की फ़िल्म के बाद उसकी सारी फ़िल्में फ्लॉप हो गईं और इंडस्ट्री ने उसे दूध की मक्खी की तरह निकाल फेंका। हाँ, रम्मी की पत्नी के नाते अब भी उसकी साख थी।

मंगला से उसका मेल-जोल बढ़ने लगा, क्योंकि वह भी ख़ूब पीने लगी थी। उसने ज़रीना और धर्म के सम्बन्ध पर प्रकाश डालना आरंभ किया। मंगला ने हँसकर टाल दिया।

''हम पर तो शक किया। वह बड़ी देवी है न, उसे कुछ नहीं कहतीं।''

''अरे, वह बड़ी सीधी है। मैं उसे जानती हूँ,'' मंगला हँस दी।

''अरे तुम क्या खाकर उसे समझोगी! वह पूरी एक्ट्रेस है। देखना, धूल फाँकोगी।''

''अरे, चल हट! सब तेरे रम्मी जैसे नहीं।''

''अरे, क्या रम्मी, क्या रम्मी का बाप, सब सूर दे पुत्तर हैं।''

''अब तो हमारा इतना झगड़ा भी नहीं होता।''

''उँह, उसे फ़ुर्सत ही नहीं तुमसे झगड़ने की या प्यार करने की। सच बता मंगलू, कितने दिन से तुझे प्यार करने की फ़ुर्सत नहीं मिली? कब किया था उसने तुझे आख़िरी बार प्यार?'' वह काफ़ी चढ़ाए हुई थी।

''अब कोई मुझे याद थोड़े ही है,'' मंगला कुछ उलझन में पड़ने लगी।

''याद नहीं कि पति ने कब प्यार किया था—कल? परसों? पिछले हफ़्ते?... उससे पिछले हफ़्ते?''

''हटाओ भी, मेरा ख़ुद जी नहीं करता।''

''क्यों? सोच मंगलू, आख़िर क्यों? तेरा प्यार क्यों ठंडा पड़ गया? ताली दो हाथ से बजती है।''

''लेकिन मेरी ओर से ही हुआ...भला दो बच्चे हो गए, क्या नये दूल्हा-दुलहन हैं?''

''तू अपने जी को बहलाने के लिए कहती है कि तूने ही टाल दिया। मगर मंगलू, सच बोल। मेरे से नहीं, अपने मन से सच बोल। और भई, मैं धर्म को दोष न दूँगी...हर घड़ी का साथ हो, रोमांटिक सीन हों तो कुछ होता तो है।''

''तुम्हारे साथ था कुछ?''

''अब तुमसे छिपाने से क्या फ़ायदा। अगर कुछ न था तो तुमने टिंचर काहे को पिया था? ख़ैर, वह तुझ पर मरता था। मुझसे तो बस यों ही चूमाचाटी चलती थी...बुरा न मानना मंगलू, तूने पूछा तो...''

''फ़िल्म ख़तम हुई तो ख़तम हो गया। उसका भी यही होगा।''

''पाँच साल का कांट्रैक्ट है।''

''तो क्या हुआ? वैसे अब उसे बाहर भी दो फ़िल्मों में काम करने की इजाज़त दे दी है। उस दिन बात हो रही थी। तुम्हारे रम्मी को लेने का इरादा है।''

''ज़रीना के साथ?''

''हाँ।''

''घास खा गई हो! मेरा ख़सम तो अजगर है, अजगर। धर्म ख़ूब जानता है कि उसकी नाज़ो को समूचा निगल जाएगा और डकार भी न लेगा। मगर कहे देती हूँ, मैं तेरी तरह चुपकी नहीं बैठने की।''

''बकबक किए जाएगी, सुन, अगली फ़िल्म का स्क्रिप्ट तैयार है। सतनारायन

डायरेक्ट कर रहा है। कांट्रैक्ट हो गया। ट्यूनें कल ही मैंने सुनीं। वह तो एडीटिंग में लगे होंगे। स्टाफ बेकार बैठकर खाएगा इसीलिए जल्दी से शुरू कर रहे हैं।''

''तो ठीक है।''

''अरी, मुझे बड़ी अक़्ल समझा रही है! तेरा ख़सम तो खुल्लम-खुल्ला करता है, उसे नहीं रोकती।''

''हय-हय, वह तो बहता दरिया है, मेरे रोके भला रुकेगा?''

''छोड़ मुए को।''

''हाय राम, क्यों छोड़ूँ? अरे, जिस पर दुनिया-भर की औरतें जान छिड़कती हैं, वह है तो मेरा। पहले मैं भी यही सोचती थी कि छोड़ दूँ। फिर मैंने सोचा, ऐसा गबरू जवान मुझे और कहाँ से मिलेगा!''

''तुझे प्यार जो नहीं करता।''

''कैसे नहीं करता? बहना, मैं कोई सीता जी तो हूँ नहीं कि राम जी ने निकाल दिया तो निकल गई। मैं तो हरामज़ादे की छाती पर चढ़कर लहू पी लूँगी। और भई, है अच्छे घराने का। उसके ख़ानदान में कोई छुट्टमछुट्टा का दस्तूर नहीं। भगवान की दया है, अभी तो थोड़ा-बहुत लड़-झगड़ भी लेता है।''

रीता चली गई तो मंगला का संदेहशील स्वभाव फिर ताव में आ गया। वह ऐसी कुछ बेसुध भी नहीं थी। कुछ तो ज़रीना की ओर से उसे अंदेशा नहीं था। संभव है, वह सचमुच पूरी एक्ट्रेस हो। दूसरे, अगर कुछ होता तो धर्म नई फ़िल्म सतनारायन को न देता और हीरो भी ख़ुद ही रहता। फिर भी जब शाम को धर्मदेव आया तो बड़े ध्यान से देखती रही। नहा-धोकर उसे फिर वापस जाना था क्योंकि एडीटिंग हो रही थी। दो-चार कट भी लगवाने थे ताकि अधूरे सीन पूरे हो जाएँ।

''मुहूर्त कर रहे हो 'पूर्णिमा' का?''

''हाँ, कल कार्ड आ जाएँगे,'' धर्म आइने के सामने झुका कंघी कर रहा था।

''रम्मी से कांट्रैक्ट हो गया?''

''हो जाएगा।''

''कब?''

''बस, कल-परसों में बात तय हो जाएगी।'' और वह जल्दी से चला गया।

'उसे झगड़ने या प्यार करने की फ़ुर्सत कहाँ?' उसे रीता के बोल याद आने लगे। न जाने क्या सूझी, झट ज़रीना को फ़ोन किया।

''रीगल में बड़ी अच्छी फ़िल्म है। तुम और आमिना चलती हो?''

''हाय दीदी, मुझे तो डायलॉग डब करने जाना है। और आमिना आपा का बच्चा बीमार है। हाय, क्या करूँ?''

''कोई बात नहीं,'' उसने एक तगड़ा-सा पैग उड़ेला और प्लान बनाने लगी।

जब धर्म और ज़रीना फ़िल्म की बातें करते हुए दफ़्तर के पीछे वाले कमरे में

पहुँचे तो मंगला अँगड़ाई लेकर उठ रही थी, जैसे अभी उसकी आँख खुली हो!

"अरे दीदी!" ज़रीना खिल उठी।

"तुम पिक्चर देखने नहीं चलीं तो मैंने सोचा—चलो, स्टूडियो चलें। यहाँ बैठी तो नींद आ गई।"

"रिकॉर्डिंग रूम में आ जातीं। क्या हसीन डायलॉग लिखे हैं रणधीर भैया ने," वह उसके पास फसक्कड़ा मारकर बैठ गई। "दीदी, कल मेटिनी में चलें, क्यों? हो जाए," वह भौंहें मटकाकर बड़े मज़े से बोली।

"साहब से तो पूछ लो।"

"कल रंजीत में 'चार काँटे' की शूटिंग है, मैं सफा भाग आऊँगी।"

"वहाँ शूटिंग में मन नहीं लगता?" मंगला ने धर्म की ओर तिरछी नज़रों से ताका।

"ख़ाक लगता है। यहाँ तो सब अपने हैं।"

'सब तो नहीं। जो असल में अपने हैं, उनकी बात करो,' उसने मन में सोचा।

"मैं चलूँ?" उसने धर्म से पूछा।

"हाँ, यह स्क्रिप्ट तो लेती जाओ जो लेने आई थीं," धर्म ने बड़े भौंडेपन से कहा।

"हाँ? हाँ," ज़रीना ने बात सँभाल ली और फ़ाइल लेकर जाने लगी।

"ठहरो, मैं भी चलती हूँ," वह साड़ी उड़सती उठी।

"तुम बैठो न, साथ ही चलेंगे," धर्म ने कहा।

"ना बाबा! सब कहेंगे, मैं काम नहीं करने देती हूँ। तुम अपनी एडीटिंग करो।" वह ज़रीना का हाथ पकड़े निकल गई।

मोटर में उसने बड़ी सावधानी से फ़ाइल खोली। उसमें एक्स्ट्रा सप्लायर का हिसाब-किताब लिखा था।

"अरे!" ज़रीना ने क़हक़हा मारा, "यह क्या पकड़ा दिया धर्म जी ने!" और वह अटक-अटककर लिस्ट पढ़-पढ़कर हँसने लगी।

'मैं इस लड़की से नहीं जीत पाऊँगी,' मंगला का दिल बैठने लगा। लेकिन उसके साथ हँसती रही।

दूसरे दिन उसने फ़ाइल लाकर मेज़ पर रख दी।

"मेरे तो ख़ाक पल्ले नहीं पड़ा। दीदी कह रही थीं, भूल में दे दी होगी। पर मैंने कहा, नहीं, वह ऐसी ग़लती थोड़े ही करते हैं। ग़लती तो मुझसे हो जाती है कि रंजीत में शूटिंग न कुछ और...।"

धर्म ने घड़ी देखी और मुस्कराता हुआ उठा।

जब मंगला ने यह प्रमाणित करने के लिए कि सचमुच ज़रीना रंजीत में है या नहीं, उसे फ़ोन किया तो वह भागी हुई आई।

"क्या है दीदी?" उसने बड़े प्यार से पूछा।

"कुछ नहीं...मैं पूछ रही थी कि...वह...तुम चलोगी, सुनार के यहाँ जा रही हूँ," मंगला ने बात बनाई।

"हाँ, जरूर, मैं छः बजे आ जाऊँगी। शूटिंग तो नहीं हो रही है। सैट गीला है। डांस की प्रैक्टिस करनी है।"

मंगला अपनी होशियारी पर मुस्कराती हुई सोफ़े पर लेट गई और गिलास सँभाल लिया।

ज़रीना वापस आई तो रणधीर और धर्म चुप हो गए।

"अरे, नई पिक्चर का वह ज़ोरदार नाम सूझा है कि क्या बताएँ!"

"कुछ तो बताइए," रणधीर ने जोर दिया।

"चूहे, भाग, बिल्ली आई," वह क़हक़हा लगाकर लौट गई।

"ठीक, सेंट-परसेंट ठीक बैठता है," रणधीर ने कहा लेकिन धर्म का मूड एकदम ऑफ़ हो गया।

"तो रम्मी से कांट्रैक्ट नहीं कर रहे हो?" मंगला काफ़ी चिढ़ी हुई थी।

"मुझसे उसके नखरे नहीं सहे जाएँगे। पता है तुम्हें, जो लोग उसे लेते हैं, उन्हें तिगनी का नाच नचाता है। उसका दिमाग़ ख़राब कर दिया है इन घाटे के प्रोड्यूसरों ने।"

"तो फिर राजेन्द्र को ले लो।"

"उसके पास बारह फ़िल्में हैं। मेरी माँग के अनुसार समय दे सकेगा?"

"यह क्यों नहीं कहते, ख़ुद करोगे?"

"तुम आज मेरे पीछे क्यों पड़ रही हो? प्रोडक्शन में तुमने कभी दख़ल नहीं दिया। ऐसी क्या चिन्ता है तुम्हें?"

"क्यों, क्या मुझे पूछने का भी अधिकार नहीं? कम्पनी तुम्हारी है पर मैं तुम्हारी कुछ नहीं?"

"तुम सब कुछ हो। कम्पनी तुम्हारी, मैं भी तुम्हारा।"

"तो हीरोइन के लिए नन्दा को ले लो।"

"क्यों? ज़रीना को जो कम्पनी तीन साल से तनख़्वाह दे रही है।"

"यों क्यों नहीं कहते, उसके साथ ख़ुद काम करना चाहते हो?" मंगला गर्म हो गई।

"फिर?" धर्म भी गर्म हो गया।

"यह नहीं होगा।"

"तुम कहती हो इसलिए?"

"तुम भी कह चुके हो। याद है, जब रीता के साथ तुमने कहा था, पति का

रोल नहीं करोगे... 'नैया' में, तभी मैंने अपनी मर्ज़ी दी थी।''

'' 'पूर्णिमा' में भी पति का रोल है, इसलिए।''

''उँह, ये सब जहालत की बातें हैं।''

''अपने मतलब की बात हो तो कैसे पलट जाते हो!'' मंगला का पारा चढ़ने लगा, ''अगर तुम्हारा यही फ़ैसला है कि वही तुम्हारे साथ काम करेगी तो गाने फिर किसी और से ले लेना।''

''ले लेंगे,'' धर्म का भी ख़ून खौल गया।

''तो फिर यह तय है कि तुम्हें मेरी ज़रूरत नहीं?''

''यह मैंने नहीं कहा।''

''तो उसके बिना फ़िल्म नहीं बन सकती?'' पारा और भी कई डिग्री ऊँचा हुआ।

''ऐसा ही मालूम होता है,'' धर्म उससे भी अधिक गर्म होने लगा।

''मेरे बिना बन सकती है?''

''पता नहीं, बनाकर देखना पड़ेगा।''

''वह तुम्हें बहुत प्यारी है?''

धर्म चुप रहा।

''जवाब क्यों नहीं देते?''

''क्या जवाब दूँ?'' धर्म ने मुँह फेर लिया।

''तो मैं चली जाऊँ?''

''नहीं।''

''तो उसे निकालो।''

''पाँच साल का कांट्रैक्ट है।''

''मैं अपना ज़ेवर बेचकर पैसा भर दूँगी...'' वह सिर से पैर तक काँप रही थी।

वह अपना सिर पकड़े चुपचाप बैठा रहा।

''मुझे झुठलाओ...कहो, मैं झूठ बोल रही हूँ, धोखा हुआ!'' उसके स्वर में याचना उभर आई।

उसने सिर न उठाया।

''क्या समझा है तुमने? क्या मैं तुम्हारी रंडी हूँ, बोलो... ?''

''धीरे बोलो,'' दफ़्तर की दीवारें साउंड प्रूफ़ न थीं।

''क्यों धीरे बोलूँ? मैं डंके की चोट कहूँगी, वह वेश्या है, रंडी है, आवारा है, मेरे घर को आग लगाने आई है,'' वह रोने लगी।

''मंगलू...प्लीज़,'' उसका दिल फटने लगा।

''दूर हो, ख़बरदार जो मुझे हाथ लगाया!''

''व्यापार को भावुकता के साथ गड्डमड्ड न करो,'' उसने रणधीर का कथन दोहराया।

"अनिल का कांट्रैक्ट तोड़ते समय यह बात नहीं सोची थी?"

धर्म फिर बग़लें झाँकने लगा।

"उस दिन जो रंजीत स्टूडियो में चार सौ बीसी की थी, वह मुझे सब मालूम है।"

धर्म चुप रहा।

थोड़ी देर वह सन्नाटे में खड़ी रही, फिर बाहर निकल गई।

धर्म सिर थामे बैठा रहा।

"क्या क़िस्सा है?" रणधीर दबे पाँव अन्दर आया।

"यार, जी उकता गया है इस ज़िन्दगी से।"

"तो फिर लानत भेजो कमबख़्त पर।"

"यह क्या कह रहे हो? वह मेरी पत्नी है, मेरे बच्चों की माँ है," धर्म गुर्राया।

"अमाँ यार, हद हो गई। अरे मैं भाभी को नहीं कह रहा हूँ।"

"हूँ," धर्म मन का चोर पकड़े जाने पर बुझ गया।

"अक़्ल से काम लो प्यारे, बात न बढ़ाओ।"

"बात तो बढ़ चुकी," धर्म ने दम घोंटकर सिर झुका दिया।

"अमाँ, घास खा गए हो। एक-दो पैसे की लौंडिया के पीछे अपना घर ख़ाक में मिला दोगे?"

"मैं क्या करूँ, मेरी समझ में नहीं आता।"

"तुम्हारी समझ पर तो पड़ गए हैं पत्थर। वर्मा जी बनने का इरादा है?"

घर पहुँचा तो मंगला की आँखें सूजी हुई थीं। सामान बँध रहा था। धर्म ने कमरे का दरवाज़ा बन्द किया और अपराधियों की तरह उसके सामने खड़ा हो गया।

"एक दिन यही होना था," वह सिसकी भरकर सूटकेस पर झुक गई।

"मंगलू, मैं तेरे बिना ज़िन्दा नहीं रह सकता," धर्म ने उसके पैरों पर सिर पटक दिया।

मंगला ने सिसककर उसका सिर अपने सीने से लगा लिया।

और दूसरे दिन यही शब्द वह ज़रीना से कह रहा था। इसमें रत्ती-भर भी झूठ न था।

"तौबा, तौबा...क्यों गुनहगार करते हैं," ज़रीना ने अपने पैर सिकोड़ लिये।

इनसान के दिल में कितने ख़ाने होते हैं! एक ख़ाने में माँ-बाप का प्यार, दूसरे में बच्चों की ममता, फिर पत्नी के लिए अलग ख़ाना, प्रेमिका के लिए फिर भी हर घड़ी गुंजाइश। मंगला रूठी तो दुनिया रूठी! ज़रीना को एक दिन नहीं देखा तो जैसे प्राण निकलने लगे!

फ़िल्म रिलीज़ हुई तो दुनिया की कोई बात याद न रही। धर्म को उठाकर

आकाश पर पहुँचा दिया गया।

ज़रीना की माँ की तबीयत ख़राब थी इसलिए हर जगह रिलीज़ पर पति-पत्नी गए। टूटे हुए तार जोड़ दिये गए। दावतों और पार्टियों का सिलसिला समाप्त होने में ही न आता था।

और जब यह घनगरज और चमक समाप्त हुई तो धर्म पर फिर घुटन और अकेलेपन का अहसास टूट पड़ा। वह बस बैठा पिया करता। मंगला उसका भरपूर साथ देती। इतने दिन शादी को बीत जाएँ तो प्यार ठंडा पड़ ही जाता है। नशे में धुत होकर नींद भी जल्दी आ जाती।

लेकिन मंगला उसके पहलू में पड़ी करवटें बदला करती। जब तक बहुत बड़ा नीट गिलास न चढ़ाती, नींद आँखें चुराती रहती। सोने की गोलियाँ भी बेकार सिद्ध होने लगी थीं। ख़ैर, कुछ भी था, वह सकुशल उसके पहलू में तो था।

सतनारायन ने फ़िल्म शुरू करने पर ज़ोर देना शुरू कर दिया। स्टाफ भी उकता रहा था। फ़िल्म शुरू करनी ही थी। हीरो की खोज ऊपरी मन से की जा रही थी। रोज़ नये लड़कों के टैस्ट लिये जा रहे थे। फ़रीद, जो पुराने ज़माने के एक सुप्रसिद्ध स्टंट हीरो का बेटा था, बिलकुल चुन ही लिया गया था। धर्म ने तो कांट्रैक्ट की अनुमति भी दे दी थी। केशव ज़रा हिचकिचा रहा था। ज़रा काम चल निकले फिर हो जाएगा कांट्रैक्ट। धर्म के साथ काम करने के लिए बस काम ही का महत्त्व था। कांट्रैक्ट अर्थहीन था। उन्हीं दिनों रंजीत में ज़रीना की शूटिंग चल रही थी। उसकी बिज़नेस केशव ही सँभालता था, क्योंकि वह अभी तक धर्मदेव फिल्म्ज़ की नौकर थी। आधी रक़म कम्पनी वसूल करती थी। हालाँकि अभी कम्पनी ने अपना हिस्सा लगाना शुरू नहीं किया था, क्योंकि ज़रीना ने नया फ्लैट और मोटर ले ली थी। क़िस्तें उधर कट रही थीं।

न जाने किस काम के सिलसिले से धर्म उधर निकल गया। बड़ा तामझाम सैट खड़ा था। ज़रीना जरीदार कपड़े पहने भोंदू-से हीरो के साथ बहुत ही सस्ते टाइप का रोमांस लड़ा रही थी। उसे यों थिरकते, आँखें मटकाते देखकर धर्म का ख़ून खौल गया।

''यह एक्टिंग है?'' उसने ब्रेक में ज़रीना को घेरकर डाँटा, ''बंदरिया की तरह उछल रही हो!'' धर्म ग़ुस्से से बेक़ाबू हो गया।

''ऐसा ही रोल है।''

''खाक़ रोल है! इतनी आँखें क्यों मटकाती हो? और गला फाड़कर चीख़ती हो। धीमे से नहीं बोला जाता?''

''अब जैसा डायरेक्टर कहे, करना पड़ता है।''

''क्यों करना पड़ता है? सारी एक्टिंग भूल गईं? यह थर्ड क्लास एक्स्ट्राओं की तरह मुँह चढ़ाओगी तो 'पूर्णिमा' का रोल भी गोड़कर रख दोगी।''

''वाह, वहाँ काहे को गोड़ूँगी! आपकी कमची जो सवार होगी।''

"सतनारायन डायरेक्ट करेंगे," धर्म ने ठंडी साँस खींची।

"लेकिन आप तो होंगे, फिर..."

"फ़रीद को एसाइन किया है। मैं अपनी शूटिंग के सिलसिले में मद्रास रहूँगा ज़्यादातर।"

"हाय अल्ला, आप नहीं कर रहे हैं उसमें काम?"

"नहीं।"

"तो फिर नन्दा को ले लीजिए," ज़रीना गिड़गिड़ाई।

"नहीं, रणधीर कहता है, उसने रोल तुम्हें सामने रखकर लिखा है।"

ज़रीना ने मेकअप बिगड़ जाने के डर से आँसू पी लिये। लेकिन आँसुओं के बिना भी तूफ़ान उठाए जा सकते हैं।

"बहुत अच्छा रोल है, तुम ही करोगी।"

"जो हुकुम सरकार," ज़रीना ने ठंडी साँस भरी, "अल्लाह करे, मरे फ़रीद।"

"इसमें तुम्हारा पति है, विधवा हो जाओगी," धर्म हँसा।

"छी:, मैं क्यों होती विधवा? कव्वा है बिलकुल।"

"तुम्हें पसन्द नहीं?"

"वाह जी, मुझे क्यों पसन्द होता मनहूस?" ज़रीना बिगड़ गई।

"लोगों का ख़याल है, रीता और रम्मी की तरह तुम्हारी और फ़रीद की जोड़ी भी..."

"देखिए, मैं शाम की गाड़ी से जा रही हूँ।"

"कहाँ?"

"बैजवाड़ा।"

"और ये सारे कांट्रैक्ट?"

"चूल्हे में।"

"पाँच साल का जो हमारा कांट्रैक्ट है?"

"वह भाड़ में।"

" 'पूर्णिमा' का रोल?"

"मुझे नहीं करना रोल-फोल, उँह!"

"जानती हो, कांट्रैक्ट तोड़ोगी तो क्या होगा?"

"फाँसी, इससे ज़्यादा तो नहीं।"

इतने में शॉट तैयार हो गया। लेकिन धर्म ने देखा, वह तनतनाती हुई मेकअप रूम में चली गई। न जाने क्यों ज़रीना को नाराज़ करके उसे बड़ा मज़ा आ रहा था। सैट पर दोबारा जाकर जी जलाने की आवश्यकता अनुभव न की। उसने रणधीर को पुकारा।

मोटर बैक करके फाटक में से निकल ही रहे थे कि ज़रीना भागी हुई आई।

उसने मेकअप उतार दिया था और घर के कपड़े पहने हुए थी।

"मेरी कार सर्विस के लिए गई है। ज़रा मुझे टैक्सी स्टैंड पर उतार दीजिए," वह पीछे बैठ गई।

रणधीर ने धर्म से आँख मिलानी चाही मगर वह सीध में नज़रें जमाए रहा। उसके चेहरे पर शान्ति थी और आँखें रहस्यमयी।

"रोकिए न कार," उसने नुक्कड़ पर कहा।

लेकिन धर्म चुपचाप ड्राइव करता रहा।

स्टूडियो में पहुँचकर वह जल्दी से उतरी और अहाते में खड़ी टैक्सी लेकर चल दी।

"क्यों भाई, यह क्या लफड़ा है?" रणधीर ने पूछा।

धर्म के होंठ मुस्कराहट रोकने की कोशिश में काँप रहे थे।

"चलो, पाप कटा," रणधीर ने सारी कहानी सुनकर इत्मीनान की साँस ली। हालाँकि दिल इस इत्मीनान में रत्ती-भर भी शामिल न था।

"कहो तो जाकर रोकूँ चुड़ैल को?" फिर उसने विवश होकर पूछा।

"क्या ज़रूरत है? पाप कटा," धर्म ने क़हक़हा लगाया।

रणधीर का मुँह ज़रा-सा निकल आया। उसने दो-चार गालियाँ हवा में उछालीं और टेलीफ़ोन करने लगा। कोई उत्तर नहीं।

"क्यों समय नष्ट कर रहे हो?" धर्मदेव हँसा, "ट्रेन छूटे पाव घंटा हो गया।"

वह हँस रहा था लेकिन रणधीर बेचैन हुआ जा रहा था। वह उसकी रग-रग से परिचित था। उसने यह हँसी अन्तिम बार नैनीताल की आउट-डोर शूटिंग पर सुनी थी।

'साली जा भी रही है या कोई चाल चल रही है?' उसने सोचा। "मैं घर जा रहा हूँ," वह भड़ककर खड़ा हो गया।

"चलते हैं, जल्दी क्या है!" वह बड़े इत्मीनान से उठा। सिगरेट केस में पाँच सौ पचपन भरा, और एक सुलगा लिया।

"क्या डाँडा चल रहे हो?" रणधीर ने पूछा।

"ओ हंग?"

"चैम्बूर? वहाँ राज के पास?"

"नहीं," धर्म की आँखें शोख़ी से नाच रही थीं।

"अमाँ यार, मुझे उतार दो। मैं पागल हो जाऊँगा। तुम्हारे साथ केशव है न।"

धर्म ने घड़ी देखी और मोटर की स्पीड बढ़ा दी।

"उफ़्फ़ोह, कितनी बकवास करता है!"

जब ये इगतपुरी के स्टेशन पर पहुँचे तो सिगनल डाउन था। ट्रेन आ रही थी।

"यह आप क्या कर रहे हैं?" ज़रीना ने मुँह फुलाकर पूछा।

"बकबक न करो। आइए माँ जी!" रणधीर ने माँ को सावधानी से उतारा। आमिना के बच्चे को गोद में ले लिया।

"चलो, तुम्हारी कैसी ख़बर ली जाती है। बाहर मशीनगन ताने बैठे हैं," उसने चुपके से ज़रीना के कान में कहा।

"आप भी इस पगली की बातों में आ गईं," रणधीर ने आमिना से कहा।

"क्या तूफ़ान मचाया है! तौबा, मैं अकेली चली जाऊँगी, रेल के नीचे कट जाऊँगी!"

स्टेशन के शेड पर चढ़ी हुई बेल में से ज़रीना ने एक पतली-सी छड़ी तोड़ी। पत्ते सूँघती हुई वह मोटर के पास गई। धर्म असम्बद्ध-सा बैठा धुआँ उड़ा रहा था। उसने छड़ी ली और ज़रीना की फैली हुई हथेली पर सड़ाक से कसकर दी। ज़रीना का मुँह सफ़ेद हो गया।

"एक और एडवांस," वह मुस्कराई।

धर्म ने और भी ज़ोर से छड़ी टिकाई। सावधानी से छड़ी पास रख ली। रणधीर, जो अम्माँ और आमिना को स्टेशन वैगन में बैठाकर लौट रहा था, माथे पर से पसीना पोंछने लगा। धर्म ने एक झटके से मोटर बढ़ाई। ज़रीना धूल और पेट्रोल के ग़ुबार में बड़े ठस्से से मुस्करा रही थी।

"मुझे पहले घर उतार दो," रणधीर उतरकर सीधा भागा।

दिल्लू को झंझोड़कर जगाया और अपने सीने से लगाकर आँखें मूँद लीं।

7

'पूर्णिमा' की शूटिंग बड़ी घनगरज से शुरू हुई। गानों की रिहर्सल हो रही थी। मंगला बड़ी धुन से लगी हुई थी। बस, यही दिन तो उसके वास्तविक महत्त्व के होते थे जब वह मंगला होती थी। केवल धर्मदेव की पत्नी ही नहीं, एक महान गायिका, जिसकी आवाज़ का जादू धर्म की हिट फ़िल्मों की जान था। उनमें से दो-चार तो शायद बिना गानों के सिसककर दम तोड़ देतीं।

''आँटी, धर्म जी ने कुछ मेरे बारे में तय किया?'' फ़रीद, जब वह ब्याही गई थी, बारह तेरह वर्ष का लड़का था। पड़ोस के नाते आँटी ही कहता था। दफ़्तर में धर्म को अंकल कहना छोड़ दिया था लेकिन वह तो आँटी थी।

''क्यों, क्या अभी कांट्रैक्ट नहीं साइन किया?''

''मुझे कांट्रैक्ट की परवाह नहीं। मैं कास्ट्यूम की नाप के लिए रोज़ आता हूँ, केशव जी रोज़ टाल देते हैं। न विग का ट्रायल हुआ। क्या धर्म जी भी इसमें कोई रोल कर रहे हैं?''

उसने कोई उत्तर नहीं दिया, उसे टालकर सैट देखने चली गई। हवेली का सैट लग रहा था। यहाँ हीरोइन की सहेलियों का एक चुलबुला-सा कोरस और हीरोइन का एक दुख-भरा गाना होगा। ट्रायल रिकॉर्डिंग हो चुकी थी, धर्म उससे संतुष्ट न था। दो दिन से उसी गाने में कली फुंदने लगवा रहा था।

''फ़रीद का कांट्रैक्ट कब होगा?'' उसने केशव से पूछा।

''इस सैट पर हीरो का काम नहीं।''

''बारात तो आती है न?''

''दूल्हे का मुँह फूलों से ढका होगा, कोई एक्स्ट्रा बैठा देंगे।''

''और फ़रीद?''

''बिलकुल कचरा है। इतने डायलॉग भूलता है, पटरा हो जाएगा। रोल उसके बस का नहीं। रहमान से आज बात करने जा रहा हूँ।''

''हीरो के लिए?''

''नहीं, भरत के रोल के लिए। बहुत अच्छा रहेगा, अपनी यूनिट के साथ

उसकी अच्छी पटती है।''

मंगला चुपचाप उठी और मोटर में बैठने लगी।

''आपको रोशन साहब बुला रहे हैं, शाम को टेक है गानों का।''

''चलो,'' उसने ड्राइवर को आदेश दिया। असिस्टेंट धूल फाँकता रह गया। भागा केशव के पास गया।

''अच्छा, जाओ, दफ़्तर में चाय भिजवा दो।''

दरवाज़े बंद करके मिस्कोट हुई। धर्म अलग-थलग फूला हुआ बैठा था। किसी निष्कर्ष पर नहीं पहुँच सके। मंगला की अकड़ सबको खल रही थी। सैट तैयार हो रहा था। अब अगर अड़चन पड़ गई तो फिर फ़िल्म शुरू होने के लक्षण दिखाई नहीं देते। मंगला को फ़ोन किया तो मालूम हुआ, नहीं है। हालाँकि वह दरवाज़ा बंद किए दोपहर से घर में ही सहेलियों के साथ फ्लश खेल रही थी।

धर्म ने साफ़ कह दिया, वह नाक रगड़ने नहीं जाएगा। पिक्चर नहीं बनती, न बने। ज़रीना नाच के तोड़े सीख रही थी। बीच-बीच में कपड़े पहनकर सारे में दिखाती फिर रही थी।

पहले तो केशव और रणधीर को टालना चाहा, लेकिन अड़ ही गए तो मंगला भिन्नाकर निकली और अकारण ही बरसने लगी।

''शरीफ़ों जैसी बातें करते हो या दलाली का पैसा खाते हो?''

''भाभी,'' रणधीर ने सहन करके बात सँभाली।

''थू, मुझे भाभी न कहो! अपनी माँ-बहनों को घेर-घेरकर साहब का बिस्तर गर्माते हो तुम्हीं लोग और उन्हें बरगलाते हो। वह कलमुँही तो जा रही थी, तुम ही उसे इगतपुरी से लौटा लाए। अब जाओ, उसी से गाने भी गवाओ,'' वह अपने आपे में नहीं थी। व्हिस्की के भभके छूट रहे थे। रीता उसे घसीटकर अंदर ले जाना चाह रही थी, लेकिन वह बुरी तरह बरस रही थी।

''मुझे सब मालूम है। जैसे तुम्हारी अपनी टकियाई सब झेल लेती है, मुझे भी ऐसा ही समझ रखा है? वही झेलेगी जिसने फ़ारस रोड भुगताया हो। घर को सरकार के ऐश का अड्डा बना रखा है। मुझे सब ख़बरें मिलती हैं। मुझे काटकर अपनी ज़ात-बिरादरी वाली को भरना चाहते हो?''

अगर उसकी जगह कोई दूसरी गाने वाली होती तो रणधीर उसका मुँह तोड़ देता। वह और केशव चुपचाप झपटकर निकले और गाड़ी में बैठ गए।

''अब अक़्ल ठिकाने हुई?'' धर्म ने ताना दिया, ''बड़े गुण गाते हो सतवन्ती के!''

''भाड़ में जाए सतवन्ती! ख़ुदा की क़सम, तुम्हारा लिहाज़ न होता तो...'' रणधीर की आँखों में आँसू आ गए।

''फिर अब क्या राय है?'' धर्म ने उसे सुलगाने को पूछा।

''...'' रणधीर ने बहुत ही गंदी राय दी। धर्म हँसी न रोक सका।

"लता को फ़ोन करो," उसने केशव से कहा, "वह बहुत जल्दी ट्यून पकड़ लेती है। तब तक सीन लो। सतनारायन से कहो, गाने बाद में ले लेंगे।"

जब घर पहुँचा तो नौकर सीढ़ी पर उजाड़-सा बैठा था। उस दिन पहली बार धर्म को ढंढार घर बड़ा ही शान्तिमय मालूम हुआ। नहा-धोकर छोटा-सा पैग बनाया और फ़ाइल खोलकर सीन देखने लगा। उसकी नज़र पास पड़े तकिये पर गई, जहाँ मंगला का सिर हुआ करता था। उसने तकिया उठाकर भिन्नाकर फेंक दिया और अपना तकिया पलंग के बीचोबीच रखकर बड़े इत्मीनान से फैलकर लेट गया और स्क्रिप्ट देखने लगा।

जब वह लता के घर पहुँची तो वह जल्दी से खड़ी हो गई।

"अरे दीदी, तुमने क्यों तकलीफ़ की? बस, मैं आ ही रही थी। कैसा है यह गीत कि मेरी ज़रूरत आ पड़ी? ज़रा बैठो, मैं साड़ी बदलकर चलती हूँ।" फिर जब उसने मंगला का सुता हुआ चेहरा और डबडबाई हुई आँखें देखीं तो उसे बेडरूम में ले जाकर दरवाज़ा बंद कर लिया।

"दीदी," उसने पास बैठकर उसके कंधे पर हाथ रखा।

मंगला उसके कंधे पर सिर रखकर फूट पड़ी। यह पहला अवसर नहीं था जो पति की सताई हुई पत्नी उसके पास अपना दुख लेकर आई थी। फ़िल्म-लाइन ही में नहीं, जीवन के हर क्षेत्र में इस प्रकार के फंदे पड़ जाते हैं। अन्तर इतना है कि फ़िल्म-लाइन में थुड़ी पिटती है। उन दिनों बस जगह-जगह धर्म, मंगला और ज़रीना का त्रिशूल गड़ा हुआ था। अख़बारों में ढके-छिपे इशारे चल रहे थे।

पुराने ज़माने की और बात थी। भली पत्नियाँ पति की रंडी के तलवे चाटती थीं। रोटी-कपड़े का सवाल था न! मर्द की तो शान इसी में है कि भँवरा बनकर कली-कली का मज़ा चखता फिरे। सभी प्रोड्यूसर-डायरेक्टर सगी पत्नियों के अलावा फ़िल्मी पत्नियाँ रखा करते थे। लेकिन नये ज़माने की पत्नी बड़ा दुंद मचाती है। विशेष रूप से मंगला जैसी कलाकार, जिसका अपना एक स्थान है, सख़्ती पकड़ लेती है। इसीलिए अब दूसरी पत्नी या रखैल का फ़ैशन भी फ़िल्म-लाइन में बहुत कम होता जा रहा है। ज़ोरदार पत्नी हो तो कमज़ोर प्रतिद्वन्द्वी को मार भगाती है।

अक्सर जब इस तरह का त्रिकोण बन जाता है तो इंडस्ट्री बड़े सोच-विचार के बाद निर्णय करती है। अगर वह दूसरी औरत कोई तीसरे दर्जे की एक्स्ट्रा हो तो यार-दोस्त दबाव डालते हैं, डिस्ट्रीब्यूटर और फाइनेन्सर भी अपनी बिज़नेस के लिए महत्त्वपूर्ण नहीं समझते। उनका प्रभाव भी चलता है। लेकिन ज़रीना बड़ी तेज़ी से उभरी थी। उसकी बड़ी माँग थी। धर्म इसी बात पर फूला हुआ था कि ज़रीना पर

बहुत-सी पार्टियों का दाँव लगा हुआ है। उसे मार भगाने में कोई दिलचस्पी न लेगा।

लेकिन उसे एक स्वाभिमानी मराठिन से पाला नहीं पड़ा था। उसने मंगला के आँसू पोंछे। उसी समय म्यूज़िशियन की एक एसोसिएशन को फ़ोन करके अर्जेंट मीटिंग बुलाई। लता ने अल्टीमेटम दे दिया कि अगर किसी ने धर्म के साथ को-ऑपरेशन किया तो वह फिर उससे कोई सम्बन्ध नहीं रखेगी। कोई भी साज़िन्दा या गाने वाला मंगला के अधिकारों को छिनने नहीं देगा। यही नहीं, लता ने बिलकुल एक जाल-सा बुन डाला। आर्टिस्ट, टेक्नीशियन, लेबोरेट्री मैन, डिस्ट्रीब्यूटर जो धर्म का काम करेंगे, वह उनके साथ कभी और किसी भी सूरत में कोई सम्बन्ध नहीं रखेगी।

लता की इंडस्ट्री में जो पोज़ीशन है, उसे देखते हुए कौन ऐसा था जो धर्म, केवल एक अकेले प्रोड्यूसर, की ख़ातिर लता से वैर पालता? अगर उसे छींक भी आ जाती तो प्रोड्यूसरों के हाथ-पैर फूल जाते। फिर वह न्याय पर थी। एक नारी के उचित अधिकारों के लिए लड़ने पर तैयार थी। सबने तत्काल उसका समर्थन कर दिया।

धर्म को अल्टीमेटम दे दिया गया कि वह ज़रीना को अपनी दोनों फ़िल्मों में से अलग कर दे। धर्म ने वह अल्टीमेटम उठाकर रद्दी की टोकरी में डाला और टोकरी उठाकर खिड़की से बाहर उलट दी।

"मैं बिना म्यूज़िक के फ़िल्म बनाऊँगा।"

"और लेबोरेट्री का क्या होगा? आर्टिस्ट, स्टूडियो का स्टाफ़..."

"जहन्नुम में जाएँ! मैं फ़िल्म-लाइन छोड़ दूँगा!" धर्म की आँखों में शैतान नाच रहा था। वह हारे हुए जुआरी की तरह तिलमिलाकर रह गया। चारों ओर से उसका गला दबने लगा। मंगला जीत गई, वह हार गया। धर्मदेव, जिसके नाम की लोग क़समें खाया करते थे, पत्नी के एक तमाचे पर मुँह के बल आ रहा। लोग शर्तें लगाने लगे।

"धर्म घुटने टेक देगा।"

"वह ज़रीना को नहीं छोड़ेगा।"

"ज़रीना की बात नहीं, मर्द की आन की बात है।"

"अब वह फ़िल्म नहीं बना सकेगा," उससे ईर्ष्या करने वालों के यहाँ घी के चिराग़ जल उठे।

"अरे, सब ठीक हो जाएगा। ये फ़िल्म-इंडस्ट्री के चिकने घड़े हैं। इन पर तो बूँद नहीं ठहरती," किसी दिलजले ने कहा।

लेकिन सब ठीक न हुआ।

धर्म ने उस रात दफ़्तर के पीछे वाले कमरे में नींद लाने वाली गोलियों की पूरी शीशी हलक़ में उड़ेल ली।

रणधीर को नींद नहीं आ रही थी। या ख़ुदा, यह कैसी ज़िन्दगी है, किसी बात का भरोसा नहीं! यहाँ कोई खरी बात नहीं करता। उसकी कहानी और साथ में डायरेक्शन की बात चल रही थी। कल तक रामलाल उसके आगे-पीछे लगा रहता था, आज घास नहीं डाल रहा है। उठते के पैरों में सब लटक जाते हैं। जो औंधे मुँह गिरे तो उस पर से कुचलते हुए निकल जाते हैं। रामलाल इसलिए मस्का मार रहा था कि धर्म के यहाँ से सहारा है ही, धर्म आसानी से कोऑपरेशन दे सकता है। क़िस्तों पर बनने वाली फ़िल्में स्थायी सहयोग पर ही जी सकती हैं। अब धर्म का तख़्ता लौट गया तो रणधीर रियायत न कर पाएगा। पहले रणधीर को मंगला पर तैश आता था, अब धर्म पर ग़ुस्सा आ रहा था—सोचा, चलो, उसका ही जी जलाएँ। वहाँ वह कमबख़्त मौत का दरवाज़ा खटखटा रहा था। उसी समय भाग-दौड़ शुरू हो गई। एम्बुलेंस आई तो मंगला नंगे पैर, बाल खोले मोटर से बदहवास उतरी और उसके ठंडे पैरों से आँखें मलकर अपने भाग्य को रोने लगी। सुबह तक धर्म को होश नहीं आया। मौत टल गई।

मंगला उसके पैरों पर सिर रखे सिसकियाँ भरती रही। हाय, उसने अपने पति को अपने हाथों से मार डाला! अपनी जीत अपने ही गले में फाँसी जैसी लग रही थी। कुछ ख़ाली-ख़ाली-सी बैठी थी कि फ़ोन पहुँचा। उसका कलेजा फट गया। हाय, उसका धर्म, उसके बबलू और चिंटू का पिता। वह, जिसके साथ बम्बई टाकीज़ के अहाते वाले इमली के पेड़ के नीचे आँखों में रस भरकर सपने देखते थे। जिसकी मोतियों वाली नशीली मुस्कराहट अब भी मन को डाँवाडोल कर देती है। वह विवाह के पहले हफ़्ते वाला रंगीनमिज़ाज देवता। भरपूर प्रेमी, जिसने नैनीताल की ठंडी-ठंडी रातों में अंग-अंग में आग भड़का दी थी। आज वह मौत की चाह में सब कुछ तजकर जा रहा है।

जब वह कुछ भी नहीं था, एक मामूली असिस्टेंट था, एक डायरेक्टर ने उसे बिना बात ही झिड़क दिया था, तो मंगला की आँखों में ख़ून उतर आया था। वह उसे कोस-कोसकर आँसू बहाती रही थी।

'उसने तुम्हारा अपमान किया, बस चले तो उसका ख़ून पी जाऊँ,' पर आज वह स्वयं राक्षसी बनी उसका लहू पी रही थी।

'अगर वह दूसरी पर लट्टू है तो उसकी सज़ा मौत तो नहीं! वह किसी का भी होकर रहे, ज़िन्दा तो रहे!'

"मंगलू!" धर्म ने उसे पैरों के पास बैठे देखा तो बेचैन हो गया, "इधर आओ।"

वह सिसकियाँ भरती हुई उसके सीने से लग गई।

"मुझे माफ़ कर दे मंगलू..." धर्म ने उसके आँसू चूमकर कहा।

"नहीं, सारा दोष मेरा ही था। तुम..."

"मैंने कमीनापन किया मंगलू, मैं बड़ा नीच हूँ।"

"नहीं, तुम भोले हो। मेरे कान बड़े कच्चे हैं। रीता चुड़ैल ने बहका दिया," मंगला ने अपने बचाव का रास्ता ढूँढ़ा। "मुझ पर भूत सवार हो गया था। तुम जो भी करो, मैं बीच में नहीं बोलूँगी। न जाने मुझे क्या हो गया था!"

नींद लाने वाली गोलियों का मामला दबा दिया गया। बदहज़्मी के सिर बात आ गई। ज़रीना ढेरों फूल लेकर आई। बिलकुल मुस्कराती हुई। उसकी अम्माँ ने सिदका भेजा। आमिना बाँह पर तावीज़ बाँध गई। मंगला उस समय रणधीर के सामने हाथ जोड़े रो रही थी।

"भैया, अगर तुमने मुझे माफ़ न किया तो मैं मर जाऊँगी। आग लगे मेरी जीभ को! न जाने ग़ुस्से में ऐसी बेक़ाबू क्यों हो जाती है?" मंगला सिर झुकाए रोती रही।

"अरे भाभी, रिश्ते में तो मैं छोटा हूँ। सौ जूते मार लो तो भी चूँ नहीं करूँगा।" रणधीर ने अपनी कोई आने वाली हिट कहानी के लिए यह डायलॉग याददाश्त की डिबिया में सुरक्षित कर लिया, "लेकिन देखो, एक बात साफ़ हो जानी चाहिए। धर्म जी की बहुत किरकिरी हुई है। अब अगर वह इस चुड़ैल को निकालते हैं तो सारी इंडस्ट्री ठट्ठा उड़ाएगी और कहीं सिर ऊपर न उठा सकेंगे। आर्टिस्ट का स्वाभिमान भी तो कोई चीज़ होता है। सैट पर उनकी क्या पोज़ीशन रह जाएगी! अब इस बात को दबाने का एक ही तरीक़ा है कि वह हीरो, चुड़ैल हीरोइन और गाने आपके। तब ही इंडस्ट्री के मुँह पर तमाचा लगेगा। काम बिलकुल ऐसे ही हो, जैसे पिछली फ़िल्मों में हुआ करता था।"

मंगला चुप रही।

"एक बात और, आपने बिलकुल दिलचस्पी लेनी छोड़ दी। स्टूडियो आना बन्द कर दिया है। आप उसी पाबन्दी से जाइए। आप रहेंगी तो साँप को फन उठाने का मौक़ा नहीं मिलेगा। वायदा कीजिए कि आप बिना नागा आएँगी?"

"आऊँगी," मंगला ने वायदा किया।

"बात बहुत बढ़ गई, वरना ऐसी कोई वह कोहकाफ़ की परी नहीं। धर्म बहुत ज़िद्दी है, यह आपसे अधिक और कौन जानता है। आपने उस पर अकारण संदेह किया। हम तो साथ के उठने-बैठने वाले हैं। हँसने-बोलने में ऐसी क्या ख़राबी है? सैट पर कोई मुँह में ताला डालकर नहीं बैठता। और भाभी, सच कहता हूँ, आपके सामने वह है क्या? धर्म का टैस्ट इतना गिरा हुआ नहीं," बिना इरादे एक के बाद दूसरा झूठ उसके मुँह से निकलता ही चला गया। और मंगला, जो वैसे ही बुझी हुई थी, विश्वास कर बैठी कि धर्म पर उसने झूठा आरोप लगाया है। संभव है, दिलचस्पी हो लेकिन मामला इतना तो नहीं बढ़ गया जितना रीता ने पहाड़ बनाकर उसे डरा दिया। शाम को उसने दो बनारसी साड़ियाँ और फ़ीरोज़े का एक सैट दिल्लू को भिजवाया।

जब वह घर पहुँची तो आमिना ड्राइंग रूम में बैठी थी।

''बैठो,'' उसने चिन्टू की आया से कहा, बच्चों को ऊपर ले जाए, ''अम्माँ तो अच्छी हैं?''

''जी हाँ,'' आमिना की आवाज़ बुझी हुई-सी थी, ''हम लोग जा रहे हैं।''

''कहाँ...क्यों?''

''हैदराबाद, फिर वहाँ से बैजवाड़ा। वहाँ से यह आकर फ्लैट और कार का कुछ करेंगे।''

''क्या कह रही हो, मेरी कुछ समझ में नहीं आ रहा है। और ज़रीना...?'' मंगला ने अपराधियों की तरह पूछा।

''हाँ, यह देखिए, तीन टिकट अभी सीधी लेकर आ रही हूँ। सोने की सीट एक ही मिली, अम्माँ के लिए। हम तो वैसे बैठकर भी रात काट लेंगे,'' आमिना ने थर्ड क्लास के टिकट बटुए से निकालकर दिखाए।

''देखूँ!'' मंगला ने टिकट ले लिये, ''तो काम नहीं करना?''

''दीदी, धर्म जी के और आपके हम पर जो अहसान हैं, हम चाहें तो उनका बदला नहीं चुका सकते। लेकिन अब इंडस्ट्री में जो गंद उछल रही है, उसे झेलना बस की बात नहीं। असल में इंडस्ट्री में शरीफ़ आदमियों का कोई ठिकाना नहीं। धर्म जी जैसे भले इनसान को भी न छोड़ा। आप तो इतनी समझदार हैं, धर्म जी पर विश्वास है। बाहर जहाँ काम करेगी, कौन समझेगा? और हम अकेली बेसहारा औरतें किस-किसका मुँह बन्द करेंगी? आज आपका दिल साफ़ है, कल आपके ही कोई कान भर दे। हम आप ही लोगों के भरोसे पर आए थे। कोई मामू, चचा या भाई ही होता तो भी ग़नीमत थी लेकिन ज़रा सोचिए, हमें छोड़ेगी यह इंडस्ट्री?''

''अरे ख़ाक डालो इंडस्ट्री पर,'' आई-गई सब इंडस्ट्री पर थोपी जाने लगी, ''बकने दो बकने वालों को।''

''मेरे ख़याल में तो चले जाना ही अच्छा है। बड़ा डर लगता है, कोई गला कटवा दे तो...''

''अरे हटो, मजाल है किसी की, जो गला कटवा दे! तुम्हारे पति हैं न, फिर काहे का डर?''

''वह तो तनतनाते भागे, मुझसे यह गंद नहीं समेटा जाएगा। कहते हैं, तलाक़ दे दूँगा। अब बताइए, क्या बीमार माँ को छोड़ दूँ?'' आमिना ने आँसू पोंछकर कहा।

मंगला का भी जी भर आया। अपनी मूर्खता पर स्वयं को कोसने लगी।

''कोई जाने की ज़रूरत नहीं,'' उसने टिकट फाड़कर फेंक दिये, ''सैट इतने दिन से खड़ा हुआ है। पाँच साल का कांट्रैक्ट तोड़कर भागोगी? दिमाग़ चल गया है?''

टिकट फाड़ने की ख़बर इंडस्ट्री ने हाथों-हाथ लपक ली।

''चिकने घड़े!'' पागल बोला।

8

धर्म अच्छा होकर घर आ गया। बरामदे में चिन्टू की गाड़ी और नन्हे-मुन्ने जूते देखकर ठिठक गया। उसने जूते उठाए, ड्राइंग रूम की उजली दीवाल पर बबलू के मैले हाथ के निशान पर उसकी निगाहें जम गईं।

हाथ में चिन्टू के जूते लिये वह दरवाज़े के बीच में खड़ा रहा। मंगला तकिये पर उजला ग़िलाफ़ चढ़ा रही थी। दो बच्चों की पैदाइश के बाद भी आज दोनों अजनबी थे। बड़ी उम्र हो चिन्टू की कि वह बुरी तरह चिंघाड़ता हुआ अन्दर आया। दोनों एक साथ लपके और बच्चे को उठाते-उठाते एक-दूसरे की बाँहों में समा गए। साँसें उलझ गईं और हाथ-पैर बेक़ाबू हो गए। चिन्टू इस नये नाटक के विरुद्ध आवाज़ उठाने लगा। आया बबलू को भी ले आई। मंगला ने चिन्टू को समेट लिया और उसे दूध पिलाने साड़ी ओढ़कर करवट से लेट गई। रात को वह एक बार अब भी उसे अपना ही दूध देती थी। धर्म ने बबलू के ऊँघते हुए सिर को कंधे से लगा लिया और टहलने लगा। मौत के अधखुले दरवाज़े में झाँककर जो कुछ देखा, वह धर्म को हिला देने के लिए काफ़ी था।

धर्म ने सोए हुए बबलू को उसके पलंग पर सुला दिया और आकर मंगला के पास बैठ गया। आँचल उठाकर उसने भूखे चिन्टू के चाहत भरे होंठों का हिलना देखा और मुस्करा उठा। मंगला ने सिसकी भरी और धर्म का हाथ पकड़कर अपनी आँखों पर रख लिया। धर्म ने झुककर बेटे के होंठ चूम लिये।

कभी शर्मिन्दा पत्नी प्रेमिका का दुख भुलाने में सफल हो जाती है।

शूटिंग बड़े ज़ोर-शोर से शुरू हो गई। नाम सतनारायन का था लेकिन काम सारा धर्म और रणधीर ही किया करते थे। केवल स्टार्ट और कट सतनारायन कहते थे। यह बात भी इंडस्ट्री में फैली हुई थी। सतनारायन जब दोस्तों के साथ बैठकर ठर्रा पीते तो धर्म और रणधीर को मोटी-मोटी गालियाँ दिया करते। लेकिन बँधा मार खाता है। उन्हें आशा थी कि पिक्चर हिट हो गई तो फिर दो-तीन चांस मिल ही जाएँगे। यह इंडस्ट्री बड़ी सयानी बनती है, लेकिन हिट के सामने घुटने टेक देती है। 'धर्मदेव फिल्म्ज़' के स्टाफ ने तय कर लिया कि इधर की दुनिया उधर हो जाए,

कोई ऐसी बात न होने पाएगी कि फिर मंगला और धर्म की अनबन हो जाए। ज़रीना की माँ की बीमारी को एक शानदार हथियार बनाया गया। मौक़े-बेमौक़े उनकी तबीयत की ख़राबी के फ़ोन आने लगे। आमिना और उसका पति इमदाद साये की तरह ज़रीना के साथ लगे रहते। इमदाद काठ के उल्लू की तरह बैठा रहता था। उसका मन बहलाने के लिए ज़रीना के मैनेजर का पद दे दिया गया। और वह भी उसका चेक वसूल करके, शूटिंग की तारीख़ें तय करके स्वयं को काफ़ी महत्त्वपूर्ण समझने लगा। वैसे एक्स्ट्रा छोकरियों से भौंडे मज़ाक किया करता। इस पर ज़रीना बिखरने लगी तो रणधीर को उसे बटोरना पड़ा। एक विचित्र चक्कर चलाना पड़ता है इस प्रकार की पॉलिटिक्स को जमाने के लिए। और केशव के हाथ में सबकी लगामें थीं।

इन सब पहरों के बाद भी मंगला की ड्यूटी फुलटाइम थी। दिन में कई बार फ़ोन करना। खाने का बक्स लेकर आना। अपने हाथ से धर्म की प्लेट सजाना। शूटिंग ख़त्म होते ही सेंडविचेज़ और गर्म काफ़ी लेकर सैट पर हाज़िर। अगर शूटिंग लम्बी हो जाए तो सारी-सारी रात बैठना।

"आज खाना ज़रीना के यहाँ बिरियानी खाएँगे," मंगला कहती।

झट ज़रीना फ़ोन कर देती। धर्म, मंगला, रणधीर और केशव पहुँच जाते। ख़ूब गप्पें चलतीं, रमी में हार-जीत होती। रात गए तक हल्ला-गुल्ला रहता। धर्म और रणधीर सीन में उलझ जाते या कुछ पीने-पिलाने का प्रोग्राम बन जाता तो मंगला ज़रीना के साथ चली जाती, आमिना के साथ ताश खेला करती। और ज़रीना किसी कोने में दुबककर सो जाती।

'पूर्णिमा' जब यौवन पर आई तो सोए हुए साँप ने फिर फन उठाया। इस पहरेदारी से शायद आग बुझी नहीं, भूबल बनती रही। धर्म की वीरानी बढ़ने लगी। बड़े मार्के के सीन हुए। भूबल में दबी चिनगारी चटकने लगी। शोले की आव से फिर बदन गर्माकर सुलगने लगा। दिमाग़ पिघलने लगा। घुटन और पाबन्दियों ने तेल का काम किया। धर्म बिलकुल पिक्चर के हीरो की तरह रोमांटिक छोकरा बन गया। सैट से अधिक दफ़्तर या मंगला की बाँहों में। आहें सीने में उभरतीं, लोहे के दरवाज़ों से सिर फोड़तीं।

अजीब पागलपन सवार हुआ, जिसे कम करने के लिए धर्म ने एकदम 'झूठे ख़्वाब' पर काम शुरू कर दिया। पहले भी यह कहानी बनाने का कई बार इरादा किया लेकिन स्थगित कर दिया था। सबने बहुत समझाया लेकिन उसने एक न सुनी। ख़ैर 'पूर्णिमा' की रिपोर्ट अच्छी थी, बिज़नेस अच्छी हो रही थी। और उसे रोक भी कौन सकता था! मंगला ने भी समर्थन किया कि शायद ख़ुद डायरेक्शन न करने के कारण यह पागलपन है। बला से, इससे तो छुटकारा मिलेगा। विद्युत् वेग से फ़िल्म बनने लगी।

'झूठे ख़्वाब' की कहानी बिलकुल धर्म की अपनी ज़िन्दगी की कहानी थी। एक सफल डायरेक्टर की कहानी, जो अपनी ज़िन्दगी की एकरसता से उकताया हुआ है। उसे एक मामूली-सी लड़की मिल जाती है। वह उसे सफल हीरोइन बना देता है। उसकी पत्नी बीच में आ जाती है और वह लड़की सब कुछ छोड़कर चल देती है। डायरेक्टर का मानसिक संतुलन बिगड़ जाता है। लोग उसे भूल जाते हैं लेकिन वह खोए हुए सपने खोजने स्टूडियो में आता है। कोई उसे नहीं पहचानता और धक्के देकर निकाल दिया जाता है। वह छिपकर स्टूडियो में घुस जाता है जबकि यहाँ कोई नहीं। बीती हुई ज़िन्दगी याद आती है और वह ऊपर से गिरकर मर जाता है। तब एक पुराना मज़दूर उसे पहचानता है कि वह अपने ज़माने का बहुत बड़ा डायरेक्टर था।

फ़िल्म कुछ महीनों में पूरी हो गई। सिवाय धर्म के इसमें किसी को कुछ दिखाई न दिया और फ़िल्म हर जगह बहुत बुरी तरह असफल रही।

असफलता ही धर्म को वास्तविक सफलता मालूम हुई। उस रोल में वह ऐसा डूबा कि उभर न सका। बिलकुल उस अभागे डायरेक्टर की तरह मुर्दा और अपाहिज़ हो गया। उसके प्रशंसक उसे झंझोड़कर याद दिलाना चाहते थे कि वह ज़िंदा है लेकिन उसका विश्वास समाप्त हो चुका था। वह उन ज़ंजीरों को तोड़कर ज़रीना तक नहीं पहुँच सका था। हालाँकि वह अब उसकी चाहत को भी दफ़न कर चुका था।

उसे जगाने के लिए सभी टोने-टोटके किये गए। रणधीर ने उसकी भेंट एक ऐसी औरत से करवाई जिसके बारे में सुना था कि मुर्दों में जान डाल देती थी। कितनी लड़कियाँ हर साल फ़िल्म के चक्कर में बम्बई आती हैं। आकाश की ऊँचाइयों को छूने के बजाय उठाईगीरों के हत्थे चढ़कर पवन पुल की रौनक़ का सामान बन जाती हैं। पद्मा भी उन्हीं में से एक थी। अब वह फ़िल्मी वेश्या कहलाती थी। नाम को फ़िल्मों में काम करती थी। मेल-जोल भी उन्हीं से था। सेठ लोगों को फाँसने के लिए फटकी के रूप में काम में लाई जाती थी। ज़रा उम्र आ जाएगी तो अपनी छोटी बहन को बुला लेगी। वैसे भी उसके यहाँ इतनी भीड़ रहती है कि वह अपनी सहेलियों को अपनी सहायता के लिए बुलाती रहती है। मुहूर्त या रिलीज़ पर उत्सव मनाने लोग अक्सर उसी के यहाँ इकट्ठे होते हैं।

पद्मा नारीत्व का भंडार है। उसके कई चाहने वालों ने उसे फ़िल्म में डाला। लेकिन उसका चेहरा कोई कैमरा आकर्षक न दिखा पाता और उसके दिलचस्प और भड़कदार कोणों पर सेंसर की कैंची चल जाती है। धर्मदेव पद्मा के फ्लैट की धमा-चौकड़ी देखकर जी उठा। पद्मा ने उसकी सारी फफूँद खुरचकर फेंक दी। वह उसके फ्लैट में दीन-दुनिया का दुख भुलाए हफ़्तों पड़ा रहा। व्हिस्की बेदम-सी लगने लगी थी। लेकिन पद्मा के सहवास में और भी रहस्य छिपे हुए थे। कभी

भंग, कभी चरस, अफ़ीम भी कुछ दिन चली। ज़िन्दगी पूरी तरह चटखारा बन गई। धर्म को आम फ़िल्मी लोगों की तरह नींद न आने की तकलीफ़ थी। लेकिन पद्मा ने सिद्ध कर दिया कि यह रोग नहीं, वरदान है। सोना और मरना बराबर। जागते अस्तित्व का हर क्षण समेटकर पी जाओ कि यही ज़िन्दगी है, बाक़ी मौत।

मंगला जो ज़रीना पर पहरे लगाकर निश्चिन्त थी, उसके फ़रिश्तों को भी उस समय पद्मा और उसकी सहेलियों यानी चरस और भंग का पता न था। वह तो अपने जानते पतिदेव को नरक से निकाल लाई थी। डबल पैग में नींद लाने वाली गोलियों की लत भी उसे पद्मा के सहवास में लगी।

ज़रीना की ओर उसका ध्यान न था या ध्यान हटा दिया गया था। इसके यह अर्थ नहीं कि पागलपन से मुक्ति मिल गई थी। जागने पर पहरा था लेकिन स्वप्नों पर तो रोक-टोक नहीं थी। ये स्वप्न ही उसके जीवन की पूँजी थे। अगर ज़रीना उसके स्वप्नों से दूर हो जाती तब ही तो उसकी बेवफ़ाई की शिकायत होती। पद्मा के मेल-जोल की ख़बर मंगला तक पहुँची। धर्म की गैरहाज़िरियों से थककर फिर उसने पीना शुरू कर दिया।

''क्यों जाते हो उस गन्दी वेश्या के यहाँ?''

''बस, समय कट जाता है।''

''यहाँ जी नहीं लगता, वहाँ लग जाता है?''

''नहीं, वहाँ भी नहीं लगता। हंगामे में कुछ पता नहीं पड़ता।''

''आख़िर जी क्यों घबड़ाता है?''

''पता नहीं!'' वह अहमकों की तरह मुस्कराने लगा।

उसे व्हिस्की में नींद लाने वाली गोलियाँ इस्तेमाल करते देखकर मंगला ने भी यही नुस्ख़ा आज़माया। कुछ दिन बड़ी शानदार नींद आई। फिर उसका असर भी धीमा होने लगा।

'पूर्णिमा' से उसे कोई दिलचस्पी नहीं थी। सतनारायन पुराना कुशल डायरेक्टर इस मज़े से सीन जमा रहा था कि प्रोग्राम में कोई हलचल न हो। जितनी जल्दी हो सका, दोनों का अलग-अलग काम बड़ी तेज़ी से ख़त्म कर दिया।

एक दिन पद्मा के यहाँ शकीलाबानो की क़व्वाली थी। महफ़िल पूरे यौवन पर थी। पद्मा बेहयाई की प्रतिमूर्ति बनी भावनाओं को झंझोड़ने की कोशिश कर रही थी। धर्म इस हंगामे के होते भी उकताया हुआ बैठा था। व्हिस्की पानी हो चुकी थी। उसने जेब से नींद लाने वाली गोलियों की शीशी निकाली। हाथ हिला और कुछ गोलियाँ आवश्यकता से अधिक पड़ गईं। धर्म ने उँगली से पकड़ने की कोशिश की, वे घुल गईं। उँह, क्या फ़र्क़ पड़ता है!

अगर उस समय केशव न आ जाता तो धर्मदेव की कहानी उसी समय समाप्त हो जाती।

"ज़रीना की माँ का हार्टफेल हो गया," केशव ने कहा।

धर्म के हाथ से गिलास छूट पड़ा और ह्विस्की कालीन में समा गई। जब वह पहुँचा तो मंगला पहले से मौजूद थी और ज़रीना को छाती से लगाए उसे तसल्ली दे रही थी। धर्म ने ज़रीना के सिर पर धीरे से हाथ रखा और बेबसी से वापस मुड़ गया।

धर्म को तो बहाना मिल गया।

"हटाओ, यह फ़िल्म बड़ी मनहूस है," लेकिन स्टाफ की सारी आशाएँ इसी फ़िल्म पर केन्द्रित थीं। सतनारायन बिलकुल बुझ गए। ज़रीना भी अपना दुख भूलकर तैयार हो गई। कॉमेडियन का काम कुछ आउटडोर हुआ जिसमें ज़रीना का काम नहीं था।

भगवान की माया देखिए, वही अनिल, जिसे धर्म ने अपनी फ़िल्म से इस बेरहमी से काटा था, त्रिवेदी की फ़िल्म में चमक गया। फ़िल्म तो विशेष सफल नहीं हुई लेकिन अनिल का मूल्य एकदम चोटी के हीरो के पास पहुँच गया। फिर उसकी एक साल में दो मद्रास की फ़िल्में सुपर हिट हो गईं। देखते ही देखते वह रम्मी की क़तार छोड़कर दिलीप और देव की क़तार के पास आ गया। उसने अपनी व्यक्तिगत कम्पनी खड़ी कर ली और पहली फ़िल्म के लिए और कोई लड़की नहीं, बस ज़रीना ही उसे चाहिए थी। उसने केशव से बात की। वह धर्म से सिफारिश करने का वायदा करके टाल गया। लेकिन उसे याद आ गया कि ज़रीना का कांट्रैक्ट ख़त्म होने वाला है। नया कांट्रैक्ट हो जाना चाहिए।

"अभी क्या जल्दी है, पाँच साल का है कांट्रैक्ट।"

"अक्तूबर में पाँच साल हो जाएँगे।"

"पाँच साल?" उसने कांट्रैक्ट दराज़ में डाल दिया। हाथ के इशारे से केशव को टाल दिया।

पाँच साल...अभी कल ही तो उसने तेलुगु फ़िल्म में देखा था। सूखी चुहिया-सी, बिलकुल बच्ची लगती थी। एकदम ज़रीना हूक बनकर कलेजे को मसोसने लगी। उसका मस्तिष्क असंतुलित होने लगा। बेचैनी से वह मेकअप रूम में टहलने लगा। बड़ी मुश्किल से जी ठहरा।

सैट पर आज सन्नाटा-सा लग रहा था। रोज़ एक्स्ट्रा भरे रहते थे।

"ये फूल कैसे हैं, क्या कोई सालगिरह का सीन है?" धर्म ने फूलों की टोकरी को पैर से ठुकराकर पूछा।

"जी, यह सेहरा है," सतनारायन बोले।

"सेहरा?"

"जी, आज हुज़ूर की सुहागरात है—मीठी रात!" सब हँसने लगे।

धर्म कुछ शरमाकर हँस दिया। बड़े मज़े की बात थी कि आज वह पहली बार फ़िल्म में दूल्हा बन रहा था, "अरे, यह घोड़े को पहनाओगे या दूल्हे को?" उसने बोझिल सेहरा उठाकर हाथ में तौला।

"बेचारे घोड़े के यह भाग्य कहाँ!" सबने फिर क़हक़हा मारा।

बड़ा मार्के का सीन था। रणधीर उसे बार-बार समझाने की कोशिश कर रहा था। धर्म को मूड ही नहीं आ रहा था।

वह सैट पर पहुँचा तो ज़रीना सिर में कर्लर लगाए चाय की सुड़कियाँ लगा रही थी। पास अनिल बैठा था। धर्म को देखकर खड़ा हो गया।

"ओहो, अनिल, कहो, कैसे हो?" धर्म बड़े तपाक से मिला।

"आपकी दुआ है। आज तो आप ख़ूब जँच रहे हैं!"

धर्म सुर्ख़ हो गया।

"भई, कमाल है, दुलहन से ज़्यादा तो दूल्हा शरमा रहा है!" अनिल हँसा।

"क्या यह शूट ज़रूरी है सतनारायन जी? यह सेहरे की बड़ी चकल्लस..."

"सेहरा बाँधना नहीं है। ऐंट्री के समय उतार देंगे। उधर सोफ़े पर डाल दिया जाएगा।"

"और पगड़ी?" ज़रीना ने पगड़ी उठाकर अपने सिर पर रख ली, "मैं पहन लूँ सतनारायन जी?" वह हँसी।

"मार खाने का इरादा है? खुल जाएगी, रख दे।"

धर्म रणधीर के पास चाय पीने चला गया।

"शूट तैयार है, रिहर्सल और टेक," सतनारायन फुल चार्ज लिये हुए थे।

फूलों की सेज पर ज़रीना शर्म से सिर झुकाए बैठी थी। धर्म का कलेजा मुँह को आने लगा। बारीक़ शफान के सुनहरे जाल के दुपट्टे में से उसकी लाज से बोझिल आँखें और काँपते हुए होंठ होशहवास पर बिजली गिराने लगे।

यह एक फ़िल्म का शूट था या उसके बेरहम सपनों की धुँधली-सी छाया! वह बार-बार भूल जाता कि वह एक्टिंग कर रहा है। सतनारायन का चिल्लाते-चिल्लाते हलक़ सूख गया, "लाइट्स ऑन...लाइट्स ऑफ...रिटेक...! क्या क़यामत है, कोई मुश्किल बात भी नहीं। बस, दुलहन का घूँघट उठाकर दूल्हे को कहना है!

'आँखें तो खोलो मेरी जान,' लाइट्स ऑन...लाइट्स ऑफ!

"जान तो खो," कट...कट।

"घूँघट तो आँखें," कट।

"जान तो घूँघट," कट।

"सतनारायन जी, यह...यह जान बदल दीजिए," धर्म ने चिढ़कर कहा।

"क्या मतलब, जान निकाल दूँ? अरे भाई रणधीर, किधर ऊँघ रहे हो? यह

जान निकालो,'' एक क़हक़हा पड़ा।

''भई, विज़िटर को चलता करो,'' धर्म ने चुपके से केशव से कहा।

''और कोई नहीं, अनिल और उनके मैनेजर सुरेश उधर बैठे हैं। ज़रीना के कांट्रैक्ट के लिए आए हैं।''

''उनसे कह दो, हो जाएगा।''

अनिल लपककर आया, ''ठीक है, हो जाएगा?...थैंक्स!'' अनिल ने उसका हाथ बड़े प्यार से दबाया।

''बस, अब इत्मीनान रखो, हो जाएगा,'' केशव ने उसे बाहर की ओर मोड़ते हुए कहा।

''थैंक यू, केशव साहब! बहुत-बहुत शुक्रिया! डेट्स की जल्दी नहीं—मुझे तो बिज़नेस के लिए बस पक्का करना था।''

अनिल के जाने के बाद ज़रा होशहवास ठीक हुए। कुछ कैमरा नखरे करने लगा।

अनिल से कांट्रैक्ट के पक्के वायदे से ज़रीना का जी खिल उठा था। धर्म को पलंग के पास आता देखकर उठने लगी।

''बैठो, बैठो,'' वह तकिया घसीटकर अधलेटा हो गया, ''क्या शूट अड़ा है?''

ज़रीना अपनी चोटी से खेलने लगी।

''इतना-सा डायलॉग है, ज़बान पर नहीं चढ़ता।''

''क्यों?'' ज़रीना ने कुछ न कहने को पाकर कह दिया।

''इसलिए कि जो दिल में होता है, होंठों पर आते हुए काँपता है।''

ज़रीना ने नई दुलहन की तरह चोर नज़रों से देखा और मुस्कराकर सिर झुका लिया।

''ऐ, इधर देखो!'' धर्म ने उसकी ठोढ़ी दो उँगलियों से ऊपर उठाई।

ज़रीना ने मुँह दोनों हाथों से छिपा लिया। धर्म ने हाथ हटाया तो एक आँसू ढुलककर गाल पर बहने लगा।

धर्म ने एक मोहक आह खींची और ज़रीना का हाथ इतने जोर से पकड़ा कि उसकी उँगलियाँ कड़कड़ा गईं।

''चाँद...चाँद...'' धर्म ने उसका छोटा-सा ठंडा हाथ अपने उछलते हुए दिल पर रख लिया।

''ब्यूटीफुल!'' सतनारायन उछल पड़े।

धर्म जल्दी से सँभल गया।

''अरे रणधीर प्यारे, गोली मारो साले डायलॉग को! भई, हम तो हो गए बूढ़े, जो जवानों को सूझती है। साली अपनी सुहागरात तो याद भी नहीं रही। क्यों

रणधीर, यह कैसा पोज़ रहेगा—दूल्हा आता है, कुछ जान-वान नहीं बोलता, यों लेट जाता है,'' उन्होंने धर्म को लिटाते हुए कहा।

फिर लाइट्स बदल गईं। उस तात्कालिक सूझ से सीन जो उस दिन हुआ, देखने वालों पर नशा छा गया। वे रुके-रुके-से वाक्य बराबर लिखे गए, फिर बदले गए। सतनारायन जी की बाछें यहाँ से वहाँ तक फैली हुई थीं।

दूसरे दिन सीन की धाक सारी इंडस्ट्री में फैल गई। दोनों ने अपना कलेजा निकालकर रख दिया। सुबह के धुँधलके में जब पैकअप हो रहा था तो धर्म ने मेकअप रूम की ओर जाती हुई ज़रीना की बाँह छुई, वह उन्हीं कपड़ों में मुड़कर सीढ़ियाँ चढ़ने लगी।

धर्म उसे ऊपर जाते देखता रहा। फिर रात-भर का मुरझाया हुआ सेहरा उठाकर थकी-माँदी आँखों में प्यार के दीप जलाकर अपने प्राइवेट कमरे में पहुँचा तो अँधेरा घुप था।

''चाँद...चाँद...'' उसने भरे गले से पुकारा।

दीवान के पास का लैम्प एकदम जल उठा। मंगला उसका ड्रेसिंग गाउन पहने उसी समय जागी थी।

वह झिझककर एक क़दम पीछे हटा तो किसी सख़्त चीज़ पर पैर पड़ा। झुककर उठाया तो दुल्हन की कास्ट्यूम का झुमका चकनाचूर पड़ा था।

अगर चीनी का बर्तन चटख़ जाए तो साफ़ बाल नज़र आता है लेकिन जब इनसान का अस्तित्व कच्चे घड़े की तरह बैठ जाए तो सादी नज़रों का कोई अन्तर दिखाई नहीं देता। धर्म के अस्तित्व के तीन टुकड़े हो चुके थे। एक तो वह धर्मदेव था, जो फ़िल्म इंडस्ट्री का सफल व्यक्ति था, जिसके नाम का डंका बज रहा था। अपनी चहेती पत्नी को प्यार करने वाला पति, बच्चों पर जान छिड़कने वाला बाप, यारों का यार, असिस्टेंटों के दुख-दर्द का साथी! दूसरा वह धर्म था, जो 'पूर्णिमा' के सैट पर फूलों की रानी का दूल्हा था। ऐसे दहकते हुए इश्क़-मुहब्बत के सीन फ़िल्माए जाते या कम से कम रिहर्सल ही होती कि देखने वालों को पसीने आ जाते। किसी मेहमान को सैट पर आने की अनुमति न थी। वह सीन अगर रजतपट पर दिखा दिये जाते तो शोले भड़कने लगते।

और तीसरा धर्मदेव वह था, जो 'पूर्णिमा' के सैट पर सुलगाई हुई आग पद्मा की बाँहों में डूबकर बुझाता था। वह किसी गृहस्थिन की सेज के योग्य नहीं रह गया था। पद्मा उसके अस्त-व्यस्त अस्तित्व को समेटकर कलेजे से लगा लेती कि उसी के क़बीले की औरतें काँच के धारदार टुकड़े हथेलियों में छिपा लेने की कला जानती हैं।

उसका दिल ज़रीना के क़दमों में था, दिमाग़ अपने पवित्र घर में और अपवित्र बदन पद्मा की बाँहों में। अगर कभी ये तीनों अस्तित्व गड्ड-मड्ड हो जाते तो वह कहीं दूर शून्य में कलाबाज़ियाँ खाने लगता।

लेकिन यह निकटता, ये लज़्ज़तें उसके जीवन का उद्देश्य बन गई थीं। स्वयं को रौंदने और मिटाने में उसे सारी उलझनों का उत्तर मिल जाता था। उसने फिर एक बार ढेर सारी अफ़ीम खाकर मौत से रिश्ता जोड़ना चाहा लेकिन मौत ने भी मुँह फेर लिया। घर पर ही तीन-चार दिन तक इलाज होता रहा और वह फिर जीवन से ऊबकर स्वयं अपनी खोज में वीरान फिरने लगा। कोई उचित कारण नहीं था, इसलिए कोई हंगामा नहीं हुआ।

मंगला कुछ असहाय हो चुकी थी। अब पहरेदारी मसखरापन लगने लगी थी। उसके आने की ख़बर सैट पर पाते ही कुछ कोड भाषा में हर आदमी को ख़बर पहुँच जाती और जब वह जाती तो धरातल बिलकुल समतल दिखाई देता। धर्म या ज़रीना का कोई क्लोज़अप या लांग शूट लगा हुआ होता। सब निहायत ही ऊँची हुई शक्लें बनाए उसके आने पर जाग पड़ने की एक्टिंग करते हुए आवभगत के लिए लपकते। ज़रीना बहुत ही शोख़ वाक्य बड़े प्यार से उसकी ओर उछालती। उसका स्वभाव शक्की था। लेकिन यह समझने लगी थी, उसका मुक़ाबला एक-दो से नहीं, पूरे स्टाफ से है। कोई बात छेड़ना अपना मज़ाक बनवाना है। क्योंकि उसकी हर बात झूठी सिद्ध कर दी जाएगी। उसने फिर मन की शान्ति खोजने के लिए सहारे ढूँढ़ लिये। चाहे शूटिंग हो या न हो, ज़रीना को रोज़ाना स्टूडियो हाज़िरी देनी पड़ती थी। इस प्वाइंट पर हंगामा खड़ा करना मूर्खता थी। अनिल को डेट देने की चर्चा पर ही धर्म भड़कने लगता था।

''मेरी 'पूर्णिमा' सेंसर हो जाएगी तब देखा जाएगा,'' वह बड़ी रुखाई से टाल देता।

''अब तो ख़त्म होने वाली है, और इस सैट पर तो मेरा काम नहीं, जानी का और आपका है,'' ज़रीना ने हिम्मत करके कह ही दिया।

''तुमको कैसे मालूम, तुम्हारा काम कहाँ है और कहाँ नहीं,'' वह गुर्राया, ''अब डायरेक्शन भी सँभालने का इरादा है?''

एकदम वह सबके सामने ऐसी बुरी तरह डाँट देता कि ज़रीना सन्नाटे में रह जाती। यह भी कोई आशिक़ी की अदा थी, कुछ अपनेपन की धौंस थी! फिर वह उल्टा रूठ जाता। बुरी तरह उसे अनदेखा कर देता। दूसरी लड़कियों को बड़े ज़ोर-शोर से डायरेक्शन देने लगता। ज़रीना काँप जाती। उसने सुना था, बल्कि आज़मा चुकी थी, कि अपनी-सी पर आ आए तो वह पूरी फ़िल्म को आग लगा देगा। और उसका कृपापात्र बनने के बाद इस व्यवहार से उसका कलेजा कटने लगता। वह मौक़ा पाकर कोई ऐसा छोटा-सा अधूरा वाक्य कह देती कि वह बच्चों की तरह

विनम्र हो जाता। फूलों से भरे बग़ीचे की तरह लहलहा उठता। स्टाफ पर दया बरसने लगती। सारे संसार के लिए प्यार जाग उठता।

इंडस्ट्री, जिसे अपने सूँघ लेने की ताक़त पर बड़ा घमंड है, इस बार धोखा खा गई। धर्म और मंगला के बाहरी मिलाप से सब प्रभावित दिखाई देते थे। बजाय उसकी मूर्खताओं पर हँसने के, उसकी दूरदर्शिता की प्रशंसा करते थे। फ़िल्मी पत्नियों का सुहाग तो सुई की नोक पर टिका रहता है। वह मंगला की इस जीत को व्यक्तिगत विजय समझती कि कोई तो सती-सावित्री निकली जो बजाय रोने-पीटने के यमदूत से भिड़ गई और अपने प्यारे पति को सकुशल निकाल लाई।

चोट भर जाती है, पर निशान नहीं मिटता। जीत तो हुई लेकिन चेहरे पर से वह स्थायी सन्तोष और भरोसे की चमक उड़ गई। उसमें कोई कमी थी तभी तो धर्म के पैर लड़खड़ाए। इंडस्ट्री में अगर कोई ऐसी ही घटना हो जाती तो उसके घाव हरे होने लगते, कि दूसरे के आईने में अपने दुख अधिक स्पष्ट दिखाई देते हैं। कुछ ऐसे जले-भुने वाक्य प्रयोग करती कि धर्म और ज़रीना घिराव में आने लगते।

सितम्बर में फ़िल्म की बड़ी ज़ोर-शोर से रिकॉर्डिंग होने लगी। दीपावली पर 'पूर्णिमा' एकदम सारे बड़े शहरों में रिलीज़ करने का प्रोग्राम था। ज़रीना उसी पाबन्दी से आ रही थी। धर्म ने अभी कहानी के बारे में निर्णय नहीं किया था। लेकिन यह तय हो चुका था कि वही 'पूर्णिमा' की सफल जोड़ी होगी। लेकिन मुख्य भूमिका मीनाकुमारी की थी।

कॉपियाँ तैयार हो-होकर जा रही थीं। ज़रीना दफ़्तर में बैठी स्क्रिप्ट पढ़ा करती। अनिल को डेट देने की बात धर्म ने सुनी-अनसुनी कर दी थी।

"अनिल की फ़िल्म का मुहूर्त है, चलोगी नहीं?" मंगला ने तैयार होकर पूछा, "बेचारा ख़ुद आया था। बड़ी मिन्नत से कह गया। चीफ़ मिनिस्टर आ रहे हैं मुहूर्त करने।"

"मुझे कॉपियाँ भिजवानी हैं, पब्लिसिटी का सामान भिजवाना है, तुम जा रही हो?"

"हाँ। गाने बर्मन दादा ने कहा, मुझे ही देने होंगे।"

"तुम गाने दे रही हो?"

"अरे भूल गए, ख़ुद मुझे केशव से कांट्रैक्ट भिजवाया और..." वह धर्म का रंग देखकर चुप हो गई। टालकर उसने पुकारा, "चलो बबलू, चिन्टू...यह देखो, इनके लिए अलग कार्ड दे गया है। तुम भी चलो न, ख़ुश हो जाएगा बेचारा।"

"सारा कुनबा तो जा रहा है। एक मेरे न जाने से क्या फ़र्क़ पड़ेगा? मेरी ओर से क्षमा माँग लेना।"

वह जानती थी कि धर्म हठधर्मी कर रहा है। ये सारे काम उसने आज तक नहीं किए, सब केशव करता है। वह लाडली कोई रिहर्सल करने आ रही होंगी! लेकिन

वह बड़े चैन से दोनों बच्चों का हाथ पकड़कर चली गई।

वहाँ ज़रीना को देखकर उसे इतनी ख़ुशी हुई कि सचमुच गले लगा लिया।

''हाँ, भाई, 'पूर्णिमा' के चन्दा को अब दीदी के यहाँ आने की फ़ुर्सत कहाँ!'' उसने प्यार से ताना दिया।

''हाय, दीदी, ताने मारोगी तो अल्ला क़सम, रो दूँगी। मिटे स्टूडियो से फ़ुर्सत ही नहीं मिलती!''

''हाय, मेरे सुहाग को मिटा कह रही है!'' उसका जी चाहा, डाँटे लेकिन उसका जी खिल रहा था। धर्म ही तो वास्तविक स्टूडियो था।

मुहूर्त बड़ी धूमधाम से हुआ। अनिल की पत्नी कुछ बुझी-बुझी-सी लग रही थी।

'मेरा भूत उतरकर अब इस निगोड़ी पर चढ़ेगा,' वह मन ही मन मुस्कराई। अनिल की पत्नी यास्मीन ने विवाह के बाद फ़िल्म में काम करना छोड़ दिया था। वह ज़रीना के क़िस्से सुनकर काँप रही थी। वह इस मैदान में नई नहीं थी। सुना था कि अनिल से बहुत झगड़ा हुआ ज़रीना को लेने पर, लेकिन वह नहीं माना।

''वह किसकी इजाज़त से मुहूर्त में गई?'' केशव पर धर्म ने गोलाबारी शुरू की।

''परसों चर्चा तो हुई थी सबके सामने।''

'' 'सबके सामने' से यह मतलब नहीं कि मैंने इजाज़त दे दी थी!''

''अनिल जब कार्ड लेकर आए तो आप फ़ोन पर थे, दस्तख़तों के लिए कांट्रैक्ट दे गए हैं।''

''यह कांट्रैक्ट नहीं होगा।''

''मगर तुमने तो कह दिया था अनिल से कि हो जाएगा इसीलिए तो उसने नाम दे दिया।''

''मैंने कहा था, हो जाएगा। बस, अब मैं ही कहता हूँ, नहीं होगा।''

''मगर...''

''मेरा दिमाग़ न चाटो।'' वह धड़धड़ फ़ाइल पटकने लगा।

9

बड़ा शानदार मुहूर्त हुआ। चीफ़ मिनिस्टर के साथ ज़रीना और अनिल के फ़ोटो खिंचे। त्रिवेदी की बाछें खिली जा रही थीं। पहली फ़िल्म थी, अनिल मेहमानों की ख़ातिर में बिछा जा रहा था। धर्म नहीं आया, उसे क्लेपर देना था। अनिल ने मंगला से निवेदन किया, बहुत झेंपती हुई वह तैयार हो गई। अनिल ने कांट्रैक्ट की याद दिलाई।

"हो जाएगा, आप चिन्ता न कीजिए," आमिना ने कहा।

"मुझे अपनी चिन्ता नहीं, मैं तो तुम्हारी तसल्ली के लिए कह रहा था। मुझे क्या चिन्ता! धर्म जी ने कह दिया, जानो, कांट्रैक्ट हो गया।"

जब ज़रीना स्टूडियो पहुँची तो धर्म ग़ुस्से में जला-भुना बैठा था।

"मुझे क्या मालूम, आमिना आपा से कहिए।"

"क्या कहूँ आमिना से? आमिना कम्पनी की नौकर नहीं है।"

"उन्होंने कह दिया था, हम लोग ज़रूर आएँगे," आँसू छलकने लगे।

"तो वह चली जातीं।"

"माफ़ कर दीजिए धर्म जी, वह बात यह हुई कि ग़लती मेरी थी," आमिना बोली।

"मैं दो फ़िल्में एक साथ शुरू कर रहा हूँ। मैं डेट कहाँ से दे सकूँगा?" धर्म नर्मी से बोला, "तुम लोगों को मेरी परेशानी का ज़रा भी ख़याल नहीं।"

धर्म के शामिल न होने से अनिल कुछ शक में पड़ गया था। उसने यों ही टटोलने के लिए धर्म को फ़ोन किया।

"हैलो, धर्म जी, मैं अनिल बोल रहा हूँ।"

"ओ भई, मुझे बड़ा अफ़सोस है...डेट का कोई सवाल नहीं उठता। दोनों फ़िल्में सैट पर जा रही हैं। आपको भी बेकार तकलीफ़ होगी।"

"जी, मैं समझा नहीं?" वह सचमुच नहीं समझा।

"आप वैजयन्ती माला को ले लीजिए, ज़रीना के पास बिलकुल वक़्त नहीं।"

"लेकिन, मैं तो मर जाऊँगा धर्म जी, मैंने तो बिज़नेस भी कर ली!"

''सॉरी, मैंने आपसे कहा था,'' धर्म निरुत्तर होने लगा।

''आपने कहा था, हो जाएगा, पक्की बात है...अब...''

''सॉरी अनिल, मेरे पास बिलकुल वक़्त नहीं,'' उसने बड़ी नर्मी से कहा और फ़ोन रख दिया।

अनिल सन्नाटे में रिसीवर को देखता रहा, फिर रख दिया।

''मुझे मालूम था,'' त्रिवेदी ने कड़वाहट से मुस्कराकर कहा, ''मैंने तुमसे कहा भी था मगर...''

''मगर त्रिवेदी साहब, उन्होंने मुझसे कहा...''

''प्यारे, यह फ़िल्म-लाइन है। यहाँ हाँ और नहीं कोई माने नहीं रखते।''

''यह ख़ूब रही, क़ामयाबी मिले तो हमारी-आपकी...और बाक़ी रहा इलजाम, वह इंडस्ट्री के माथे! धर्म जी बात से फिर जाएँ, इसमें इंडस्ट्री को क्यों दाग़ लगे! ख़ूब...वाह!''

इतने में फिर घंटी बजी।

''हैलो!'' अनिल ने भरी हुई आवाज़ में कहा।

''ज़रा अनिल साहब को बुला दीजिए।''

''कौन, आमिना आपा...कहिए, मैं बोल रहा हूँ।''

''देखिए, बात आगे नहीं जानी चाहिए...आप बेफ़िक्र रहिए...सब हो जाएगा।''

''मगर मैं तो पंद्रह अक्टूबर से आउटडोर पर जा रहा हूँ। जी... अच्छा, अच्छा।''

''हाँ, नई लड़की की तलाश है या और ऐसा ही कोई बहाना,'' धीमी आवाज़ में बोली।

''हाँ, हाँ, वह मैं सब ठीक कर लूँगा. शुक्रिया, शुक्रिया!'' अनिल का चेहरा जगमगा उठा, ''हाँ, त्रिवेदी साहब, अब कह दीजिए, यह तो मैं जानता था,'' उसने त्रिवेदी को आमिना ने जो कुछ कहा था, बताकर चिढ़ाया।

''नहीं प्यारे, यह तो मैं बिलकुल नहीं जानता था। यार, ये औरतें बड़ी तिकड़मबाज़ होती हैं।''

अपनी बात रखने के लिए बिना कहानी तय किए धर्म ने सैट लगवाना शुरू कर दिया। रणधीर को मद्रास से एक बहुत बड़ा ऑफ़र आया मगर धर्म ने कहा—इतना काम वह कैसे सँभालेगा क्योंकि मीनाकुमारी वाली फ़िल्म उसे ही डायरेक्ट करनी होगी। दूसरी फिर सतनारायन को दे दी जाए या त्रिवेदी को।

''त्रिवेदी अनिल के साथ पार्टनरशिप में है।''

धर्म कुछ चिढ़-सा गया। मुहूर्त के मौके पर जो उसने पब्लिसिटी की थी, वह भी धर्म को बहुत छिछोरी मालूम हुई। उसमें मंगला के आर्ट पर बहुत ही शायराना

रोशनी डाली गई थी। जीवन की परिस्थितियों में तो उसे इतना महान दिखाया गया था कि मालूम होता था, धर्म उसी की मेहनत और कुर्बानियों से इतना सफल प्रोड्यूसर बना है। धर्म को कभी लोगों की तरह किसी की बुराई-भलाई करने या जलने की न आदत ही थी और न फ़ुर्सत। उसकी अपनी ज़िन्दगी इतनी मजबूर रहती थी कि किसी से जलने की ज़रूरत ही न पड़ी। मगर इस वक़्त अनिल पर छींटे कसने लगा। छिछोरा है, बहुत फुदकता है।

"यार, ख़ुद जो लुगाई के सहारे ऊपर चढ़ा है इसलिए," रणधीर ने भी ऐड़ लगाई।

ज़रीना की कोई चर्चा न थी। बस, यह कि नई हीरोइन की तलाश है। रोल नई लड़की माँगता है।

"अंगूर खट्टे।"

ज़रीना बैठी अपने भांजे का स्वेटर बुन रही थी। आमिना ऊन का गोला बना रही थी। इमदाद रंगे हाथों एक एक्स्ट्रा से दिलचस्पी लेता पकड़ा गया, इसलिए वह नाराज़ होकर चला गया। अब आमिना ही ज़रीना के साथ चिपकी रहती थी। रणधीर से छेड़छाड़ चलती रहती थी। ज़्यादातर चारों साथ ही रहते थे।

रणधीर का एक सैट हो चुका था। मीनाकुमारी मद्रास गई हुई थी इसलिए ज़रीना और धर्म के ही कुछ सीन हुए थे। मीनाकुमारी के लिए मंगला आवाज़ दे रही थी इसलिए ज़रीना के लिए आशा को लेना था। लता के नाम से धर्मदेव का ख़ून खौलने लगता था। मियाँ-बीवी के झगड़े को उसने पॉलिटिकल रंग देकर बात इतनी उछलवाई।

सैट ख़त्म हुए तीन-चार दिन बीत गए होंगे। अभी दूसरे सैट का कुछ तय नहीं हुआ था। मीनाकुमारी की तारीख़ें लेना एक नामुमकिन-सा काम था। कहानी पर भी अभी बहुत काम करना था।

"यार, बोरियत हो गई। चलो, महाबलेश्वर चलते हैं। वहाँ ज़रा ठीक रहेगा," धर्म ने उकताकर कहा।

"हाँ, मैं भी अपनी गाड़ी ले लूँगा, दिल्लू और बच्चे दहली भी न चल सके... भाभी तो चलेंगी ही।"

"वह तो मद्रास गई हुई हैं—वासन की फ़िल्म के लिए रिकॉर्डिंग करने।"

"अच्छा, कब?"

"आज ही सुबह।"

"अरे यार, तो फिर क्या पूछते हो?"

"आमिना..."

"उसकी ओर से तुम निश्चिन्त रहो प्यारे...," रणधीर ने आँख मारी, "और वहाँ बोतलें अपनी ले चलेंगे। वहाँ कचरा मिलता है।"

"ज़रा भेजो तो..." धर्म ने केशव को अंदर आते देखकर कहा। एकदम से उसमें जान पड़ गई।

"नहीं, अभी तक आई ही नहीं।"

"साढ़े ग्यारह बजे हैं और अभी तक नहीं आई, फ़ोन करो," बोतल निकालकर दोनों ने शग़ल शुरू कर दिया।

"कोई उठाता ही नहीं! एक्सचेंज से बोला, मगर लाइन तो ठीक है।"

"अच्छा, आए तो कहना, आज डांस-रिहर्सल नहीं। और केशव, डैरिक से बोलो, एक केस चाहिए—एकदम विलायती! साले ने कुछ गोलमाल किया तो बड़े जूते लगेंगे।"

बारह बजे मालूम हुआ, नहीं आई। धर्म कुछ ज़्यादा ही तेज़ी से गिलास पर गिलास ख़ाली कर रहा था।

"मैं जाऊँ?"

"हूँ, ठहरो," धर्म ख़ुद फ़ोन करने लगा। किसी ने उठाया फ़ोन, "यह क्या किस्सा है—ऐं... ?"

"मेम सा' ब नहीं है," कोई आया बोल रही थी।

"नहीं है? कहाँ गई है?"

"हमको मालूम नईं सा' ब!"

बार-बार फ़ोन करने के बाद ख़ुदा-ख़ुदा करके आमिना मिली।

"अरे कहाँ चली गई थीं? मैं समझा, कोई एक्सीडेंट तो नहीं हो गया?"

"नहीं, ठीक है सब," आमिना हँसी।

"यहाँ डांस-डायरेक्टर सूख रहा है इन्तज़ार में। रिहर्सल के लिए नहीं आना?"

"अरे, ज़रीना ने सुबह ही तो फ़ोन करके प्रकाश से पूछा। उसने कहा, कोई रिहर्सल नहीं, इसलिए।"

"अच्छा, छोड़ो, गई कहाँ थीं?"

"वह अनिल...कुछ कपड़े वगैरह।"

"कपड़े?"

"जी, पिक्चर के कास्ट्यूम के ट्रायल पर गई है।"

"यह क्या बकवास लगा रखी है, बिना इजाज़त क्यों गई?"

"पूछ तो लिया था मैंने," आमिना ने बात काटी।

"किससे पूछ लिया था?"

"ज़रीना से। उसने कहा, उसकी शूटिंग तो अब कहीं दिसम्बर-जनवरी में..."

आपे से बाहर होकर धर्म गालियों पर उतर आया। उधर से फ़ोन रख दिया गया।

"हरामज़ादियाँ, क्या समझती हैं? उल्लू की पट्ठी! होश भुला दूँगा... ।" वह लाल-पीला होकर उठा।

''अमाँ, क्यों रंडियों के मुँह लगकर औकात गँवाते हो...बैठो!''

''नहीं,'' दो-तीन लगातार गालियाँ देकर धर्म नंगे पैर मोटर में बैठने लगा।

''तुम नहीं जाओगे।''

''क्यों?''

''अरे वे ज़लील हैं, तुम्हारी पोज़ीशन ख़राब होती है। मैं जाता हूँ।'' रणधीर उसे समझा-बुझाकर ख़ुद चला गया।

धर्म बोतल पर ग़ुस्सा उतारने लगा। वह उसकी पत्नी तो न थी और न प्रेमिका थी जो उसके नख़रे सहती, पलटकर उसी को डसने लगी। बेचैन होकर वह कमरे में टहल रहा था। यह सब इस कमीनी कुतिया आमिना ने उसे बरगलाया है। उसमें इतना दम नहीं। वह तो ख़ुद इतनी सीधी है, इतनी मासूम। ये जोंकें उसकी जान को लग गई हैं। माँ ग़रीब ठीक थीं। ये तो बलाएँ हैं।

रणधीर को गए डेढ़ घंटा हो गया।

जी न माना, फ़ोन किया। रणधीर ने ही उठाया।

''अरे भई, क्या कर रहे हो? आते क्यों नहीं?''

''आ रहा हूँ,'' रणधीर की आवाज़ भरी हुई-सी हो रही थी।

''तो आओ न, दिन ही दिन में चल पड़ें। फिर रात हो गई तो घाट चढ़ने में मुसीबत होगी। और हाँ, ज़रीना से कहना, चूड़ीदार साथ ले चले, चलने-फिरने में मज़ा रहेगा। जल्दी आओ।''

''अच्छा,'' रणधीर बुझी हुई आवाज़ में बोला।

दो घंटे बाद रणधीर आया तो मालूम होता था, किसी ने अर्क निचोड़ लिया है।

''इतनी देर लगा दी, जाकर बैठ ही रहे!'' वह दरवाज़े की ओर ज़रीना को ढूँढ़ने लगा, ''कहाँ है सामान वगैरह?'' वह बेताबी से बोला।

''बताता हूँ,'' रणधीर माथे का पसीना पोंछता बैठ गया।

''नहीं आई?'' धर्म का चेहरा सुर्ख़ अंगारा हो गया।

रणधीर ने बस मोटी-सी गाली दी, ''अमाँ, कुछ बसंत की भी ख़बर है?''

''क्या बक रहे हो?''

''केशव...अबे केशव...?''

केशव आँखें झुकाए अंदर आया। बाहर इन्तज़ार में खड़ा था।

''हूँ,'' धर्म चिढ़ गया, ''हम पूछते हैं, साथ ही क्यों न लेते आए?''

''अमाँ यार, बात तो करने दो,'' रणधीर ने चिढ़कर कहा, ''पाँच अक्टूबर को कांट्रैक्ट ख़त्म हो गया।''

''हाँ...और?''

''नया कांट्रैक्ट साइन नहीं हुआ?''

''कहाँ साइन हो! दो महीने से कह रहा हूँ। मेरी कोई सुनता है! 'हो जाएगा,

क्या जल्दी है!' अब पता चला, वह भी टाल रही थी।''

''क्या बताऊँ, धर्म, औरत ज़ात पर हाथ नहीं उठा,'' हालाँकि वह दिल्लू को चार चोट की मार दिया करता था, ''बस, जी चाहता था, मुँह तोड़ दूँ साली का।''

''ज़रीना!'' धर्म हाँफा।

''वह तो निकली ही नहीं, आमिना ने कहा, नया कांट्रैक्ट हो गया तब।''

''नया कांट्रैक्ट...मैं कांट्रैक्ट नहीं करूँगा,'' धर्म ने लात मारकर बोतल दूर फेंकी।

''तो यह पिक्चर?''

''गोली मारो साली पिक्चर को...शैल्फ कर दो...शैल्फ...हाँ,'' वह खड़ा होकर झूमने लगा।

''नहीं, हम कोई दूसरी लड़की...'' रणधीर बोला।

''नहीं...कोई दूसरी-तीसरी नहीं, बस।'' उसने ज़ोर से गिलास दीवार पर मारा।

''और मीना जी का कांट्रैक्ट, रहमान, हेलन—सभी के कांट्रैक्ट हो गए हैं। कई बार कहा, टाल गई। 'अपनी कम्पनी है, कांट्रैक्ट की क्या ज़रूरत है! धर्म जी का हुकुम...' हुँह, हुकुम की बच्ची!''

''नहीं करना है उसके साथ काम, सूअर के बच्चे!'' वह केशव पर बरस पड़ा। उसने फ़ाइल की धज्जियाँ उड़ा दीं और मेज़ पर सिर रखकर हिचकियों से रोने लगा।

नशे में आँसू बेक़ाबू हो जाते हैं। और जिस बात की धुन सवार हो जाती है, सवार रहती है।

''नहीं, नहीं, नहीं!'' वह रात धर्म पर क़यामत की रात गुज़री। मुहब्बत और नफ़रत में बाल बराबर की भी दूरी नहीं। कहाँ मुहब्बत ख़त्म होकर नफ़रत शुरू हो जाती है, कुछ पता नहीं चलता। मुहब्बत की चोट जितनी गहरी होती है उतनी ही तेज़ी नफ़रत में होती है कि नफ़रत करने वाला भस्म हो जाता है। न उल्फ़त पर किसी का ज़ोर, न नफ़रत पर।

रणधीर ने उसे एक पल को अकेला न छोड़ा। आज वह पी-पीकर दम तोड़ देगा। सारी रात जलहीन मछली की तरह तड़पता-सिसकता रहा। पल-भर को आँख तो लग जाती मगर आहें न रुकतीं। ज़रा होश आता और फिर वह उस होश को शराब में डुबोने लगता।

''तुम झूठे हो!...मुझे सताने को झूठ बोल रहे हो!...तुम्हारी नीयत उसकी ओर से ख़राब है!...तुम हमेशा मुझसे जलते रहे!...उसे मेरे खिलाफ़ भड़काते रहे...''

रणधीर ने अपनी दोनों घरवालियों की, औलाद की क़समें खाकर अपनी बेगुनाही का सबूत दिया।

''मैंने उसे बुरी नज़र से देखा हो तो अम्माँ पर निगाह डाली हो,'' उसकी माँ

को मरे चौदह बरस हो गए थे, ''अपनी बहन के साथ बुरा काम किया हो...'' उसकी आपा का सिर सफ़ेद हो चुका था, मगर उस पर भी शराब चढ़ी बैठी थी।

''आमिना ने उसे कमरे में क़ैद कर दिया है,'' वह ज़रीना को बेक़सूर साबित करना चाहता था। इस तरह उसके कुचले हुए अहम् को ढाढ़स मिलता था। ज़रीना लाचार है, मजबूर है, ज़ालिम दुनिया उसके टेंटुए पर सवार है। वह बेबस है, बेवफ़ा नहीं। उसने ठुकराया नहीं।

जब मंगला ने यह दुखद कहानी सुनी, अपने ज़र्रे-ज़र्रे बिखरे पतिदेव को प्यार भरी बाँहों में समेटने नहीं आई। उसके सारे अपमानों का बदला मिल गया। अब धर्मदेव सुरक्षित हो गया। ख़तरा आप ही उसे ठुकराकर चला गया। चोरी का खटका ख़त्म। जीता रहे चैन दिल और दिमाग़ को लौटाने वाला! सब ही उस पर हँस रहे थे। जो कल तक उससे ईर्ष्या कर रहे थे, आज बग़लें बजा रहे थे। एक बीवी-बच्चे वाले आशिक़ का दिल टूटा, ख़ूब हुआ!

मंगला की निगाहों के ताने झेलने की उसमें सामर्थ्य नहीं थी। वह पद्मा की बाँहों में जा छिपा। पद्मा जो इस भँवर से दूर अलग-थलग खड़ी थी, उसे न मंगला से हमदर्दी, न ज़रीना से कोई शिकायत। उसका काम था गिरतों को सँभालना, टूटे हुए ज़र्रों को जोड़ना। मगर धर्मदेव के ज़र्रे जोड़े जाने की हदों को पार करके काँटेदार किर्चें बन गए थे।

जैसे किसी मालदार रंडवे को शादी के सन्देश आने लगते हैं, उसी तरह फ़िल्म-स्टार बनने की उम्मीदवार परियाँ उस पर टूट पड़ीं। ज़रीना के ऐब और उनके गुणों की सूची सुन-सुनकर उसके कान फोड़ा हो गए। उसके कानों ने त्रिवेदी के भौंडे डायरेक्शन और अनिल के सैट पर ज़रीना की फुस-फुस एक्टिंग के चर्चे भी सुने। न जाने क्या समाई, कौन-सी आस बँधी कि श्री साउंड स्टूडियो पहुँच गया।

उसे विश्वास था कि जब वह उसे हाथ लगाएगा तो उसका बदन झनझना उठेगा और वह पतझड़ के मारे पत्ते की तरह काँपकर उसकी गोद में टपक जाएगी। तब वह सीना तानकर उन छिछोरे लौंडों पर एक क़हक़हा लगाएगा और अपने चाँद को सबके सामने समेटकर ले आएगा।

लेकिन जब उसने ज़रीना के कंधे पर हाथ रखा तो वह यों अजनबियों जैसी धुली-धुली आँखों से देखने लगी, जैसे पूछ रही हो, 'कौन हैं जी आप?'

''चाँदनी, चलो...'' उसने प्यार का नाम लेकर अतीत को जगाना चाहा।

''शूटिंग कर रही हूँ,'' उसने रुखाई से कंधा झटक दिया और मुड़कर मेकअप ठीक करने लगी।

''चाँद!'' धर्म ने सिसकी भरी।

ज़रीना इधर-उधर देखने लगी कि किसी ने यह बेवकूफ़ी-भरा सम्बोधन सुना तो नहीं! सब दूसरी ओर ध्यान देने लगे।

''चलो, मैं तुम्हें लेने आया हूँ।''

ज़रीना ने नहीं सुना। आईना मेकअप मैन को पकड़ाया और निश्चित जगह चाक के निशान पर खड़ी हो गई।

''रेडी।'' उसने मोतियों की लड़ी बिखेर दी।

अनिल बड़े व्यंग्य से मुस्कराया।

''ऑल लाइट्स!'' त्रिवेदी ने आवाज़ दी। जैसे धर्म किसी को दिखाई न दे रहा हो।

धर्म के दिमाग़ में एक शोला-सा लपका। उसने ज़रीना का हाथ मरोड़कर घसीटा।

''आह!'' ज़रीना दोहरी हो गई।

और फिर तूफ़ान फट पड़ा। अनिल ने पीछे से धर्म की गर्दन में कुहनी अड़ाकर पीठ में घुटना मारा। वह औंधे मुँह गिरा मगर फिर तड़पकर उठा। हज़ारों हाथों ने उसे दबोच लिया। नन्हे-से बच्चे की तरह हाथ-पाँव चलाता वह दरवाज़े के बाहर ले जाया गया। वह फिर हाथों की पकड़ से निकलकर उछला मगर हाथों की तादाद चौगुनी हो गई। उसे एक दफ़्तर में बन्द करके लोग जगह-जगह फ़ोन करने दौड़े।

धर्म ने दफ़्तर का सारा सामान चूर-चूर कर डाला। रणधीर और केशव डॉक्टर को लिये आए क्योंकि उन्हें सूचना मिली कि तबीयत ख़राब हो गई है। डॉक्टर ने पकड़-धकड़कर उसे इंजेक्शन दिया और वह बेबस हो गया।

जब उसे मोटर में डालकर ले जा रहे थे तो ज़रीना चाक के निशान पर खड़ी पूछ रही थी, ''ठीक है न त्रिवेदी जी?''

10

जब इंजेक्शन का असर दूर होकर धर्म को होश आया तो उसने आख़िरी बार आत्महत्या की नाकाम कोशिश की। सब चौकन्ने थे इसलिए कोशिश धूल में मिल गई। उसके कुछ घनिष्ठ मित्र साये की तरह दिन-रात उसके साथ लगे रहते। मंगला ने जैसे पत्थर बनकर उसकी तीमारदारी की।

'क्या सब दिखावा कांट्रैक्ट की वजह से था?' उसे किसी भी तरह विश्वास न हुआ। 'काश, इस जन्म में सिर्फ़ एक बार वह उसे मिल जाए!'

'चाँदनी!' वह उसकी ठोड़ी उठाकर पूछेगा और उसकी आँखों में अपना सपना पा लेगा। फिर वह उम्र-भर उससे मिलने की चाह न करेगा। वह उस जवाब को अपनी ज़िन्दगी की पूँजी बना लेगा।

उसे मालूम भी न था, मंगला तीसरी बार माँ बनने वाली थी। एकदम नई जान की कल्पना से उसके मुर्दा बदन में जान आ गई। वह शून्य से वापस लौटकर दुनिया में पहुँच गया। इस बार गर्भ बड़ा तकलीफ़देह था। मगर पति-पत्नी के बीच जो अजनबीपन आ गया था, वह बड़ा दम घोटने वाला था।

अप्रसन्न और बीमार मंगला से फिर आँखें चार करना बहुत मुश्किल था। मगर धर्म बहुत ही ज़िद्दी था। उसने एकदम शराब छोड़ दी। माफ़ी माँगने का समय बीत चुका था।

मीनाकुमारी मद्रास से वापस आई तो सैट तैयार था। जब ड्रामाई सीन शुरू हुए तो धर्म के उजाड़ दिल में फिर फुँकार जाग उठी। फ़िल्म और मंगला के सिवा वह सब कुछ भूलकर फिर एक बार पुराना धर्मदेव बन गया। उसके चाहने वाले कच्चे घड़े की तरह उसकी हिफ़ाजत करते। ज़रीना की तमाम तस्वीरें उतारकर छिपा दीं। उसका नाम लेना भी जुर्म बन गया।

रणधीर को पहले डायरेक्शन की बड़ी चिन्ता लगी हुई थी। नई लड़की की तलाश जारी थी ताकि ज़रीना की जगह एसाइन कर लिया जाए। उसने धर्म को दो-चार फ़ोटो दिखाकर राय ली।

''किस रोल के लिए?''

"विनती के लिए।"

"मगर वह तो ज़रीना करेगी," धर्म ने बड़ी सादगी से कहा।

मगर रणधीर का दिल धक-से हो गया। वह उसे अहमकों की तरह देखने लगा। उसके चेहरे पर उन्माद के आसार न थे।

"यार, लफड़ा है—मेरे ख़याल में तो..."

"इतनी शूटिंग हो चुकी है। मेरे ख़याल में तो अब ज़्यादा काम नहीं। मीना जी के नये सीन रखे गए तो फिर ज़रूरत नहीं पड़ेगी।"

"मगर," उसे इतनी समझदारी की बातें करते देख रणधीर के होश उड़ते जा रहे थे।

"ओह!" धर्म बड़ी जानदार हँसी हँसा, "अच्छा, रणधीर, बताओ तो क्या मैं तुम्हें सचमुच पागल लगता हूँ?"

"यार, पागलों के और क्या सींग होते हैं?"

"यार, बहुत पी रहा था उन दिनों, उसने बदतमीज़ी की। बस, न जाने क्या हो गया!"

"डर लगता है यार!"

"मैं वही डर तो निकालना चाहता हूँ।"

"और जो वह इनकार कर दे तो?"

"आधे से ज़्यादा काम करके इनकार नहीं कर सकती। मेरी पिक्चर पूरी करनी ही पड़ेगी वरना वह कहीं काम न कर सकेगी।"

"वह तो ठीक है...मगर भाभी आएँ तो पूछना चाहिए।"

"नहीं, मैं उससे इजाज़त नहीं लूँगा, न कोई वायदे करूँगा। रणधीर, बड़ी बारीक-सी बात है। शायद समझा न सकूँ। मुझे अपने इत्मीनान के लिए इस टैस्ट से गुज़रना होगा, वरना मैं दुनिया में कभी कुछ न कर सकूँगा।"

"मैं समझता हूँ दोस्त, ख़ुदा तुम्हें बुरी नज़र से बचाए, और..." उसका जी भर गया।

फिर भी रणधीर ने मंगला की राय लेना ज़रूरी समझा।

"ठीक है," उसने सपाट लहजे में कहा।

"मैंने बहुत कहा, क्यों बात को फिर से उठाया जाए।"

"अब वह बात न होगी," मंगला ने बुझी हुई मुस्कराहट के साथ कहा, "मैं इस चौकीदारी से ऊब गई हूँ। कोई फ़र्क़ नहीं पड़ता। मैं कहाँ तक इनके पैरों में बेड़ी बनी रहूँ? दिल पत्थर बन गया है। किसी बात की परवाह नहीं होती।"

इसके बाद रणधीर आमिना के पास गया। वह चुप हो गई।

"क्या सोच रही हो?"

"यही सोच रही हूँ कि क्या सोचूँ। अम्माँ थीं तो और बात थी। हम दो बहनें

हैं। बस, उस दिन से रातों की नींद हराम हो गई है। डर के मारे रात को अपने घर में भी नहीं सोते।''

''डर किस बात का?''

''रणधीर जी, यह फ़िल्म-इंडस्ट्री है, यहाँ क्या नहीं होता? उस दिन जो हरकत उन्होंने की...''

''वह तो ख़ैर नशे में थे, तुम तो होश में थीं, तुमने जो कमीनापन किया? जब तक कांट्रैक्ट था, बँधी मार खाती रही और जैसे ही मौक़ा मिला, पर फैलाने लगीं? धर्म जी के अहसानों का यही बदला है?''

''अहसान?''

''और नहीं तो क्या? वह न लाते तो इंडस्ट्री में धँसने भी न पातीं।''

''अच्छा ही होता। मगर धर्म जी के अहसानों का बदला शायद इस जन्म में तो उतर नहीं सकता। मगर कभी आपने यह भी सोचा है कि ज़रीना ने बिना ज़बान हिलाए पूरे पाँच साल बँधी तनख्वाह पर काम किया है? लोगों ने बहुत उकसाया लेकिन मैंने कहा—नहीं, हम नाशुक्रे नहीं। जो कांट्रैक्ट है, वह निभाएँगे। फिर जो भी काम उसे बाहर मिला, उसमें आधा कम्पनी का। कम्पनी ने ज़रीना से कितना रुपया कमाया और फिर अहसान सिर पर सवार रहा। अनिल की पिक्चर के लिए पहले हाँ कह दिया फिर साफ़ मुकर गए,'' आमिना की आवाज़ भर्रा गई।

रणधीर क़ायल होकर बग़लें झाँकने लगा।

''वह बेज़बान है। नातजुर्बेकार थी। आप लोग उसके सिर पर चढ़ बैठे। क़सम से कहिए रणधीर जी, क्या उसने हीरोइन बनने की पूरी क़ीमत नहीं चुकाई? अभी कुछ और बाक़ी है?'' आमिना धारोंधार रोने लगी।

''भई, मुहब्बत में इनसान अन्धा हो जाता है।''

''मुहब्बत? आप इसे मुहब्बत कहते हैं? सच बताइए, धर्म जी को किससे मुहब्बत है—मंगला से, ज़रीना से या पद्मा से?''

रणधीर लाजवाब हो गया।

''साफ़ क्यों नहीं कहते, नवाब हैं तबीयत के, पूरा हरम सजाना चाहते हैं! घर में सती सावित्री, अन्धेर-उजाले कोई बेकस लाचार, हल्ला-गुल्ला के लिए रंडी का कोठा।''

''तुम तो वकीलों के भी कान कतरती हो, कांट्रैक्ट था तो फूँक सरकी हुई थी।''

''बँधा मार खाता है। आज़ाद होकर किसी को बेड़ियाँ डालने का शौक़ नहीं होता।''

''ऐसी इज़्ज़त प्यारी थी तो फ़िल्म-लाइन में क्यों आईं? घर में बैठी रहतीं।'' रणधीर जल गया।

"आपको मालूम नहीं कि इनसान जो कुछ करता है, वह क्यों करता है? अब्बा के मर जाने के बाद हम लावारिश रह गए। अम्मा ने हम तीन बहनों की तो जल्दी-जल्दी शादियाँ कर दीं। यह सबसे छोटी रह गई। अब्बा ने बड़े चाव से इसे नाच सिखाया। पाँच बरस की उम्र से इसे स्टेज पर चांस मिलने लगे। अब्बा के बाद हम इसकी कमाई पर दाल-रोटी चलाते रहे। तेलुगु फ़िल्म में काम मिला तो ज़रा और सहारा हुआ। जब धर्म जी ने ऑफ़र दिया तो हम उसे ख़ुशक़िस्मती समझे कि इस कम्पनी में कोई चिन्ता की बात नहीं, सभी शरीफ़ लोग हैं। मगर आप तो जानते हैं, जैसी शराफ़त का सबूत दिया है वह..." ग़ुस्से से उसकी आवाज़ घुट गई। "ख़ैर, जो नसीब में था, वह भुगता। अब यह बताइए, क्या ऐसी कोई सूरत नहीं कि बिना ज़रीना के काम चल जाए, कुछ काट-छाँट करके?"

"भई वाह, क्या कहने हैं! वे दिन भूल गईं जब रोल बढ़ाने के लिए मस्का लगाया जाता था? रोल काटने की माँग है!"

"वक़्त-वक़्त की बात है," आमिना हँसी।

बड़ी झकझक के बाद तय हुआ कि रोल काटने की कोशिश की जाएगी। आमिना बहन की पहरेदारी करेगी। सैट पर जाएगी। काम करके लौट आएगी।

"मगर एक शर्त है," रणधीर ने कहा।

"वह क्या?"

"ज़रीना को धर्म जी से माफ़ी माँगनी पड़ेगी," यह शर्त रणधीर ने लगा दी।

"खूब, उल्टा चोर कोतवाल को डाँटे!" आमिना कड़वाहट से हँसी।

"आमिना!"

"फर्माइए!"

"क्या तुम क़सम खाकर कह सकती हो कि सारा क़सूर धर्म जी का है?"

"मगर धर्म जी मासूम तो न थे।"

"और तुम्हारी बहन मासूम थी। क्यों उल्लू बनाने की कोशिश करती हो?"

"ओह," आमिना बेचैन हो गई।

रणधीर को अपनी जीत पर बड़ी ख़ुशी हुई।

"रणधीर जी, जब यह नाच सीखा करती थी और कोई नौ-दस बरस की थी तब वह शैतान का बच्चा मास्टर काफ़ी अधेड़ उम्र का इसकी नादानी से नाजायज़ फ़ायदा उठाता था। यह निगोड़ी उसे भी कला का एक हिस्सा समझती थी, उफ़, सोचती हूँ तो कलेजा मुँह को आने लगता है। रणधीर जी, यह सूखी-मारी चुहिया जब थकी-हारी बिसूरती हुई लौटती थी तो उल्टी इसे डाँट पड़ती थी। वह तो एक ज़रा समझदार लड़की ने शोर मचा दिया और सारी लड़कियाँ चुपचाप घर बैठ रहीं। ऐसी बात मुँह से निकालकर ख़ुद नक्कू बन जाते। यह हमेशा की ऐसी ही सहमी हुई गुमसुम-सी है। इसने एक्टिंग का एक हिस्सा समझकर ही कभी किसी से ज़िक्र

नहीं किया। वह तो जब सारी इंडस्ट्री में बात फैली तब भेद खुला।'' आमिना की आँखों से लगातार आँसू बह रहे थे।

रणधीर का सिर भिन्ना गया। वह आँखें मूँदे चुपचाप बैठा रहा।

''आमिना, तुम चाहो तो साफ़ इनकार कर सकती हो। मुझे कोई शिकायत न होगी।''

''शुक्रिया रणधीर जी! जो होना था, वह हो गया और अब वह मिट नहीं सकता। अब थोड़े-से काम के लिए बिगाड़ करने से क्या फ़ायदा! बस, इतना ध्यान रहे कि बात बुरी से बुरी हालत तक न पहुँचने पाए। काम जल्दी निबट जाए और पाप कटे।''

''मैं पूरी कोशिश करूँगा,'' रणधीर उठने लगा, ''एक बात पूछूँ आमिना?''

''पूछिए!'' आमिना ने ज़रा झिझककर कहा।

''क्या ज़रीना की ओर से एक्टिंग ही था या कुछ और भी था?''

''हो भी सकता है और नहीं भी। वह मेरी सगी बहन है मगर ख़ुदा की क़सम, मुझे उसके दिल का हाल नहीं मालूम। वह एक पहेली है जिसे मेरी मोटी अक़्ल हल नहीं कर पाती। मुझे तो ऐसा लगता है, वह सोते-जागते बस कोई रोल प्ले करती रहती है। जब वह छोटी-सी थी और कभी ज़िद कर बैठती थी तो न रोती थी, न मचलती थी, मगर हम सबको उसके सामने हार मान लेनी पड़ती थी। खाने पर रूठ जाती, अम्माँ ज़बर्दस्ती उसके मुँह में कौर देतीं। वह बैठी मुँह चलाती रहती। लाख धमकाने पर भी न निगलती। तब हम समझते थे, इसके सिर पर किसी जिन्न का साया है।'' आमिना दरवाज़े तक उसे छोड़ने आई।

सैट पर बड़ा शानदार मिलाप हुआ। ज़रीना ने सिर पर पल्लू रखकर धर्म के पैर छुए, उसने बड़े प्यार से सिर पर हाथ रखकर माफ़ किया। हमेशा ज़रीना और धर्म के सैट से मिलने वाले भगाए जाते थे, जर्नलिस्ट टरका दिये जाते थे। आज हर एक को आने की छूट थी। कैमरे आँखें मार रहे थे। मीनाकुमारी की शूटिंग नहीं थी मगर वातावरण को सुखद बनाने के लिए मौजूद थी।

रणधीर दोनों को एक्शन बता रहा था और धर्म बड़ी बेतकल्लुफ़ी से ज़रीना से इधर-उधर की छोटी-छोटी बातें कर रहा था। मंगला को पूरे दिन थे लेकिन वह भी लंच लेकर आई। मुस्कराकर सबको तली हुई मछली और रायता खिलाया। धर्म ज़्यादातर मीना से बातें कर रहा था। मगर ज़रीना को बिलकुल अनदेखा नहीं कर रहा था।

ज़रीना का काम बहुत जल्दी ख़त्म हो गया। कुछ शूट रह गए, वे कभी भी ले लिये जाएँगे।

धर्म इम्तिहान में पूरा उतरा। जब ज़रीना और अनिल की आउटडोर शूटिंग के इंडस्ट्री में चर्चे हुए तो भी उस पर कोई प्रभाव न पड़ा। बड़े खुले मन से उनके फ़िल्मी रोमांस और अनिल की पत्नी के बावेला पर चुटकुले छोड़ता, बल्कि कुछ ज़्यादा ही दिलचस्पी लेता कि अक्सर लोगों के चेहरे पर हँसी मशीनी हो जाती।

मंगला ने बेटी को जन्म दिया तो वह ख़ुशी से नाच उठा। पूरे स्टाफ को तीन महीने का बोनस दिया। बेटी को वह पागलों की तरह प्यार करने लगा। उसने जुहू पर जो नया बँगला ख़रीदा, उसमें ही एक हिस्सा दफ़्तर के लिए सजा दिया गया। अब वह अधिकतर घर पर ही काम करता। सुबह उठकर फलों का रस पीता, फिर योगासनों का अभ्यास करता या बैडमिंटन और टेनिस की प्रैक्टिस करता जिसके लिए बाकायदा एक खिलाड़ी नौकर रखा गया। सेहत अच्छी रहे तो दिमाग़ भी चौकस रहता है। रणधीर की फ़िल्म 'कल्पना' बहुत ठंडी गई लेकिन क्लास मानी गई। ज़रीना की अकारण गैरहाज़िरी बुरी तरह खटकती थी। मद्रास का मामला डायरेक्शन के लिए नहीं पटा। वह सिनेरियो और डायलॉग लिख रहा था। धर्म ही उन फ़िल्मों का हीरो था। उसने मद्रास का काम इसी शर्त पर लिया था कि रणधीर लिखेगा। साथ में वह अपनी भी तैयारी कर रहा था। वह जहाँ जाता, लोग कहानियाँ लेकर टूट पड़ते। धड़ाधड़ कहानियाँ ख़रीदी जाने लगीं।

बात पर अड़ जाने की आदत तो बहुत पुरानी थी और शायद यही उसकी सफलता का भेद था कि वह एक बात तय कर लेता, फिर भले ही कितनी भी असम्भव क्यों न हो, वह उसे पूरा करके ही दम लेता। अब वह इस बात पर अड़ गया कि कोई बात तय नहीं करेगा। इतनी बेतुकी ग़लतियाँ करने के बाद उसे अपने फ़ैसले पर भरोसा नहीं रह गया था। रोज़ नई कहानियाँ पास होतीं और रद्द कर दी जातीं। अक्सर कॉन्ट्रैक्ट हो जाता फिर उसे अपनी ग़लती का अहसास होता और पूरा पारिश्रमिक देना पड़ता। हर बातूनी कहानीकार चुनी हुई कहानी की धज्जियाँ उड़ाता, अपनी कहानी के झंडे गाड़ता और एडवांस लेकर काम शुरू कर देता। फिर तो लोगों ने उसके सिर मुर्दा कहानियाँ भी मढ़ दीं जो पहले कहीं बेच चुके थे या बन रही थीं। क्योंकि यह तो मालूम था, दो-चार दिन बाद रद्द कर दी जाएँगी। एडवांस ही हाथ आएगा।

रात गए तक धर्म के कमरे में लोग इकट्ठे रहते थे। लोलिता अभी छोटी थी इसलिए मंगला का बेडरूम बच्चों की नर्सरी से मिला हुआ ऊपरी मंज़िल पर था। कभी वह धर्म के कमरे का चक्कर लगा जाती कि शायद किसी को कुछ ज़रूरत हो, कभी दोस्तों से जल्दी छुटकारा मिल जाता या सबके सब मुफ़्त की पार्टी में चले जाते और वह अकेला रह जाता क्योंकि वह पीने-पिलाने की महफ़िलों से दूर रहना चाहता था तो वह मंगला के कमरे में चला जाता। अगर वह सोती होती तो जगाना ठीक न समझकर लौट आता, या वह ही कुछ मूड में न होती और टाल देती तो वह

आज्ञाकारी पति की तरह टल जाता।

अजनबीपन बढ़ता गया, ज़रूरत घटती गई।

औरत सौ कुओं का पानी पीकर फिर से सतवन्ती बनना चाहे तो नहीं बन सकती, लेकिन मर्द का कुछ नहीं बिगड़ता। वह तो देवता है। पत्नी फिर उसका पूजा-पाठ शुरू कर देती है। शायद पूजा करने लगती हो! लेकिन वैसे उत्कट प्यार की मौत हो जाती है।

क्योंकि वह शासित होती है। पति उसे रोटी-कपड़ा देता है। इसलिए पतिव्रता बन जाती है। विचित्र स्वभाव होता है औरत का। जब उसका पति उसे छोड़कर दूसरी का हो रहता है तो वह हाय-तौबा मचाती है। समाज को अपनी हिमायत में इकट्ठा कर लेती है। पता नहीं, यह वह उसकी चाह में करती है या उसका घमंड चूर करने के लिए ऊधम जोतती है!

इतना ज़रूर होता है कि वह दिल से उसे कभी माफ़ नहीं करती। अगर वह दूसरी औरत को छोड़कर वापस आ जाए तो वह उसका कर्तव्य समझती है और अगर औरत ठुकरा दे तो फिर वह उसे बिलकुल निकम्मा और बेकार इनसान समझने लगती है। उसकी नाक-चोटी तो काट नहीं पाती कि मर्द इन झमेलों से आज़ाद होता है। बस, उसकी वक़्त-बेवक़्त किरकिरी करने पर तुली रहती है।

मंगला भी हँसी-हँसी में उसे छोटे-छोटे नश्तर चुभाया करती। जान-जानकर अनिल की शक्ल-सूरत और समझदारी की तारीफ़ें किया करती। उसकी उम्र कम होने पर झगड़ने लगती। उसे ज़रीना के लिए हर तरह से ठीक सिद्ध करती। अनिल कितना समझदार है, कितना भोला है, मंगला की कितनी इज़्ज़त करता है, उसका एक-एक रिकॉर्ड जमा करके रख छोड़ा है।

यह बात नहीं कि धर्म को जलन होती थी, वह बराबर मंगला की हाँ में हाँ मिलाता।

"क्या फटाफट शूटिंग होती है भई! यह नहीं कि महीनों रिहर्सल चल रहे हैं..." वह बड़े अर्थपूर्ण ढंग से मुस्कराती। वातावरण धुँधला होने लगता।

"ज़रीना की सारी हेकड़ी ख़त्म, अनिल बिलकुल लिफ़्ट नहीं देता। वही मस्का लगाए जाती है अनिल के। वह बेचारा मुझे बहुत ही मानता है, बस इतना-सा मुँह निकल आता है। मुझे तो आँचल फैला-फैलाकर कोसती होगी। मेरी वजह से हर जगह खंडित पड़ती है," धर्म खिसियानी हँसी से सब झेलता रहता। इस पर वह और सुलग उठती। लोग कोई बहाना करके खिसकना शुरू कर देते। आख़िरी मुलाक़ाती के साथ वह भी उठकर अपने कमरे में चली जाती। कभी तो धर्म को ऐसा मालूम होता, वह सिर्फ़ उसके मिलने वालों को तितर-बितर करने आई थी। जब विश्वास हो गया कि सब जा रहे हैं तो चल दी, ताकि वह अकेला रह जाए।

मद्रास में फ़िल्म शुरू हुई तो धर्म की जान में जान आई। वहाँ बम्बई का हर

ऐसा कलाकार जो चर्चा के क़ाबिल होता है, कोई-न-कोई तरीक़ा निकालकर पहुँच जाता। मद्रास की फ़िल्में जो दक्षिणी कलाकारों को लेकर बनाई गई थीं, दो-तीन तो सफल हुईं फिर लगातार फ्लाप होने लगीं। इसलिए उन्होंने बहुत बेरहमी से दक्षिणी कलाकारों की उपेक्षा करके बम्बई के फ़िल्म-स्टार और म्यूज़िक डायरेक्टर मुँहमाँगे दामों पर लेकर हिट फ़िल्में बनानी शुरू कर दीं। बस, फिर क्या था! हर आर्टिस्ट मद्रास की ओर मुड़ गया। धर्म ने भी दो कांट्रैक्ट कर लिये थे, क्योंकि मद्रास से पारिश्रमिक ज़्यादा और वक़्त पर मिलता है। बम्बई की तरह क़िस्तों पर फ़िल्में नहीं बनतीं। बम्बई में कुछ प्रोड्यूसरों को छोड़कर अधिकतर डिस्ट्रीब्यूटर की दी हुई क़िस्तों से फ़िल्में बनाते हैं और अक्सर फुल कोऑपरेशन माँगते हैं। यानी पैसे फ़िल्म की रिलीज़ पर मिलेंगे। अगर मद्रास के प्रोड्यूसर न मैदान में आ जाते तो बम्बई के फ़िल्म-स्टार भूखे मर जाते। जैसे अधिकतर प्रोड्यूसर कड़के हो चुके, यही हाल उनका होता।

कम से कम धर्म को तो फिर से मद्रास ने ज़िन्दगी दे दी। यार लोग वहाँ इन्द्र का अखाड़ा जमाकर जी भरकर ऐश करते। पत्नियों और रखैलों की रोक-टोक से कुछ देर के लिए जान बच जाती है। मंगला ने अपने स्वाभिमान के नशे में चूर होकर उसे नकटा बना डाला था। वहाँ फिर से शराब शुरू हो गई। बेहया क़िस्म की लड़कियों ने उसका खोया हुआ विश्वास लौटा दिया। वे उसके पैसे ही की नहीं, मर्दानगी की भी क़ायल हो गईं। धर्म अगर चाहता तो दूसरे कलाकारों की तरह अपनी एक्टिंग की आमदनी पर ही ऐश कर सकता था। बड़े फ़िल्म-स्टार की मद्रास में भी काफ़ी हुकूमत चलती है। वह अपनी मर्जी की हीरोइन, म्यूज़िक डायरेक्टर, गीतकार और लेखक की फ़रमाइश कर सकता है। चाहे तो अपनी ही पसंद के दूसरे आर्टिस्ट भी ले ले, जैसे उसे बम्बई में डिक्टेटर के अधिकार मिले हुए थे, और जिन्हें वह इस्तेमाल भी करता था। इस तरह एक हद तक उसकी पोज़ीशन के अनुसार वहाँ भी उसकी चलती है। लेकिन धर्म को अपने स्टाफ से बड़ा लगाव था। बम्बई की इस तेज़ी से दौड़ती-भागती ज़िन्दगी में धर्म जैसे प्रोड्यूसर का अस्तित्व न जाने कितने ख़ानदानों का सहारा है। मद्रास में फ़िल्में लेकर वह अपने स्टाफ को उसी तरह जमाए रहा। अपने प्रोडक्शन के लिए फ़िल्म बनाना बहुत ही ज़रूरी था।

मद्रास से वह लगातार बम्बई आता रहता। यहाँ फिर एक फ़िल्म शुरू कर दी। इस बार उसने घर से दफ़्तर भी वापस स्टूडियो में बदल दिया, क्योंकि अब मंगला ने उसकी पूरी तरह से उपेक्षा करनी शुरू कर दी थी। कई-कई दिन उसे मंगला की सूरत भी दिखाई न देती। पद्मा की महफ़िलें दोबारा जमने लगीं।

उधर मंगला कुछ ज़रूरत से ज़्यादा पीने लगी। रीता और रम्मी का रिश्ता बस रुपये का रह गया था। उसने अलग फ्लैट ले लिया था जहाँ वह आज़ादी से ऐश करता था। रीता और दोनों बच्चे मंगला के पास ही अलग रहते थे। कभी रीता की

किसी ऊटपटाँग ढंग के दोस्त से बहुत पेंगें बढ़ने लगतीं तो मंगला अकेली पड़ी बोतल से जी बहलाया करती। लता और मुहम्मद रफ़ी की कुछ अनबन-सी थी। इसलिए बहुत-से दोगाने उसे रफ़ी के साथ मिले। रिकॉर्डिंग रिहर्सल में ज़रा ज़िन्दगी काम की दिखाई देने लगी। धर्म से पूछने या सलाह लेने की न अब ज़रूरत महसूस होती थी और न मौक़ा ही मिलता था। मुहम्मद रफ़ी से उसका काफ़ी मेलजोल बढ़ा लेकिन इंडस्ट्री ने इनके बारे में कोई बेकार क़िस्म की अफ़वाह नहीं उड़ाई। धर्म ख़ुद आवारा था लेकिन उसने भी कभी कुछ नहीं कहा।

लेकिन भाग्य पति-पत्नी के रहे-सहे रिश्ते को भी ख़त्म करने पर तुला हुआ था। उन्हीं दिनों अपनी नई फ़िल्म के गाने बजाय रफ़ी के, महेन्द्र कपूर से ले लिये। यह बात मंगला को बहुत बुरी लगी। आदत के अनुसार उसने महेन्द्र कपूर के साथ गाने से इनकार कर दिया। धर्म ने चुपचाप गाने आशा से ले लिये। मंगला ने भी कोई परवाह न की।

रणधीर की फ़िल्म 'कल्पना' फ़िल्मी मेले में जर्मनी भेजी गई। उसके सिलसिले में धर्म और रणधीर को भी बुलावा आया। क्योंकि ज़रीना भी जा रही थी इसलिए उसने धर्म से कहा कि मंगला को भी ले जाना चाहिए। धर्म गानों के मामले में ज़्यादती कर चुका था इसलिए मंगला से कहा कि तुम भी चलो। रणधीर ने भी बहुत ज़ोर दिया कि वह दिल्लू को भी ले जाएगा। और अगर वह न गई तो दिल्लू अपनी हिमाकतों से वहाँ नाक कटवा देगी।

"भाभी, ज़रा दस-बारह अच्छी साड़ियाँ भी ख़रीदवा दो," उसने बड़ी ख़ुशामद से कहा।

मंगला भी राज़ी हो गई। क्योंकि इरादा था कि वहाँ से इंग्लैंड और यूरोप भी जाएँगे। ऐसे मौक़े रोज़-रोज़ कहाँ आते हैं! मंगला ने सब कुछ भूल-भाल तैयारियाँ शुरू कर दीं। शाम को मुहम्मद रफ़ी ने फ़ोन किया कि शनिवार को नागपुर जाना है। प्राइम मिनिस्टर फंड के लिए रुपया इकट्ठा करना है। मंगला ने कह दिया, उसका जर्मनी जाना बहुत ज़रूरी है। बड़े ज़ोर-शोर से तैयारियाँ हो रही थीं।

उन दिनों सरकार ने बाहर जाने पर कड़ी पाबंदी लगा रखी थी। और क्योंकि बुलावा केवल धर्म और रणधीर का था इसलिए मंगला और दिल्लू नहीं जा सकती थीं। बड़ी दौड़-भाग की लेकिन वक़्त नहीं था। धर्म ने कहा कि वह भी नहीं जाएगा, तो रणधीर ने कहा—वह अकेला चना क्या भाड़ फोड़ने जाएगा?

"नहीं भई, अपनी पहली फ़िल्म जा रही है। आप लोगों का जाना बहुत ज़रूरी है," केशव ने राय दी।

"नहीं, मंगला नहीं जा सकती इसलिए मैं नहीं जाऊँगा।"

"अरे तो क्या हुआ, तुम चले जाओ! विलायत भागा थोड़े ही जाता है! फिर चले जाएँगे," मंगला ने आग्रह किया। उसके फ़रिश्तों को भी मालूम न था कि

ज़रीना और आमिना इंग्लैंड गई हुई हैं। वहाँ से वे भी जर्मनी जाएँगी। मीना को उसके पतिदेव ने नहीं जाने दिया क्योंकि उसका भी बुलावा नहीं था। बेचारी रो-पीटकर चुप हो गई।

रीता के नये दोस्त से उसी दिन लड़ाई हुई थी जिस दिन ये लोग जर्मनी रवाना हुए। वह अपना दुखड़ा सुनाने मंगला के पास आई। दोनों दिलजली रात गए तक पीती रहीं, एक-दूसरी को अपनी दुखभरी कहानी सुनाती रहीं। फिर से ज़ख़्म ताज़ा हुए और कोई मरहम न था उन्हें भरने के लिए। रीता ने आया को फ़ोन कर दिया कि वह सुबह आएगी और वहीं सो गई। असल में जाने की हिम्मत ही न थी। सुबह सिर में ऐसा दर्द था कि फटा जा रहा था। दोनों ने फिर थोड़ी-सी सहारे के लिए पी और फिर पीती ही गईं।

बात बिगड़ने पर तुली हुई थी। किसी फुर्तीले फ़ोटोग्राफ़र ने दूसरे ही दिन अख़बारों के लिए वहाँ खींचे हुए फ़ोटो भेज दिये और जब वे फ़ोटो छपे तो मंगला पर जैसे बिजली गिर पड़ी। रीता को तो उसका दोस्त समेटकर ले गया था। बच्चे पार्क में खेलने गए हुए थे। वह फटी-फटी आँखों से फ़ोटो देखती रही। हर फ़ोटो में धर्म और ज़रीना साथ थे। चालाक फ़ोटोग्राफ़र ने आमिना और रणधीर को इस सफ़ाई से काटा था कि उनके होने का संदेह भी नहीं होता था। और उनके सम्बन्ध में सांकेतिक रूप से कुछ छींटे भी कसे गए थे। पुराने तनाव का भी ज़िक्र था। मंगला की अनुपस्थिति का हवाला भी दिया था। ऐसा मालूम होता था, धर्म जान-बूझकर उसे नहीं ले गया, ताकि वहाँ दोनों गुलछर्रे उड़ा सकें। कई बार जी चाहा, गिलास में सारी की सारी नींद लाने वाली गोलियाँ उड़ेलकर इस जानलेवा दुख को ख़त्म कर डाले कि पीछा छूटे।

लेकिन फिर सोचा, यह तो वे दोनों चाहते ही हैं। नहीं, इस जन्म में तो उन्हें ख़ुश नहीं करना है। लेकिन जब ले जाने का इरादा नहीं था तो उसने कहा क्यों नहीं था? शायद इसलिए कि मैं नागपुर न जा सकूँ। मेरा प्रोग्राम भंड करके ख़ुद चला जाए। मुहम्मद रफ़ी से वैर है। इसलिए कि वह मुझे काम देता है तो श्रीमान जी की बेइज़्ज़ती होती है।

'तुम्हें क्या ज़रूरत है काम करने की? रुपये की तंगी है क्या?' वह कई बार कह चुका है। इतने बड़े फ़िल्म-स्टार और प्रोड्यूसर की पत्नी काम की मुहताज! अपनी कम्पनी से तो रिश्ता टूट ही गया। बाहर काम न करूँ तो ख़त्म हो जाऊँ, मिट जाऊँ। मुझसे नफ़रत, मेरी कला से नफ़रत। सुबह रफ़ी की पार्टी नागपुर जा रही है। उसने फ़ौरन फ़ोन किया।

"लेकिन वहाँ गाऊँगी क्या? कुछ तैयारी भी नहीं की है। रहने दो।"

"अरे, नहीं-नहीं, यह नहीं हो सकता! तुम्हें चलना पड़ेगा! कुछ भी गा देना।"

"मेरी तो कॉपी भी दफ़्तर में कहीं पड़ी है।"

''बच्चों के पास गानों की किताबों में देखता हूँ। और वह दोगाना, जो मद्रास में वह कौन-सी फ़िल्म थी, उसके लिए रिकॉर्ड किया था, वह तो याद होगा?''

''बोल तो याद नहीं, कौन-सा?''

रफ़ी ने रेफरेन्स दिया, गुनगुनाकर याद दिलाया।

''हाँ, हाँ,'' मंगला ने भी गुनगुनाकर याद किया।

''कोई नौकर भी नहीं, इस वक़्त सब सो रहे हैं। मैं ख़ुद लेकर आता हूँ अभी।''

रफ़ी और मंगला डेढ़ बजे तक हारमोनियम पर रिहर्सल करते रहे। कई पुराने गाने याद आ गए जो दोनों ने साथ गाए थे। फिर मंगला का वह भजन याद आ गया जो उसने 'पूर्णिमा' में गाया था, गुनगुनाने लगी।

''हाय, क्या दर्द है इस गाने में! बड़े जी से गाया है।''

''जी को लगी जो थी,'' मंगला ने ठंडी साँस भरी। उसने अख़बार रफ़ी के सामने डाल दिये।

''हूँ,'' रफ़ी दुखी हो गया।

''तभी तो मेरे जाने का सारा मामला ठप्प कर दिया।''

''हद है बेवकूफ़ी की। बाल-बच्चों वाला आदमी यों ऊटपटाँग फिरे! तुम क्यों इतना दिल छोटा करती हो, तुम्हारी कला का भी तुम्हारे ऊपर कुछ अधिकार है। इस प्रोग्राम के बाद हमारा इरादा अपनी ट्रुप को लेकर पूरे यूरोप के दौरे पर जाने का है। पिछली बार नैरोबी में बहुत अच्छा प्रोग्राम रहा। ज़रूर चलना।''

देर तक शिकवे-शिकायतें होती रहीं फिर क्योंकि सुबह जल्दी उठना था, रफ़ी सोने की हिदायत करके चला गया।

मंगला रोते-रोते थक गई तब आधा गिलास व्हिस्की में नींद लानेवाली गोलियाँ डालकर गटागट पी गई।

11

धर्म को प्लेन ही में मालूम हो गया था कि वहाँ वह भी आ रही है। बड़ी उदारता और लापरवाही से हँस दिया।

"अभी तो तुम कह रहे थे, इंग्लैंड गई थी?" उसने थोड़ी देर बाद असम्बद्ध रूप से पूछा।

"हाँ, आमिना और वह परसों ही पहुँच गईं।"

"लेकिन यह क्या ज़रूरी है कि मेले में आएँ?"

"अमाँ, मेले में शामिल होने के लिए ही आई हैं। आमिना को परमीशन नहीं मिल रही थी क्योंकि उसका बुलावा नहीं था।"

"तो फिर कैसे आ गई?" धर्म बोला।

"दो महीने पहले भाग-दौड़ मचाई। ज़रीना ने कह दिया, अकेली नहीं जाएगी। लड़की को एक साथी की परमीशन मिल जाती है। मीना को बुड्ढे ने आने दिया होता तो फिर कोई बात नहीं थी। क्योंकि वही अकेली लड़की है, इसलिए..."

"तो क्या हर मीटिंग में भी उसे घुसने की इजाज़त होगी?"

"क्यों भाई, बात क्या है?" रणधीर ने उसे ध्यान से देखकर पूछा।

"अरे, कोई भी बात नहीं।"

"देखो भई, अगर तुमने यहाँ पैर पसारे तो ख़ुदा क़सम..."

"अबे हट, बेकार के तूफ़ान जोड़ रहा है!"

बात टल गई लेकिन रणधीर का माथा ठनक गया। अगर फिर से बात चल निकली तो सारा मज़ा किरकिरा हो जाएगा। जब जुकाम होने वाला होता है तो छींकें आती हैं। धर्म को रणधीर वर्षों से जानता था। उसकी रग-रग से परिचित था। कभी तो उसे यह भी पता हो जाता था कि वह क्या सोच रहा है। धर्म को ज़रीना फिर होने वाली है, छींकें आ रही हैं। ज़बान बन्द है। लेकिन आँखें बोल रही हैं। आप ही आप मुस्कराता है। फिर दुख की घटाएँ उमड़ आती हैं, फिर हँस देता है, फिर कहीं खो जाता है। रणधीर को मालूम है, वह मन ही मन अपनी प्रेमिका से मिल रहा है, बिछुड़ रहा है, रूठ रहा है, फिर मन रहा है। वह उसके दिमाग़ में कभी

फूल खिलाती, कभी काँटे भोंक देती है। कभी अंग-अंग में रस भरती है, कभी ज़हर घोल देती है। वह समझ रहा था और काँप रहा था। यूरोप की सैर भंग होती साफ़ दिखाई दे रही थी।

''कैसी हो ?'' धर्म ने ज़रीना को देखकर औपचारिकता से पूछा।

''अच्छी हूँ। आप तो बहुत बिज़ी हैं न, पिक्चर शुरू हो गई न ? इंग्लैंड में बड़ा मज़ा आया। मैंने तो कहा, आओ आमिना आपा, यहाँ खो जाएँ...'' बड़बड़ वह बकती रही। वह नहीं चाहती कि धर्म कुछ कहे। क्या भरोसा, क्या कह दे और वह सट-से गायब हो गई।

धर्म के माथे पर नमी आई।

'नहीं, इस सर्दी में पसीना हरगिज नहीं आ सकता,' रणधीर ने अपने-आपको विश्वास दिलाया, 'चहल-पहल से चेहरे पर रौनक़ आ गई है।' लेकिन वह अपने को धोखा न दे सका। जैसे लोहा चुम्बक की ओर खिंचा चला जाता है, वैसे ही धर्म बेहोश, बेसुध भरी भीड़ में भूखी-भूखी नज़रों से डसता हुआ न मालूम और न दिखाई देनेवाली डोर से बँधा हुआ चला जा रहा था। न उसे फ़ोटोग्राफ़रों का डर था, न देश-विदेश के मेहमानों की परवाह। वह सबको धकेलता, धक्के खाता उसके पास पहुँच जाता: वह अपने चारों ओर फैले सौन्दर्य की उपेक्षा करके फिर भीड़ में खो जाती। लेकिन उसकी छठी इंद्रिय फिर उसे वहीं खींच लाती। वह उसके पीछे ऐसे भाग रहा था, जैसे माँ अपने हाल ही में पाँव-पाँव चलते बच्चे के पीछे बाँहें पसारकर भागती है! उसने देखा और ठिठककर साँस रोक ली। बच्चा खाई के किनारे डगमगा रहा था।

धर्म ने उसके कंधे को छुआ और जब मुड़ी तो उसके सामने हथेली फैला दी।

सदियाँ भागती-दौड़ती गुज़र गईं, युग बीत गए।

वह मुट्ठियाँ भींचे उसकी हथेली को घूर रही थी।

''वह देखो !'' आमिना ने घसीटकर उसे अपने आगे कर लिया और फ़व्वारे के पास छूटती हुई आतिशबाज़ी देखती रही।

धर्म ने मुट्ठी बंद करके जेब में डाल ली। उसकी नर्म-नर्म आँखों में आतिशबाज़ी का अक्स धड़धड़ जल रहा था। वह रात रणधीर ने मोर्चे पर बिताई। मालूम होता था, उसके सिर पर बार-बार बम फट रहे हैं। उसे धर्म के पागलपन में कोई शक नहीं रहा था। उसने कभी एक इनसान को बिना ख़ून की एक बूँद बहाए यों फड़फड़ाते नहीं देखा था।

''रणधीर, वह बेवफ़ा नहीं। मेरे दोस्त, ताली एक हाथ से नहीं बजती, एक ओर शोले नहीं हो सकते। मेरे यार, मेरे सीने में बड़ी जलन है, जैसे कोई नाख़ूनों से

खुरच रहा है! तुम मुझे डाँटते क्यों नहीं, गालियाँ क्यों नहीं देते? कुछ तो कहो! शायद मेरा ध्यान बँटे! शायद दिल में ग़ैरत जाग उठे! तब इस जलन पर शायद छींटा पड़ जाए,'' फिर वह एकदम दीवार पर हाथ रखकर अपने-आपसे कहने लगा, ''वह इसी होटल में है। यह दीवार, फिर दीवार...दीवार, हज़ारों दीवारों के बाद वह उधर है। कैसे अचम्भे की बात है, है न?'' वह बड़े प्यार से दीवार पर हाथ फेरने लगा, जैसे वह सीमेंट की ठंडी रुकावट नहीं, प्रेमिका का नर्म लचकदार बदन हो!

''सुनो...ठीक से यहाँ बैठो। अगर तुम्हें इतना विश्वास है तो फिर क्या मुश्किल है?'' रणधीर ने उसे फुसलाकर पलंग पर बैठाया। ''तो फिर बेकार क्यों बिलबिला रहे हो, सुबह मैं...''

''सुबह नहीं।''

''अबे, क्या जूते खिलवाएगा? मालूम है, तीन बजे हैं। मुझे उसके कमरे का नम्बर भी नहीं मालूम। सुबह मैं बात करूँगा। आमिना से बात करूँगा। मैं साफ़ कह दूँ...'' वह एकदम रुक गया। उसे बिलकुल कुछ नहीं मालूम था कि क्या साफ़ कह देगा। लेकिन वह बोलता चला गया, ''और भई, जब वह भी...''

''तो तुम मानते हो न कि वह भी...मेरा मतलब है दिल से तो...''

''हाँ, हाँ, यार, इसमें क्या शक है!'' रणधीर ने उसे ठंडा करने को कहा, ''मगर देखो, यहाँ परदेस में अपना खेल बनेगा, समझे? अपनी डिगनिटी में फ़र्क़ न पड़े। हाँ...और देखो, यों बेकार बड़बड़ाने से कोई फ़ायदा नहीं। यों तो बना-बनाया काम बिगड़ जाएगा,'' उसने बड़ी नर्मी से कहा।

''बिगड़ जाएगा?'' धर्म पर फिर पागलपन सवार हुआ।

''मेरा मतलब है, बेकार...दुनिया-भर के लोग इकट्ठे हैं। तुम इतने बड़े प्रोड्यूसर, वह एक मामूली एक्ट्रेस। बात हिसाब से होनी चाहिए। तुम बिलकुल बेफ़िक्र होकर आराम करो। मैं सब ठीक कर लूँगा, हाँ।'' रणधीर ने उसे कम्बल उढ़ा दिया। ऐसा लगा, जैसे वह एकदम सो गया।

''यार रणधीर,'' उसने एकदम सहमी हुई आवाज़ में कहा, ''मंगला...मंगला का क्या होगा?''

रणधीर इतना थका हुआ न होता तो उसे वहीं क़त्ल करके फाँसी पर झूल जाता।

''तुम उनकी चिन्ता न करो। उनका इससे क्या सरोकार...अच्छा यार, सो जाओ, वरना हम सुबह उठ न पाएँगे और वे लोग घूमने निकल जाएँगी। बात टल जाएगी,'' उसने फुसलाया।

सुबह जब उसकी आँख खुली तो धर्म बाथरूम में शेव कर रहा था। वह हड़बड़ाकर लपका। आधे रास्ते में याद आया कि बिजली का शेवर है। वह अपनी बेवकूफ़ी पर चिढ़ गया। कमबख़्त पागल के साथ रहकर वह ख़ुद पागल होता जा रहा है। धर्म की आत्महत्याओं के प्रयास ने उसे बौखला दिया था।

बड़ी मुश्किल से आमिना हाथ आई। रणधीर ने बिलकुल आशिक़ों की तरह उसका पीछा करना शुरू किया। जी तो चाह रहा था, एक मुक्का रसीद करे और कहे—चल बैठ और सुन, मुझे बहुत ज़रूरी बातें करनी हैं, मगर उसने धीरज से काम लिया और उसे थोड़ा-थोड़ा खिसकाकर एक मेज़ के पास ले गया। जल्दी से कॉफ़ी का ऑर्डर दिया और बहुत ही प्यार और चाव से उसकी आँखों में आँखें डालकर देखने लगा।

"आमिना, तुम उस बौड़म से तलाक़ क्यों नहीं ले लेतीं?"

"अय-हय, सुबह-सुबह मुझे तलाक़ क्यों दिलवाने लगे!" लेकिन वह ख़ुश हो गई। कोई उसके लुच्चे मियाँ को बुरा-भला कहता तो वह बड़ी दिलचस्पी से सुनती।

"मैं सच कह रहा हूँ।"

"तलाक़ लेकर क्या करूँ?" वह हँसी।

"शादी।"

"दीवार-तखों से? चींटियों भरे कवाब से कौन शादी करेगा?"

"सारी दुनिया में तुम्हें कोई 'कौन' ही दिखाई नहीं देता? एक है मियाँ अमजद अली उर्फ़ रणधीर...नाम सुना होगा?"

"जी, कुछ याद तो पड़ता है, मगर सुना है, वह तो...उनके तो बीवी..."

"इस्लाम चार की इजाज़त देता है।"

"ओह, तो दो तो आप फ़रमा चुके...अब तीसरी और कहीं कर डालिए। फिर चौथी के बारे में सोचा जाएगा। सुना है, लोग आख़िरी बीवी को ज़्यादा चाहते हैं। मगर रणधीर साहब, क्यों इधर-उधर की बातों में वक़्त बर्बाद कर रहे हैं, उगल दीजिए न!"

"उगल दूँ?"

"अब मैं इतनी-सी नन्ही नहीं हूँ कि यह यक़ीन कर लूँ कि आप सुबह-सुबह मेरी तलाक़ पर बातचीत करने के लिए यहाँ लाए हैं। मुझे...मेरा मतलब है, हमें प्रकाश जी ज़रा घुमाने ले जा रहे हैं, इसलिए।"

रणधीर ने ज़्यादा तकल्लुफ़ ठीक नहीं समझा और उगलने लगा। वह चुपचाप सुनती रही। बटुआ खोलती-बंद करती रही। रणधीर के स्नायु शिथिल होने लगे।

"मुझे उनसे बड़ी हमदर्दी है," उसने शब्द तौलकर कहे, "मगर यह तो पता चले कि क्या चाहते हैं।"

"यानी यहाँ इतनी लंबी-चौड़ी दास्तान सुना डाली और आपको यही पता नहीं... ?"

"देखिए, वह जो आप सोच रहे हैं, उसका जवाब मेरे पास नहीं। उसी से पूछिए। लेकिन अगर..."

"अगर क्या?"

"अगर शादी का ख़याल है तो..."

"शादी!" रणधीर अपने को रोक न पाया।

"आप तो ऐसे बिदके, जैसे आपने कभी शादी का लफ़्ज़ न सुना हो!" वह खिलखिलाकर हँसी, "हालाँकि माशा अल्लाह..."

"और मंगला?" रणधीर का ख़ून खौल गया।

"अरे, आप इतना बन क्यों रहे हैं? उनके बारे में सोचने के बाद ही कुछ तय किया होगा।"

"और बच्चे?"

"उफ़्फ़ोह, बच्चे किसके नहीं होते! क्या आपके बच्चे नहीं थे? आपने जब दिल्लू से ब्याह किया था तो अपनी बीवी के बारे में जो सोचा था, बस वही। रणधीर साहब, ज़रीना मेरी बहन है। उसकी जगह आपकी बहन होती तो आप क्या जवाब देते?"

रणधीर की आँखों में ख़ून उतर आया, आपा बी याद आ गईं।

"हमें अपने बहुत पाक दिखाई देते हैं। आपका मुँह बहुत सुर्ख़ हो रहा है, लोग देख रहे हैं। न जाने क्या समझ रहे होंगे!" वह उठने लगी, "यह मेरी अपनी राय है।"

"और ज़रीना की?"

"वह ज़रीना जाने।"

जब रणधीर ने गालियों की भूमिकाओं के साथ धर्म को सारी बातें बताईं तो वह फूल की तरह खिल उठा। बड़ी विनम्रता से गालियाँ सुनीं। झेंपी हुई नज़रें उठाईं। आँखों के कोने पर मोती काँप रहे थे। जब वह आमिना से बातें कर रहा था तो बाहर फ़व्वारों के पास ज़रीना से मुठभेड़ हो गई। फ़ौरन फ़ोटोग्राफ़र टूट पड़े। वह उनसे बड़ी मुश्किल से बचाकर निकाल लाया। और फिर वे वज़न देखने की मशीन में सिक्के डालकर कार्ड देखने लगे।

"यह देखो," धर्म ने मुट्ठी खोल दी।

वज़न का कार्ड रणधीर ने उठाकर देखा।

"यह इधर पीछे देखो," वह बच्चों की तरह शरमाया।

'बिछुड़े महबूब से मुलाक़ात हो, दिल की मुराद पूरी हो!' कार्ड पर लिखा था।

'अबे गावदी उल्लू के पट्ठे, आशिक़ के बच्चे,' उसका जी चाहा, एक घूँसा मारकर कहे, लेकिन अपने को रोक गया, "मगर एक शर्त है, यों मामला नहीं निबटेगा। शादी करनी होगी।"

"शादी?" धर्म हर्षविभोर हो उठा।

"जी, निकाह...और मेहर," रणधीर ने मेहर के बारे में बताया।

"मेहर जितना भी कहो।"

''मेहर से काम नहीं चलेगा। निकाह करना होगा मुसलमान बनकर,'' रणधीर गुर्राया, ''और अगर अबके तुमने भाभी का नाम लिया तो ख़ुदा की क़सम, जबड़ा तोड़ दूँगा।''

''उसका नाम लेने का मुझे कोई अधिकार नहीं,'' वह एकदम चुप हो गया।

वेटर ने बीयर के मग लाकर सामने रख दिये। रणधीर ने बिल उठाया लेकिन तब तक धर्म ने नोट बैरे को पकड़ा दिया—'कम्पनी ख़र्च'। दोनों अपने-अपने ख़यालों में गुम बीयर पीते रहे।

''यार, रणधीर, यह निकाह कैसे होता है?''

'यह आदमी है या घनचक्कर? इधर मंगला को ट्रंक-कॉल मिलाने के लिए भागा-भागा फिर रहा है, बच्चों के लिए खिलौने और चाकलेट ख़रीद रहा है, उधर निकाह की चिन्ता में घुला जा रहा है!' उसने निकाह के बारे में बताया।

''यार, बाँदरा की मस्जिद में काम बन जाएगा?'' धर्म ने बड़ी मासूमियत से पूछा।

न जाने क्यों, रणधीर को मंगला पर होने वाली ज़्यादती पर बहुत ग़ुस्सा आ रहा था। जब उसने स्वयं दिल्लू से शादी की थी तो उसे अपनी बीवी पर बिलकुल तरस नहीं आया था। हालाँकि मंगला उससे कुछ ख़ुश न थी, यही समझती थी कि वह ज़रीना की दलाली करता है। वह देर तक धर्म को डाँटता रहा। फिर उसको रहम आने लगा, क्योंकि वह सिर झुकाए डाँट-फटकार सुनता रहा।

जब रणधीर अनमने मन से आमिना को धर्म का जवाब देने के लिए कमरा तलाश करके पहुँचा तो मालूम हुआ, वे लोग बाहर गई हुई हैं। शाम तक नहीं लौटीं। फिर मालूम हुआ, फ्रांस चली गईं। धर्म ने पीछा करने का प्रोग्राम बनाया।

''नहीं यार, अगर मामला करना ही है तो लोंडिहार से कोई फ़ायदा नहीं। उनकी सीटें बुक थीं, जाएँगी कहाँ? चलना तो साथ ही है। यहाँ हवाई के पीछे दौड़ने से क्या फ़ायदा?''

लेकिन एयरपोर्ट पर पहुँचकर मालूम हुआ, उन्होंने बुकिंग कैंसिल करवा दी। पता नहीं, कब और किस प्लेन से जाएँगी! कुछ न पता चल सका। धर्म वहीं फैल गया लेकिन रणधीर ने सख़्ती की।

एयरपोर्ट पहुँचते ही उसे मंगला के नागपुर जाने की ख़बर मिल गई।

नागपुर का प्रोग्राम काफ़ी सफल रहता अगर ऐन वक़्त पर मंगला ज़रूरत से ज़्यादा पीकर स्टेज पर न आ जाती। किसी को आशंका न थी कि वह इस हद तक आदी हो चुकी है। सुबह से वह होटल में अपने कमरे में बन्द पड़ी थी। जब वह झूमती-लड़खड़ाती स्टेज पर आई तो सब अचम्भे में रह गए। उलझे बाल, बेतरतीब कपड़े।

इधर आर्केस्ट्रा ने साज़ मिलाए, उधर उसे बड़े ज़ोर की उबकाई ने धर दबोचा। मारे सड़ांध के नाक सड़ गई। बड़ी मुश्किल से उसे बाहर ले गए।

अख़बार में पूरे विवरण के बाद लिखा था कि धर्म जर्मनी गया हुआ है और शायद मंगला का पैर भारी है।

"क्या ज़रूरत थी जाने की? मैंने मना किया था," वह एकदम नर्म पड़ गया, "मुझे बताया भी नहीं मंगलू ने।"

"तुम्हें फ़ुर्सत मिले तो बताए। यार, गर्दन उड़ा देने के क़ाबिल हो। तुम जैसी उसकी बेक़द्री करते हो, वही है जो बर्दाश्त कर रही है। कोई और होती तो कभी की तुम्हारे जनम में थूककर अलग हो गई होती," धर्म से वह बेतकल्लुफ़ तो हमेशा था लेकिन धौलधप्पा का रिश्ता न था। पर जर्मनी में जो बीती और रणधीर का महत्त्व बढ़ा तो वह कुछ ज़्यादा ही बेतकल्लुफ़ हो गया। पहले वह उसे जीनियस मानता था। अब ज़रा संदेह पैदा हो गया था।

"अब के फिर बिटिया, और हम भी ऐसी सुपर हिट फ़िल्म बनाएँगे कि दुनिया देखती रह जाएगी," उसने मंगला के बेड पर बैठकर उसके सिर पर प्यार से हाथ फेरा।

"बिटिया, हुँह, भगवान न करे!" उसने धर्म का हाथ झटक दिया और ऐसे दूर हट गई, जैसे वह कोढ़ी हो!

"मंगलू...!"

"बाबा, यह चोंचले वहीं बघारो जाकर," वह बेड से उठकर ड्रेसिंग टेबल पर जा बैठी। दराज़ खोलकर उसने गिलास में थोड़ी-सी व्हिस्की डाली और कंघी करने के लिए चोटी खोलने लगी।

"मंगलू, यह सवेरे-सवेरे..."

"तो?" मंगला ने जैसे उसे चिढ़ाने के लिए नीट पीनी शुरू कर दी।

"यह अच्छा नहीं मंगला!"

"क्या अच्छा है और क्या अच्छा नहीं, यह मैं भी जानती हूँ। तुम क्यों फिक्र में घुले जाते हो?"

"मंगला!"

"अरे बाबा, जाओ न अपनी गुलबदन के पास! बड़ी मुश्किलों से तो रूठी देवी को मनाया है, कहीं फिर न रूठ जाए!"

"क्यों तूफ़ान जोड़ती हो? वह तो पेरिस से अभी आई भी नहीं!" धर्म के मुँह से निकल गया।

"तभी मेरा भेजा चाटने की फ़ुर्सत मिल गई!" वह नंगी तलवार की तरह खिंच

गई। और एक बड़ा-सा पैग उड़ेलकर मुँह से लगा लिया।

धर्म उसकी ओर बेबसी से बढ़ा।

''दूर, दूर!'' उसने हाथ से इशारा किया, ''मुझे हाथ न लगाना वरना बहुत पछताओगे!''

धर्म उसकी आँखों का ज़हर न बर्दाश्त कर सका, तेज़ी से बाहर निकल गया।

मंगला ने दरवाज़ा अन्दर से बंद कर लिया और कुंडी चढ़ा ली।

''नहीं, रणधीर, अब कोई गुंजाइश नहीं। मैं भी उसे इस अकड़ का मज़ा चखाऊँगा। आमिना ने क्या कहा?''

''मिली कब जो कुछ कहती?''

''तुमने फ़ोन किया?''

''फ़ोन? अरे मैंने उसकी चौखट की धूल ले डाली। मगर वे लोग आउटडोर की तैयारियों में लगी हैं। मिलतीं ही नहीं। यह घर तो आमिना के नाम है। उसने दूसरा फ्लैट ले लिया है। किसी वक़्त नहीं मिलती। इसका यह मतलब है, वे लोग वहाँ ही रहने लगी हैं। और वहाँ टेलीफ़ोन अभी नहीं आया है। उसकी शर्त तो तुम्हें मालूम ही है। मगर यार, तुम हो निरे थाली के बैंगन। फ़ैसला तो कर लो पहले।''

''कर तो लिया फ़ैसला,'' धर्म ने बहुत ही अनिर्णायक स्वर में कहा।

''तो फिर आमिना के ज़रिए बातचीत के क्या मानी?''

धर्म बेबस हो गया।

''अच्छा, अगर तुम सचमुच फ़ैसला कर चुके हो तो मंगला को तलाक़ दे दो।''

''तलाक?...रणधीर, तुम यह क्या कह रहे हो? वह मेरे बच्चों की माँ है। मैं बहुत ही कमीना हूँ लेकिन इसके यह मानी तो नहीं...''

''अच्छा बाबा, भूल हुई, मैं सचमुच बड़ा गधा हूँ,'' उसने कुहनियों तक हाथ जोड़े और बाहर निकल गया।

''रणधीर,'' धर्म ने दौड़कर उसका गिरेबान पकड़ लिया, ''कहाँ जा रहे हो?'' बड़ी बेबसी से पूछा।

''जहन्नुम में,'' वह गिरेबान छुड़ाने लगा।

''रणधीर, ऐसे वक़्त तुम भी मेरा साथ छोड़े जा रहे हो!'' उसने गिरेबान छोड़ दिया।

''उफ़, वह भागवान मेरा इन्तज़ार कर रही होगी। फ़िल्म के टिकट मँगवाए थे,'' उसकी सारी अकड़ ख़त्म हो गई।

''हाँ, वह इन्तज़ार कर रही होगी, जाओ,'' वह वापस कमरे में चला गया।

"सुबह आठ बजे पहुँच जाऊँगा," वह उसके पीछे-पीछे गया।

धर्म दराज़ खोलकर बोतल निकाल रहा था।

"जाओ, मैं तो कहीं नहीं जा सकता, मेरा कोई इन्तज़ार नहीं कर रहा है।"

रणधीर का दिल डूबने लगा। जाते हुए क़दम रुक-रुककर लौट पड़े। थोड़ी देर दोनों खड़े सोचते रहे, फिर रणधीर चोरों की तरह बैठ गया, "चलो, रीगल में अच्छी फ़िल्म लगी है।"

धर्म मुस्करा रहा था।

"वासू को फ़ोन कर दूँ, एक से दो भले।"

"कोई ज़रूरत नहीं।"

"हद हो गई!" उसने भी गिलास उठा लिया। दोनों चुपचाप पीते रहे। बिलकुल बात को टालकर फ़िल्म की बात करने लगे।

"माला को अपना रोल बहुत पसन्द है।"

"बड़ा जी लगाकर काम करती है।"

"अब तो फिर से डाइटिंग शुरू कर दी है।"

"हाँ, अच्छा फिगर निकल आया है।"

"बहन के रोल के लिए सोचा कुछ?"

"कोई जँचती नहीं।"

"हैदराबाद चलते हो?"

"क्यों?"

"ज़रा छोकरियाँ देखेंगे।"

"पद्मा कोई नई लौंडिया लाई है, चलते हो?" धर्म एकदम तैयार हो गया।

"यार, देर हो जाएगी।"

"अभी तो ग्यारह भी नहीं बजे," धर्म ने फुसलाया।

"हाजी के होटल से थोड़े कबाब लेते चलेंगे।"

एकदम आसमान साफ़ हो गया। रणधीर पाँच मिनट के लिए अपने घर ठहरा। दिल्लू को समझा-बुझाकर आ गया।

पद्मा के यहाँ एक हंगामा मचा हुआ था। नई छोकरी रसमलाई की तरह भरपूर थी। बहुत ही चुलबुली। धर्म की पोज़ीशन से प्रभावित, रणधीर के महत्त्व से परिचित।

"कैसी रहेगी छोटी बहन के रोल के लिए?"

"ज़रा ठिंगनी है और गल्ले बहुत फूले हुए हैं।"

रणधीर को कभी-कभी बहुत ही अचम्भा होता था। धर्म की नज़र इतनी तेज़ थी, भले ही वह कितना भी मदहोश हो, बहा जा रहा हो, बिलकुल कैमरे के लेंस की तरह चेहरे-मोहरे की नाप-तौल से नहीं चूकता। उसका अन्दाज़ा कभी धोखा नहीं खाता था।

ज़रीना उसी तेज़ी से उसकी चेतना पर छाई हुई थी। फिर भी वह शूट लगवाते

समय हमेशा उसके भौंडे हाथों और पैरों से कैमरा दूर ही रखता था। इश्क़ में अन्धा होते हुए भी उसकी कला सम्बन्धी भूलों की कभी उपेक्षा नहीं की।

पद्मा के यहाँ से तीन बजे लौटे तो दिमाग़ पर से सारा ग़ुबार धुल चुका था। धर्म ने वहाँ बहुत कम पी, बातें ख़ूब और खुलकर कीं। न जाने क्या बात थी, पद्मा की संगत में भावुकता साबुन की तरह घुल जाती थी।

जब रणधीर उसे उतारकर चला गया तो वह दिमाग़ी रूप से काफ़ी स्वस्थ अनुभव कर रहा था। सोने से पहले एक और पैग के लिए दराज़ खोली। बोतल ख़ाली थी। वह इधर-उधर ढूँढ़ने लगा। कपड़ों की अलमारी में बोतल मिल गई। उसके साथ ही वह एलबम भी मिल गया जो स्टिल तैयार करनेवाले ने उसे व्यक्तिगत रूप से भेंट किया था, जिसकी क़ीमत उसने अपनी मद्रास की फ़िल्मों में उसे कांट्रैक्ट दिलवाकर चुकाई थी। इसमें केवल उसके और ज़रीना के फ़ोटो थे, जो रिहर्सल के दौरान लिये गए थे। न वे सीन फ़िल्म में जोड़े गए थे और न उनके स्टिल फ़ोटो बाहर वालों को दिखाए गए थे।

वह सुबह तक उन फ़ोटुओं को देखता रहा। फिर उसने अपना सोलह मिलीमीटर का प्रोजेक्टर निकाला। और वे सीन देखता रहा जो फ़िल्म में शामिल नहीं हुए थे। ये सीन गन्दे या आपत्तिजनक नहीं थे। दोनों के बीच बहुत ही सुन्दर मेल-मिलाप के सीन थे। रणधीर से उसने वायदा किया था कि वह इन सबको जला देगा और सब कुछ भूलकर नई ज़िन्दगी शुरू करेगा। उसने उन्हें जलाया नहीं, सेफ में छिपा दिया।

नई फ़िल्म का काम शुरू हो गया। अजीब इनसान था। एकदम फ़िल्म के सुन्दर ड्रामाई सीन आ जाते तो जाग उठता और बड़ी मेहनत और लगन से दुनिया को भूलकर जुट जाता।

फिर न जाने क्या हो जाता! कुछ दिल को चोट-सी लगती। वह अपने कमरे में बन्द हो जाता और शराब की बोतल सीने से लगाए कई-कई दिन के लिए बेकार हो जाता। कभी बच्चों से मिलने जाता और मंगला से मुलाक़ात हो जाती तो दोनों कन्नी काट जाते। ऐसा बहुत कम होता था, क्योंकि ज्योंही मंगला को उसके आने की ख़बर मिलती, वह इधर-उधर हो जाती। अक्सर टब में पानी भरकर नहाने लग जाती।

नये फ़िल्म के गानों के बारे में न किसी ने उससे पूछा, न उसने ध्यान दिया। इससे यह मतलब नहीं कि वह फ़िल्मों में गाना नहीं चाहती थी। वैसे रुपये के लिए उसे काम करने की ज़रूरत नहीं थी, क्योंकि धर्म उसे बहुत रुपया देता था। वह जानता था कि वह ख़ुद बहुत ही बेतुका आदमी है, मंगला ही बच्चों के भविष्य को सँवारेगी। इसलिए वह अपनी एक्टिंग की कमाई तो सब की सब उसी को दे देता था।

मंगला को अपने परिवार के बाद अगर किसी चीज़ से दिलचस्पी थी तो वह

था उसका गाना। इतने दिन वह केवल धर्म की फ़िल्मों के लिए ही गाती रही। इसलिए उसकी कला सीमित होकर रह गई। वह साल में एक और ज़्यादा से ज़्यादा दो फ़िल्मों के गाने गाती। दूसरे प्लेबैक गानेवाले सैकड़ों गाने गा लेते। अभ्यास से योग्यता बढ़ती है। लोकप्रियता भी बढ़ती है। सुनने वालों के कानों में भी उन्हीं की आवाज़ें पड़ती हैं, ज़्यादातर उन्हीं के गानों की फ़रमाइशें होती हैं। उन्हीं के रिकॉर्ड ज़्यादा तादाद में बिकते हैं।

फ़िल्म माँग को ध्यान में रखकर बनाई जाती है। भले ही वह अभिनेताओं की माँग हो या गानों की। मंगला अपनी दिमाग़ी शान्ति के लिए गाना चाहती थी कि जीवित होने का अहसास न मिट जाए। वह हर तरह का कोऑपरेशन करने को तैयार थी। जो भी उसे लेता, वह पीना-पिलाना बन्द करके बड़ी संजीदगी से अभ्यास शुरू कर देती। ख़ुद रिहर्सल के लिए पहुँच जाती। पैसा माँगना तो दूर, उनकी हर तरह की मदद करने को तैयार हो जाती। धर्मदेव से सम्बन्ध बिगड़ने के बाद वह धीरे-धीरे सबसे कट गई। धर्म के पास इन्विटेशन आते, अगर ज़रूरी होता तो वह ख़ुद अपने दोस्तों के साथ चला जाता। उसके लिए कोई बहाना कर देता।

लोग उसे भूलते जा रहे थे। वह लोगों के दिलों में रहना चाह रही थी, क्योंकि वह गर्ज़मंद थी। इंडस्ट्री को उससे कोई दिलचस्पी न थी। कोई गिरा-पड़ा डायरेक्टर, जिसे दूसरे कलाकार रियायत देने से इनकार कर देते, मंगला के पास हाथ फैलाता आता। स्पष्ट है कि आम तौर पर वह न बड़ा म्यूज़िक डायरेक्टर होता था, न ही उसकी फ़िल्म हिट होती। न अच्छी टेक्निकल सुविधाएँ मिलतीं। फ़िल्म-इंडस्ट्री उभरते कलाकार के पीछे भीख का प्याला लेकर भागती है। गिरे हुए को रौंदती चली जाती है। इतनी महान कलाकार गुमनामी की अथाह गहराई में डूब रही थी और तिनके का सहारा न था। वह गुमनामों और उपेक्षा में खो जाने को तैयार न थी। वह देख चुकी थी कि सुरैया कहाँ गई। वह जो कभी चोटी की फ़िल्म-स्टार थी, जिसकी सुनहरी आवाज़ सुनकर पत्थर भी तड़प उठते थे, जो लाखों के दिल में अपनी आवाज़ का जादू जगाया करती थी—आज कहाँ है? वह ज़िन्दा है, उसका गला ज़िन्दा है, लेकिन कौन जानता है? वह सुरैया की तरह ज़िद भी नहीं करना चाहती थी कि फ़िल्म की हीरोइन बनाई जाए तभी उसकी आवाज़ मिलेगी। सुरैया अपनी आवाज़ के साथ बदन को न भूल सकी। मंगला सब कुछ भूलने को तैयार थी, कि वह एक बड़े कलाकार की धनसम्पन्न पत्नी है जो फ़िल्म कम्पनी का मालिक है। उसने कोई शर्त न लगाई लेकिन फिर भी वह लोकप्रिय न हो पाई।

सुबह किसी गुमनाम-से प्रोड्यूसर ने उसे फ़ोन किया था कि शाम को गाने की रिकॉर्डिंग के बारे में तय करने आएगा। मगर कोई न आया। ग़रीब भागता फिर रहा होगा झोली फैलाए। म्यूज़िक डायरेक्टर भी कहाँ तक मुरव्वत पर फ़िल्म बनवाते जाएँ! म्यूज़िशियन को तो नकद देना ही पड़ेगा। फिर रिकॉर्डिंग का ख़र्च। और

पहले वायदे ही पूरे न हुए होंगे, एक वह ही तो ठालू पड़ी है। कुछ आवाज़ें हैं, किस-किसके साथ रियायत करें और कब तक करें? बम्बई के नब्बे फ़ीसदी प्रोड्यूसर कड़के हैं।

कि इतने में घंटी बजी। सोचा, शायद प्रोड्यूसर देर-सवेर आ ही गया। लेकिन जब एक लंबा, दुबला-पतला-सा लड़का झेंपा-शरमाया अन्दर आया तो वह उसे पहचान भी न पाई। जब उसने अपना नाम-निशान बताया तो चौंक पड़ी।

"कौन, फ़रीद? अरे बाप रे बाप, क्या ऊँट का ऊँट हो गया! अरे, मुनीर कहाँ है रे?...बैठो।"

"मुनीर कॉलेज गया है।"

"और तुम नहीं गए कॉलेज?"

"मैं...मैंने तो एफ.एस-सी. से छोड़ दिया।"

"अच्छा, अब क्या कर रहे हो?"

"कुछ ख़ास नहीं। धर्म जी ने कहा था, फिर टेस्ट लेंगे। साइड रोल है। उसी के बारे में पूछने आया था।"

अभी मंगला और धर्म के अलग हो जाने के बारे में हर एक को मालूम न हुआ था और फ़रीद ने तो अभी इंडस्ट्री में पाँव भी न रखा था। फ़िल्मी पति घरों पर कम ही मिलते हैं। मंगला ने धर्म के घर में न होने की कोई चर्चा न की।

"अरे उनके कहने का क्या ठीक," लेकिन फिर वह सँभल गई, "भूल गए होंगे!"

"मैं यह पूछने आया था कि शूटिंग है कि नहीं! उन्होंने कहा था— शूटिंग शुरू होगी तब सैट पर ही टेस्ट लेंगे। टेलीफ़ोन पर कोई ठीक से जवाब नहीं देता।"

"फ़िल्म-लाइन पसन्द है?"

"हाँ, अगर चांस मिल जाए तो।"

"अरे बड़ी गन्दी लाइन है, कुछ और काम करो न!"

"कहाँ मिलता है काम! एक फ़िल्म-लाइन है जहाँ योग्यता धरी रह जाती है— बस, क़िस्मत चलती है।"

"अरे दुनिया में हजारों काम हैं।"

"मगर फ़िल्म-लाइन में क्या बुराई है?"

"क्या बुराई नहीं, यह पूछो। तुम तो मज़े करते फिरोगे, बीवी सिर पकड़कर नसीब को रोएगी।"

"बीवी है ही नहीं तो रोएगी कहाँ से?" वह हँसा।

"कभी तो आएगी।"

"क्यों आएगी? मैं शादी ही नहीं करूँगा।"

"हाय राम, घर नहीं बसाओगे?" मंगला अपनी धुन में कहती चली जा रही

थी। उसे ये बातें नहीं छेड़नी चाहिए थी।

फ़रीद का बाप किसी ज़माने में बड़ा ज़बर्दस्त हीरो था। उसकी फ़िल्मी पत्नी एक आर्टिस्ट के साथ भाग गई थी। तब फ़रीद पाँच बरस का होगा।

''चाय लोगे कि कुछ ठंडा?''

''जी, अब चलूँगा। आप धर्म जी को याद दिला दीजिएगा। पहले भी उन्होंने वायदा किया था,'' वह खड़ा हो गया।

''अरे बैठो न!'' इन दिनों अकेली मंगला बैठी ऊब जाया करती थी। कोई भूला-भटका आ फँसता तो उसे उठने न देती। वह अकेलेपन से डरने लगी थी।

''अरे बैठो न...'' उसने फ़रीद की आस्तीन पकड़कर बैठा लिया।

जब उसने व्हिस्की पेश की तो फ़रीद सिटपिटा गया।

''क्यों, पियो न, बहुत ज़रा-सी दी है मैंने।''

''नहीं,'' फ़रीद तकल्लुफ़ करने लगा।

''अरे इतना बड़ा ताड़ सरीखा हो गया, क्या अभी तक दूध ही पीता है?'' मंगला मूड में थी।

''डैडी...'' वह झिझक गया।

''तेरे डैडी नहीं पीते? ख़ूब पीते हैं। कभी तुझे नहीं पिलाई? सच्ची कि झूठ बोल रहा है?''

फ़रीद हँसने लगा, ''यार-दोस्तों के साथ चखी तो है।''

''तो बस, लो...दो बूँद तो है ही!''

बड़े तकल्लुफ़ से उसने गिलास ले लिया।

मंगला उसकी सूरत देखती रही। अभी कल ही की तो बात थी, जब वह नई-नई ब्याहकर आई थी तो मुश्किल से उसके कंधे तक आता था। कभी गेंद अहाते में आ जाती तो लड़कियों की तरह लाल कतत्तर होता आता। देखते ही देखते छह फ़ीट ऊँचा हो गया मगर चेहरे पर अभी तक बचपन दिखाई देता था। लड़कों के इतने सुर्ख़ होंठ अच्छे नहीं लगते, जैसे लिपस्टिक लगी हो! अभी ज़हर हलक़ से नहीं उतरा।

फ़रीद की शर्बती आँखें तीन-चार पैग में स्याह पड़ गईं और हीरे की कनी की तरह दमकने लगीं।

मंगला उसे विदा करने उठी तो साड़ी पैर में उलझ गई। इससे पहले कि मुँह के बल गिरती, दो मज़बूत हाथों ने उसे थाम लिया।

वह ख़ुद को छुड़ाकर जल्दी से अपने बेडरूम में हाँफती हुई भाग गई, जैसे बहुत दूर से भागी चली आ रही हो! साड़ी का पल्लू खींचकर उसने अपने चारों ओर लपेट लिया और वहीं कालीन पर बैठ गई। उसके हाथ-पैर ठंडे हो रहे थे, जैसे जाड़ा-बुखार चढ़नेवाला हो! अक्सर ऐसा होने लगा था। डॉक्टर कहते थे, शराब पर

काबू होना चाहिए। यह उसके बस की बात न थी। इस भँवर में एक बार फँसकर फिर कौन छूटा है! और वह तो एक कमज़ोर अबला थी। ज़िन्दगी की असफल साधों और अकेलेपन ने उसे बेदम कर दिया था। शराब उसका आख़िरी साथी थी।

यह क्या हो रहा है मुझे? अभी अगर मेरा दम निकल जाए तो? एकदम उसे धर्म याद आ गया। ऐसा बेरहम तो नहीं कि मरती होऊँ तब भी न आए! यह उसने क्या कर दिया? धर्म क्या इतनी दूर चला गया है कि मुड़कर भी न देखेगा? नहीं, एक बार उसे आना ही होगा। फिर वह उसे अपनी बाँहों में जकड़ लेगी। जाने न देगी। बस, एक बार उसके सीने पर सिर रखकर आँखें मूँद लेगी। फिर कभी न खोलेगी।

वह फ़ोन करती रही। एंगेज की आवाज़ आती रही। बड़ी मुश्किल से कनेक्शन मिला।

''हैलो, मैं केशव बोल रहा हूँ दीदी!''

''उन्हें टेलीफ़ोन दो।''

''क्या बात है दीदी, मैं आऊँ?''

''नहीं!'' वह ज़ोर से चीख़ी, जैसे केशव उसके दिल का हाल जानकर बलात्कार की धमकी दे रहा हो!

''बच्चे तो ठीक हैं?''

''हाँ, ठीक हैं, उन्हें बुला दो!'' मंगला ने ख़ुशामद से कहा।

''दीदी...वह अगर कोई बहुत ज़रूरी काम हो तो...''

''कमीना, हरामज़ादा!'' मंगला ने फ़ोन पटक दिया।

वह ताज़ा पैग उड़ेल रही थी कि टेलीफ़ोन की घंटी बजी।

''हैलो, मैं रणधीर बोल रहा हूँ।''

''वे कहाँ हैं, ज़रा बुलाइए,'' मंगला को दूर म्यूज़िक और क़हक़हों की आवाज़ सुनाई दी, ''तुम स्टूडियो से बोल रहे हो न?''

''जी...जी हाँ,'' रणधीर की आवाज़ कपड़े में लिपटी हुई मालूम पड़ती थी, ''वह बहुत थके हुए हैं। अभी सोए हैं...बुखार भी मालूम होता है।''

मंगला सिर से पैर तक काँप रही थी। 'ये सब मेरे दुश्मन हैं। सबकी मिली-भगत है। मुझे छुड़ाना चाहते हैं। गीदड़ शेर की दुम से लगे हुए हैं। जीता नहीं छोड़ेंगे।' वह और भी डर गई।

''बहुत ज़रूरी काम हो तो...''

''मुझे रुपया चाहिए,'' उसने बड़ी खुर्री आवाज़ में कहा।

''ऐं? अच्छा-अच्छा, मैं सुबह भिजवा दूँगा। और कोई काम?''

''नहीं,'' उसने हौले से टेलीफ़ोन रख दिया। ख़ाली हाथ गोद में रखकर बैठ गई। बम्बई का पिछले पहर का सन्नाटा दिल पर हौल बनकर छा गया। आबादी से

दूर यहाँ ढंढार बँगले में वह तीन बच्चों के साथ नौकरों की दया-कृपा पर पड़ी है। किसी की नीयत ख़राब हो जाए तो गला काटकर डाल जाए। कोई अपना नहीं। पुकारो तो सुनेगा भी कौन? उसे हर खिड़की और दरवाज़े से डर लगने लगा कि अभी दरवाज़ा खुलेगा, ढाटा बाँधे कोई नंगी छुरी चमकाता उसकी ओर बढ़ेगा। तब उसके गले में आवाज़ घुट जाएगी।

उसने उठकर जल्दी-जल्दी सब खिड़कियाँ बंद कर दीं, दरवाज़ों को देखकर तसल्ली की। और भी डर बढ़ने लगा। वह तीर की तरह बच्चों के कमरे में गई। आया फ़र्श पर सो रही थी। दबे पाँव वह चोरी-चोरी तीनों को उठाकर अपने कमरे में ले आई। पलंग नर्म-गर्म बदनों से भर गया तब ढाढ़स बँधी।

राम जाने, वह कौन-से जन्म की बात थी! मदभरी आँखों वाले एक लड़के से इमली के पेड़ की हरी छाँव में कोई प्यारा-सा सपना देखा था। कौन था वह? भला-सा नाम था।

12

रणधीर टेलीफ़ोन के रिसीवर पर हाथ रखे थका हुआ बैठा रहा। जब मंगला ने धर्म को फ़ोन किया तो वह केशव ने उठाया, क्योंकि वह वहाँ मद्रास की ट्रंक-कॉल के इन्तज़ार में बैठा हुआ था। जब मंगला ने टेलीफ़ोन पटक दिया तो उसने रणधीर को फ़ोन किया जो उस समय पद्मा के यहाँ से बोल रहा था। धर्म को टेलीफ़ोन पर बुलाने का सवाल ही नहीं उठता था, क्योंकि वह पद्मा का बर्थ डे मना रहा था।

आज बहुत दिनों बाद धर्मदेव को मूड आया था। उसने दिन-भर बड़े जोश-ख़रोश से नई फ़िल्म के विभिन्न पहलुओं पर विचार किया, सैट की डिज़ाइन पास कर दी। पन्द्रह दिन से कम में तैयार नहीं होगा। यह मूड तो बस 'पूर्णिमा' के बाद कहीं ग़ायब ही हो गया था। संयोग से उसके दो-तीन दोस्त भी आ पहुँचे। रामसिंह, रहमान और रम्मी भी दो दहकती हुई लड़कियों के साथ आ धमका। रीता को उसकी नई जगह का पता चल गया था, और रात को छापा मारने का इरादा किए बैठी थी। इसलिए वह उसे चकमा देकर इधर खिसक लिया। कार में दूसरा ऐश का सामान भी था। उस दिन पद्मा की सालगिरह भी थी। किसी को याद भी न था कि सिर्फ़ चार महीने पहले उसकी सालगिरह हो चुकी है। पिछले बारह-चौदह साल में कम-से-कम पच्चीस बर्थ डे पार्टियाँ दे चुकी थी, मगर अभी मुश्किल से बाईसवाँ साल लगा था।

क्या क़यामत थी चौदह बरस पहले! न जाने कितने प्रोड्यूसरों के तख़्ते लौट गए मगर वह हीरोइन न बन सकी। देखने में सेक्स-अपील का भंडार थी पर कैमरे की आँख से हौआ दिखाई देती थी। इस समय अपनी खाल से भी अधिक चुस्त ताऊसी ब्रोकेड की कमीज़ और चूड़ीदार पाजामा पहने थी और सड़क कूटने के इंजन की तरह आशिक़ों को पीस रही थी। उसका दुपट्टा न जाने कहाँ-कहाँ से होता हुआ उस समय धर्मदेव के गले में लिपटा हुआ था! लड़कियाँ कम और मेहमान अधिक थे। इस समय वह बड़ी कुशलता से मोर्चा सँभाले थी कि दस का काम निबटा रही थी। धर्म उस समय नीली चारख़ाने की तहबन्द और लखनऊ के

चिकन के कुर्ते में बिलकुल रंगीले शाह बना एक कमसिन-सी लड़की की हथेली पर व्हिस्की उड़ेलकर चुस्कियाँ लगा रहा था। वह खिलखिला रही थी और लोग तालियाँ बजा रहे थे। रम्मी यों उसे मैदान मारता देखकर फनफना उठा। उसने अपने पहलू में मचलती हुई मुर्ग़ी को औंधा लिटाया, कुर्ता हटाकर उसकी पीठ की नाली में रम डालकर सड़प्पे लगाने शुरू कर दिये। इस नये ढंग पर और तुरुप लगे और सभी अपनी-अपनी सूझ-बूझ के अनुसार लड़कियों के सागर बनाने लगे।

फ़ोन रखकर रणधीर थके-थके क़दमों से वापस टेरेस पर आया। धर्म उस भीड़ में नहीं था। चारों ओर नज़र दौड़ाई। सबसे अलग वह अकेला मुँडेर पर झुका हुआ तीसरी मंज़िल से नीचे सीमेंट की पक्की सड़क पर नज़रें गाड़े हुए था।

"बात नहीं बनेगी, शायद सिर्फ़ हाथ-पैर टूट जाएँ," उसने मुस्कराकर कहा।

धर्म भी हँसने लगा।

"देखो, यहाँ से कितना सुन्दर शूट बनता है!" धर्म ने हाथों से कैमरे का फ्रेम बनाकर देखा, "बस, वह एक लैम्प-पोस्ट और पास पड़ा हुआ ड्रम।"

"वल्लाह, यार, आदमी तुम काम के हो! क्या ही अच्छा होता कि तुम हमसे इश्क़ करते!"

"तुम भी हमें तरसाते," धर्म आकर कालीन पर लेट गया।

"नहीं दोस्त, हम तुम्हारे क़दमों में दम तोड़ देते और उफ़ न करते," रणधीर उसके पास पालथी मारकर बैठ गया।

धर्म अधलेटा रम्मी की खरमस्तियाँ देख-देखकर हँसने लगा। उसने कमीज़ और बनियान उतार फेंका था और घोड़ा बना चढ्ढी दे रहा था। उसकी पीठ पर एक ततैया-सी छोकरी बैठी टख-टख कर रही थी। सरिता एक मोटे-से नेवी के कप्तान के गले में दुपट्टे का फंदा डाले शेम्पेन के गिलास की डुगडुगी बजा रही थी।

"नाच जमूरे, डुग-डुग-डुग!" और वह भालू की नक़ल में उछल रहा था।

देव जैसा चरनसिंह मुँह खोले चित पड़ा था। एक गोलमटोल बटुए-सी सुन्दरी उसकी चटियल छाती पर पालथी मारे बैठी मुँह में बूँदें टपका रही थी। उसकी नारंगी कमीज़ के चाक ऊपर तक फटे हुए थे।

"भाभी का फ़ोन आया था," रणधीर ने उसकी गंजी होती हुई चाँद पर कलमे की (तर्जनी) उँगली से घेरे बनाते हुए कहा।

"क्यों?" बड़ी लंबी ख़ामोशी के बाद पूछा।

"यहाँ नहीं, नये घर पर आया था। केशव ने मुझे कहा।"

धर्म का चेहरा सफ़ेद होने लगा। वह उठकर बैठ गया।

"रुपयों की ज़रूरत थी।"

"ओह," वह फिर वापस लेट गया, "उसकी ज़रूरत किसे नहीं!"

"मैंने कह दिया, सुबह बैंक खुलते ही भिजवा दिये जाएँगे।"

"सुबह क्यों? मुझसे कहा होता तुमने," वह टेलीफ़ोन की ओर बढ़ा।

"हैलो...केशव...फ़ोन आया था, रुपयों के लिए...हैं?" वह बिगड़कर रणधीर से लड़ पड़ा, "वह तो कहता है, रुपयों का कोई ज़िक्र नहीं किया?"

"अमाँ, पूरी बात तो सुनते नहीं, बौखलाए देते हो। मुझसे कहा था रुपयों का। तुम्हें पूछ रही थी। तुम उस लौंडिया में बिज़ी थे, मैं क्या कहता?"

"यार, चलो, बोर हो गए," धर्म ने उकताकर कहा।

रणधीर का मुँह उतर गया।

"कहाँ जा रहे हो, मुझे उतारते जाओ।"

"देखें, मंगला को क्या ज़रूरत आ पड़ी! तुम मोटर ले आना। मगर मैंने परसों ही नौ हज़ार रुपये दिये थे, इतनी जल्दी फिर ज़रूरत पड़ गई?"

"क्या इरादा है?" पोर्टिको में मोटर रोककर धर्म ख़ामोश बैठा रहा तो रणधीर ने पूछा।

"बड़ी रात हो गई है। सोई होगी।"

"फिर?"

"सुबह रुपये भिजवा देना," धर्म ने लंबी-सी साँस ली और मोटर स्टार्ट कर दी, "तुम्हारे यहाँ चलें?"

"चलो, मगर वह भूतनी रात-भर लड़ेगी, नींद हराम होगी।"

"नींद आती किस हरामज़ादे को है।"

"केशव है न नये घर पर?"

"अच्छा, तो कल जल्दी आ जाना। गाने का रिहर्सल है।"

"जल्दी ही लो।"

जब मोटर आकर रुकी तो न जाने क्यों मंगला ने दम साध लिया और पैरों की चाप पर कान लगा दिये। मोटर फिर मुड़कर चली गई। क़दमों की चाप न आई, कोई न आया।

"कौन आता!" आह भरकर उसने फिर आँखें मूँद लीं।

इस बार उसने रणधीर को बीच में नहीं डाला। रणधीर को उसके दिल का हाल क्या मालूम!

उसने केशव के आगे दिल चीरकर रख दिया। इस तरह वह न सोच सकता है, न फ़ैसला कर पाता है। यह फ़िल्म भी डिब्बे में जाएगी।

केशव के यहाँ किसी ने सात पीढ़ी से इश्क़ नहीं किया था। पन्द्रह-सोलह

साल की उम्र में शादी हो गई, जिसे वह बिना कान-पूँछ हिलाए निभा रहा था। दुनिया में होते हैं ऐसे भी लोग जिन्हें इश्क़ का न शौक़ न सलीक़ा। फ़िल्म-लाइन में उसने इतनी ठोकरें खाईं कि भूसा निकल गया। उसकी सारी जवानी धन कमाने का कोई ज़रिया तलाश करने में लुट गई। धर्म के साथ उसे पहली बार पैरों तले धरती दिखाई दी। उसकी समझ में आज तक न आया कि इश्क़ क्या होता है जिसके पीछे लोग रुपये का नुक़सान कर लिया करते हैं। रुपये कमाने से ज़्यादा मज़ेदार शौक़ और कोई हो सकता है? हाँ, औरत है। ऐसे ही, जैसे रोटी है, चारपाई है। नहाना-धोना है, टट्टी जाना है। इसमें ऐसी क़यामत ही क्या है? जो कमीज़ साबुत हुई, वह पहन ली। कैसे कपड़े की है, कैसा रंग है, यह न उसने कभी देखा और न सोचा। कोई अहमक ही देख सकता है।

वह बड़ी होशियारी से पहली ही बार में आमिना से मिलने में सफल हो गया।

''कलर फ़िल्म है। पचास लाख से कम नहीं बैठेगा। बारह गाने होंगे। फटाफट बनेगी,'' उसने फ़ौरन बिज़नेस शुरू कर दी, ''मैंने साफ़ कह दिया, धर्म जी, यह पिक्चर गोड़ने की नहीं, इसे तो आप ही बनाएँगे।''

''अच्छा?'' आमिना पर रत्ती-भर असर न पड़ा लेकिन दिल रखने को कह दिया।

''क़सम से, क्या रोल है! मधुबाला तो बस तड़प उठी,'' उसे याद भी न रहा कि मधुबाला अनारकली थी, कभी की दीवार में चुन दी गई। ''वैजयन्ती कुछ ठीक है,'' उसने बात सँभाली, ''मगर मैंने कह दिया, रोल तो बस एक ही स्टार कर सकती है और वह अपनी ज़रीना जी। तो बस, आप शाम को आकर कास्ट्यूम का नाप दे दीजिए।''

''...कौन हैं?'' आमिना कमीनेपन पर उतर आई।

''हैं, हैं,'' वह बड़ी दरियादिली से हँसा, ''वह आप समझती हैं आमिना जी, वह तो बच्ची हैं। आप ही सब कुछ हैं। बुज़ुर्ग हुईं न।''

''यह आपकी ग़लतफ़हमी है। बहन तो हूँ मगर वह सब फ़ैसला अपनी मर्ज़ी से करती है। बात यह है कि केशव जी, ज़रीना के पास बिलकुल वक़्त नहीं। छह पिक्चर हैं और सब बड़े हीरो, बड़े म्यूज़िक डायरेक्टर की। मैं तो लेती नहीं। मद्रास के तीन कांट्रैक्ट हैं, और तीन का ऑफ़र आया है। इतनी फ़िल्मों में काम करने से मिट्टी पलीद हो जाती है।'' आमिना भी नहले पर दहला टिकाने लगी, ''अरे ज़री, तैयार हो जाओ। तीन बजे हैं, साढ़े तीन पर पिक्चर शुरू हो जाएगी।'' वह उठने के लिए पैर से चप्पल टटोलने लगी, ''अच्छा, केशव जी।''

''सुनिए तो,'' केशव ने रेल छूटते देखकर जल्दी-जल्दी पुटलियाँ फेंकनी शुरू कर दीं। धर्म का मन चैन में है तो कम्पनी चलती है। कम्पनी चलती है तो स्टाफ की रोटी चलती है, ''वह सब शर्तें मानने को तैयार हैं।'' उसने पुलन्दा फेंक ही दिया।

"शर्तें?"

"हाँ, रणधीर जी से बात हुई थी न फॉरेन में!" उसने बड़े रहस्य भरे ढंग से कहा।

"ओह...हूँ।"

"अब तो वह परमानेंट पैडर रोड आ गए हैं, वहीं रहते हैं, आते-जाते भी नहीं।"

"हूँ," वह गोता मार गई।

केशव के सिर में ख़ून उबलने लगा। अच्छी मैनेजरी है कि साहब के नाई बनकर पैग़ाम लाए हैं! जी चाहा, दिल खोलकर खरी-खरी सुनाए और रास्ता नापे।

"क्या सोच रही हो?"

"मैं...समझ में नहीं आता, क्या सोचूँ। ऐसा कीजिए, आप ज़रीना से बात कीजिए," वह लपककर ज़रीना को पुकारती अन्दर चली गई।

थोड़ी देर दोनों खुसर-फुसर करती रहीं। फिर ज़रीना सहमी-डरी पंजों के बल आई। दुख की तस्वीर बनी कुर्सी के किनारे पर टिक गई।

"तुम्हें तो अंदाज़ा होगा ज़रीना जी, वह अपनी ज़िन्दगी से उकता गए हैं। किसी काम में मन नहीं लगता। रात-दिन पीते हैं। अगर यही हाल रहा तो..." उसने बड़े नाटकीय मोड़ पर वाक्य तोड़ा।

ज़रीना की आँखों में सावन झूम आया।

"अगर उन्हें कुछ हो गया तो उनका ख़ून तुम्हारी गर्दन पर होगा।"

ज़रीना ने एक सिसकी ली और हिरनी जैसी बड़ी-बड़ी आँखों से शून्य में घूरने लगी, जैसे धर्म की अर्थी का जुलूस जा रहा हो!

"मगर दीदी?" ज़रीना ने आँचल से मुँह ढक लिया और लम्बी-लम्बी साँसें खींचने लगी।

"उनकी चिन्ता न करो।"

"कैसे उनकी चिन्ता न करें केशव जी? तीन बच्चों की माँ हैं, मज़ाक नहीं। आप उन्हें समझाते क्यों नहीं? मद्रास में वे और रम्मी क्या रास रचाते हैं! बड़े लोगों के बड़े-बड़े शौक़। पूरे-पूरे व्हिस्की के केस एक रात में ख़त्म!" ज़रीना उठकर भाग गई।

आमिना साड़ी बदलकर आ गई।

"अरे, जी ठिकाने लगेगा तो यह सब ख़त्म हो जाएगा।"

"अच्छा जी है कि ठिकाने लगने का नाम नहीं लेता। घर में तीन बच्चों की माँ है। मद्रास में बदचलन औरतों की फ़ौज है। बाँदरा में पद्मा देवी हैं। और सरिता देवी अलग पैडर रोड की रौनक़ बढ़ाने को आती-जाती रहती हैं।"

"और यह सब किसका क़सूर है?" केशव भी फट पड़ा, "इतनी फ़िल्में

बनाईं, कभी दीदी से आधी बात की नौबत नहीं आई। तुम्हारे आते ही सब भस्म हो गया।''

''जाने दीजिए! आप तो ऐसे बातें कर रहे हैं, जैसे धर्म जी को जानते ही नहीं! आज ज़रीना के बहाने अपनी गुणवंती को छोड़ रहे हैं, कल कोई और नई नवेली आँखों में उतर आई तो इसे छोड़कर उसको सँभालेंगे। काहे को बेज़बान मंगला का सब्र समेटते हो,'' आमिना नर्म पड़ गई, ''और फिर वही झगड़ा खड़ा हो गया तो आप लोग क्या करेंगे?''

''कैसा झगड़ा?'' केशव का सिर चकरा रहा था।

''आप यह सब कुछ कम्पनी की ख़ातिर कर रहे हैं?''

''आ...हाँ...वैसे धर्म के बारे में जो मैंने कहा, वह झूठ थोड़े ही कहा। उनसे मिलकर उनकी हालत तो देखो। तुम्हारा जी पिघल जाएगा।''

''लेकिन आपको तो कम्पनी की पड़ी है। दीदी चुपचाप सह लेंगी? फिर वही म्यूज़िशियन और प्लेबैक सिंगर गड़बड़ करेंगे। फिर गानों की मुसीबत होगी।''

केशव बुरी तरह लाजवाब हो गया। बहुत ही सिटपिटा गया, ''नहीं, शायद अब के कुछ न हो,'' उसने भरी हुई आवाज़ में कहा।

''और एक 'शायद' के भरोसे आप इतना बड़ा जुआ खेल रहे हैं?''

केशव के जाने के बाद ज़रीना झाँकी।

''गया?'' उसने शरारत से आँखें झपकाईं।

''हाँ, गया हरामज़ादा, सूअर का बच्चा, कमीना कहीं का! उस लुच्चे की दलाली करने चला है। सबकी रोज़ी लगी है न, इसलिए मस्का लगाते हैं। उसकी पीठ ठोंकते हैं। बोनस देता है न, इसलिए उसके नाज़ उठाते हैं। जो कल को दिवाला निकल जाए तो कौड़ी को तीन कोई न पूछे। सब उसे छोड़कर किसी दूसरे नये की पूँछ से लटक जाएँगे।''

ज़रीना दूर जाने कहाँ चली गई थी!

''क्या सोचने लगी?'' आमिना ने पूछा।

''कुछ नहीं, कलर में है फ़िल्म?''

''क्या इरादे हैं?''

''कुछ नहीं आमिना आपा, कुछ भी तो नहीं,'' उसने मुँह फेर लिया।

''मद्रास की दोनों फ़िल्में कलर में हैं। यहाँ की भी तीनों कलर होंगी।''

''छीः, मद्रास की फ़िल्में! धूँ-धाँ के सिवा उनमें होता ही क्या है? सारे वक़्त कैमरा दिलीप कुमार जी पर रहेगा। वही गाएँगे, नाचेंगे, कूदेंगे। हम एक कोने में दाँत निकोसे खड़े रहेंगे।''

''तो यों कहो न साफ़-साफ़, नीयत ख़राब हो रही है!''

''नीयत तो इस रोल पर हमेशा से ख़राब थी।''

"और रोल के साथ जो पख लगी है वह?"

"वह तो तुमने लगाई है।"

"ज़र्री, मैं शाम की गाड़ी से जा रही हूँ।"

"बस, धमकियाँ देने लगीं? आपा...मेरी जान, ग़ुस्सा न करो, तुझे नाराज़ करके कैसे जिऊँगी?" ज़रीना उसके गले में झूल गई।

"ज़रीना, सच्ची-सच्ची बताएगी?" आमिना ने बड़ी सावधानी से पूछा।

"पूछो तो!" ज़रीना चहककर बोली।

"अगर ऐसी बात थी तो पहले बेकार का तूफ़ान क्यों उठाया?"

"अनिल का कांट्रैक्ट—वायदा किया और मुकर गए।"

"तूने कहा होता।"

"बाप रे, वह ज़ोर का थप्पड़ मारते कि तबीयत हरी हो जाती।"

आमिना बड़ी हसरत से उसे देखने लगी। फिर उसे गोद में घसीट लिया, "क्या वह नामुराद गुरु भी थप्पड़ मारता था?"

"हाँ," ज़रीना ने सिर हिला दिया।

"ख़ुदा ग़ारत करे इन कुत्तों को! इनकी क़ब्र में कीड़े पड़े! तू उस कमबख़्त से डरती है फिर भी उस मर्दुए पर मिटी धरी है?"

"मर्दुए को तो मैं नहीं जानती, डायरेक्टर पर मिटी धरी हूँ।"

"इसमें और उस हरामज़ादे गुरु में क्या फ़र्क़ है?"

"फ़र्क़ तो कुछ भी नहीं। आज मैं जो कुछ भी नाच लेती हूँ, वह उसी ने सिखाया। उसके आगे कोई भी न सिखा सका। जैसा रोल मैंने 'पूर्णिमा' में किया है, कभी न कर सकूँगी। न 'तृष्णा' की गुलाबी फिर पैदा होगी।"

"और जो गुरु-दक्षिणा देनी पड़ी, उसका तुझे कोई दुख नहीं? कोई शर्म नहीं?"

"जब थप्पड़ लगता है तो दुख होता है, फिर मिट जाता है।"

"लुटने के बाद इज़्ज़त वापस नहीं मिलती।"

"मगर आपा, तुम ही तो कहती हो सबसे, कि लोग बकते हैं, झूठ उड़ाते हैं। दूल्हा भाई को तुमने क़ायल कर दिया था कि नहीं, कि फ़िल्म-लाइन में किसके पास सर्टिफिकेट है कि इज़्ज़त लुटी या नहीं? वैसे भी दुनिया तो एक्ट्रेस को बदचलन ही कहती है।"

"ज़र्री, तूने बेकार ही फ़िल्म-लाइन पकड़ ली, तू तो फ़र्स्ट क्लास वकील बन सकती थी।"

13

सुबह जब केशव ने रुपये लाकर दिये तो वह रात की घटना भूल भी चुकी थी। "ये रुपये कैसे?"

"रात बोला था न रणधीर जी से।"

"ओह, हाँ," बिना गिने उसने रुपये कुशन के नीचे सरका दिये।

"रात बहुत देर तक काम चलता रहा। ग्राउंड प्लान बनाते रहे। कलर है न, रणधीर जी के साथ स्क्रिप्ट पर काम करते रहे।"

"पद्मा के यहाँ?" मंगला ने रुखाई से कहा। रीता उसे सुबह ही फ़ोन पर बता चुकी थी। उसकी सहेली की सहेली भी गई थी। वह गंद उछला है कि तौबा! रम्मी अभी तक लापता है। उसने एक और फ्लैट छिपकर ख़रीदा है। मगर जाता कहाँ है, उसका भी सुराग़ लग जाएगा। यह लफंगे समझते हैं, वह कुछ नहीं जानती।

"हैं, हैं, हैं!" केशव खिसियाना हो गया। 'बाबा, पूरी जादूगरनी है!' उसने सोचा।

उसके जाने के बाद हारमोनियम घसीटकर धुनें गुनगुनाने लगी। हज़ारों गीत उमड़ पड़े। वे गीत, जो उसने धर्म के कान में इमली के पेड़ की छाया में गुनगुनाए थे। किस प्यार और अरमान से वह धर्म के लिए गाया करती थी! वह पास लेट जाता। उसका हाथ कमर में शरारतें किया करता। दूसरे हाथ से वह धौंकनी चलाता जाता। जब वह कोई बहुत ही सुरीला टुकड़ा अलापती तो वह धौंकनी छोड़कर उसका सिर झुकाकर होंठों को चूम लेता। हारमोनियम चुप हो जाता, होंठ गूँगे हो जाते और दिलों के साज़ गूँज उठते। फिर गीतों में और भी रस आ जाता। कितना मज़ा था उन रिहर्सलों में! धर्म तो प्यार को भी रिहर्सल कहा करता था। धड़ से सबके सामने कह देता।

'भई, हम लोग जा रहे हैं, रिहर्सल करना है,' और मंगला शर्म से पानी हो जाती। सदियाँ बीत गईं रिहर्सल किए। युग बीत गए, दिल का साज़ गूँगा पड़ा है। कलेजे में एक हूक-सी उठी। हाथ बढ़ाकर रम की बोतल उठाई। निहार मुँह कई घूँट हलक़ से उतार लिये। जब ज़रा कलेजे की जलन कम हुई तो उसने टेलीफ़ोन उठाया।

"फ़रीद है? मैं मिसेज़ धर्मदेव बोल रही हूँ।"

"अच्छा, अच्छा, कहिए, मिज़ाज तो अच्छा है?" फ़रीद का बाप नज़ीर बोल रहा था।

"जी, वह फ़रीद ने काम के लिए कहा था।"

"हाँ, धर्म साहब ने वायदा तो किया है।"

"मैं श्री साउंड जा रही हूँ, नन्दा जी की रिकॉर्डिंग है। उनकी पिक्चर में एक रोल है।"

"अच्छा, अच्छा। देखिए, वह नहा रहा है। मैं अभी उसे भेजता हूँ। दया है आपकी।"

"कोई बात नहीं, मैं ख़ुद कोई पंद्रह मिनट में आती हूँ।"

"अच्छा, अच्छा, बस तो वह तैयार रहेगा।"

मंगला ने बड़ा-सा पैग बनाया और इत्मीनान से हारमोनियम दूर सरकाकर बैठ गई। आया से उसने साड़ी मँगवाई और दूसरा पैग बनाया। फिर साड़ी पहनने लगी।

"ओह, सॉरी," फ़रीद ऊँट की तरह मुँह उठाए चला आ रहा था। उसे देखकर पलटा।

"अरे, आ जाओ...आओ न!" उसने साड़ी का पल्लू कंधे पर डाल लिया।

"मैंने सोचा, शायद आप भूल गईं, इसलिए..." फ़रीद झिझकते हुए आगे बढ़ा।

"अभी वक़्त है। ज़रा पीछे से मेरी साड़ी तो ठीक कर," हमेशा बचपन में वह उससे यही फ़रमाइश करती थी। फ़रीद उकड़ूँ बैठकर उसकी साड़ी ठीक करने लगा।

"अरे बुद्धू...बस...ओह!" वह फिर साड़ी खोलकर बाँधने लगी। फ़रीद कुछ खिसियाना-सा बैठा रहा। मंगला को फिर उसके होंठ लिपस्टिक लगे हुए मालूम हुए और उसे हँसी आ गई। आज अपने-आप ही गले में हँसी गुनगुना रही थी। फ़रीद का मुँह लाल हो गया। उसने कुशन उठाकर गोद में रख लिया और उस पर घूँसा मारकर हँसने लगा। कुशन के नीचे रुपये देखकर उसका मुँह फ़क़ हो गया।

"क्या मुँह फाड़े देख रहा है रे? कभी रुपये नहीं देखे ऊँट?"

फ़रीद अहमकों की तरह हँसता रहा।

"चाहिए?"

"नहीं," फ़रीद ने सिर हिलाया।

"क्यों? रुपये नहीं चाहिए?" मंगला ने पूछा।

"चाहिए।"

"तो फिर ले लो।"

"नहीं।"

"कैसा पागल लड़का है! मैं ख़ुशी से दे रही हूँ।"

फ़रीद ने बड़े संकोच से चुटकी में एक नोट पकड़ा।

''बस?''

''थैंक्स!'' वह और भी लाल हो गया।

''क्या ख़रीदना है?''

''स्केट्स...'' आवाज़ उसके गले में फँस गई।

''स्केट्स ख़रीदना है? मुझे भी मार्केट जाना है। मोटर चलानी आती है?''

''हाँ।''

''बाबा, तू कहीं लड़ा तो न देगा?''

''नहीं, बड़ी फर्स्ट क्लास चलाता हूँ दीदी!''

''तो चलो!'' कल आँटी कह रहा था, आज दीदी पर उतर आया। लड़का तेज़ है।

रिहर्सल के बाद उसने फ़रीद को नंदा जी से मिलाया। उन्होंने कहा, ''रोल के लिए बड़ा फिट बैठता है। टेस्ट भी ले लेंगे।''

''अगर धर्म जी...'' फ़रीद ने मोटर में वापस होते समय कहना चाहा।

''अरे हटाओ, धर्म जी लड़कों को चांस नहीं देते। वह ख़ुद हीरो हैं। उन्हें हीरो की क्या ज़रूरत है?''

''साइड में।''

''क्या साइड में, मिट्टी ख़राब करनी है? अगर हीरो बनना है तो उनके पास जाना बेकार है।''

फ़रीद उदास हो गया। मंगला को उस पर बड़ा तरस आया।

''और भी प्रोड्यूसर हैं जो नये लड़कों को चांस देना चाहते हैं। शाम को अमरनाथ से अप्वाइंटमेंट है।''

''उनसे मेरे लिए कहेंगी?''

''कह दूँगी। अरे हाँ, रात को प्रीमियर पर जाना है, चलोगे?''

''हाँ,'' फ़रीद ने दाँत निकाल दिये।

मंगला ने नज़ीर साहब को फ़ोन कर दिया।

''नज़ीर साहब, मैं फ़रीद को प्रीमियर पर ले जाऊँ?''

''शौक़ से। आपका बच्चा है।''

''वहाँ सभी लोग होंगे। मद्रास के प्रोड्यूसर भी मिलेंगे। शायद कहीं हो जाए!''

''मेहरबानी, बड़ी मेहरबानी जी!''

स्टंट फ़िल्म थी। बहुत ही भौंडी-सी। मगर मंगला ने उसके गाने गाए थे। कलर में थी। मद्रासी थी। इसलिए भीड़ अच्छी थी। फ़रीद ने इतने क़हक़हे लगाए कि मंगला को भी हँसी आ गई। हालाँकि उसके गानों का रिकॉर्डिंग में सत्यानाश हो गया था। लेकिन फ़रीद की हँसी के जर्म्स बड़े ज़बर्दस्त थे। इतने क़हक़हे पिछले कई महीनों में नहीं लगाए होंगे जितने ढाई घंटे में लगा लिये। फ़रीद फ़िल्म को देख

रहा था और वह फ़रीद को देख रही थी।

वापसी पर मंगला ने ज़िद की कि बिना खाना खाए न जाने देगी। पहले दो-दो पैग हो जाए, इतने में खाना गर्म हो। फ़रीद ने डटकर पी, इतनी पी कि होश न रहा।

मंगला ने सौ रुपये ब्याज समेत वसूल पा लिये।

जब औरत अपनी पर आती है तो तन, मन, धन दोनों हाथों से लुटा देती है। मंगला चोट खाई नागिन की तरह पलटकर ख़ुद ही को डसने लगी। उसके पति ने, जो उसका आशिक़ भी था, माशूक़ भी, उसके नारीत्व को ठुकराया था। उसके प्यार का अपमान किया था। उसकी कला का गला घोंट दिया था। कभी उसकी आवाज़ गली-कूचों में गूँजा करती थी, ख़ुद को सारी दुनिया पर छाई हुई महसूस करती थी। अब उसके गाने कभी-कभी ही रेडियो पर सुनाई देते। दुनिया ने उसे ज़िन्दा ही दफ़न करना शुरू कर दिया था। और इस कफ़न-दफ़न में धर्म का हाथ सबसे आगे था। अपनी फ़िल्मों के लिए रिज़र्व करके फिर एकदम दो कौड़ी की एक लड़की की ख़ातिर उसे दूध की मक्खी की तरह निकाल फेंका। काश, वह केवल एक गृहस्थिन होती! लोगों ने उसकी पूजा न की होती, उसकी आवाज़ पर सिर न धुने होते, तो वह अपने बच्चों के प्यार और घर-बार की दिलचस्पियों को ही सब कुछ समझती। नहीं, उसके मुँह को तो प्रसिद्धि का ख़ून लग चुका था। इनसान कितनी तरक़्क़ी कर चुका है, फिर भी अपनी भावुकता के रेले में बह जाता है। काश, वह इतनी संवेदनशील न होती! एक गृहस्थिन की तरह चुपचाप आँसुओं से तकिए भिगोती और उस घड़ी का इन्तज़ार करती जब उसका भटका हुआ पति उछल-कूद से थककर ख़ाली बोतल की तरह वापस उसकी बाँहों में लुढ़क आएगा।

शरीफ़ मर्द तो आवारा होते हैं। शरीफ़ औरतें अगर खुल खेलने पर तुल जाएँ तो समाज की बुनियादें हिल जाती हैं। आवारा और बदमाश लोग अपना दिल हरजाई रंडियों को देते हैं लेकिन दिमाग़ों में सच्चरित्र पत्नियों की इज़्ज़त भरी होती है। जान वह वेश्या पर देते हैं मगर माथा सती सावित्री के सामने ही टेकते हैं। वे अपने कमीनेपन को स्वीकार करते हैं लेकिन अपनी माँओं, बहनों, बेटियों को दुनिया की इज़्ज़त और आबरू की रक्षक समझते हैं, उन्हें फ़िल्मी ज़िन्दगी की गंदगियों से दूर रखते हैं। यह और बात है, वे दूसरी गंदगियों में फँस जाएँ। वैसे फ़िल्म वाले बदनाम ज़्यादा हैं और उनकी बात उछाली भी बहुत जाती है।

मंगला ने जो कुछ किया, कोई नई बात नहीं। एक मर्द की ठुकराई औरत ने दूसरे की बाँहों में सुख-चैन खोजने की कोशिश की है। ऐसा बम्बई के लाखों घरों में हो रहा है और होता रहेगा। धर्म और ज़रीना के क़िस्से पर भी लोगों ने बातें बनाई थीं। चटखारे ले-लेकर विवरण सुनाए थे। यह बड़ी आम-सी बात थी। नौजवान

फ़िल्म-स्टार और डायरेक्टर का एक-दूसरे पर दिल आ जाना कोई अचम्भे की बात नहीं; बल्कि अगर ऐसा न हो तो ज़रूर अचम्भा हो सकता है।

लेकिन मंगला कोई गिरी-पड़ी एक्ट्रेस नहीं थी। उसकी इन हरकतों से पूर्वी पतिव्रता नारी के आदर्श पर धूल पड़ने के अलावा यह भी ख़तरा था कि कहीं उस जैसियों को बढ़ावा न मिल जाए। अच्छे-अच्छे शरीफ़ घरानों में कीचड़ उछलने लगेगी।

मंगला अपने घायल अस्तित्व पर मरहम रखने के अलावा कुछ और भी सिद्ध करना चाहती थी। वह ख़ुद अपने-आपको और दुनिया को इस बात का विश्वास दिलाना चाहती थी कि वह अभी ख़त्म नहीं हुई। लोग उसे कल की बात न समझें। वह फ़रीद को फ़िल्म का हीरो तो न बना सकी, अपने दिल का हीरो तो बना ही लिया। उसके लिए कार माइकेल रोड पर एक शानदार बँगला सजा दिया। नई क्रेसलर उसे दे दी, ख़ुद छोटी गाड़ी रख ली। फिर उसने ज़िद की तो सफ़ेद एम.जी. भी दिलवा दी।

चील-कौवे मँडराने लगे। किसी समझदार ने राय दी कि अगर फ़रीद को हीरो बनाना है तो बड़ी आसानी से बन सकता है। क्यों न एक प्रोडक्शन कम्पनी खड़ी कर दी जाए! मंगला कम्पनी के नाम पर उछल पड़ी, यह बात उसे पहले क्यों न सूझी! फ़रीद कुछ कम तो नहीं बल्कि धर्म के मुक़ाबले में कमउम्र और हैंडसम है। बस, फिर क्या था! फ़रीद का फ्लैट प्रोडक्शन ऑफ़िस बन गया। इतना म्यूज़िक तो मंगला को आता था। वह ख़ुद ही म्यूज़िक देगी। कहानियाँ सुनी जाने लगीं, धुनें बनने लगीं।

धर्म अपनी नई फ़िल्म में जुटा हुआ था। नाम एक पुराने गुमनाम डायरेक्टर का दे दिया था मगर कर्ता-धर्ता धर्म और रणधीर ही थे। वह रंगीन फ़िल्म इस समय नहीं बन रही थी। एक पुरानी फ़िल्म की कहानी के राइट्स ख़रीदकर उसे नये कपड़े-लत्ते पहनाए जा रहे थे। प्रकाश जी का नाम डायरेक्शन में दे दिया था। वह इसी पर संतुष्ट थे, वरना फ़िल्म-लाइन तो उन्हें भूल-भाल चुकी थी। 'पूर्णिमा' के सतनारायन जैसे फिर से चमक गए थे, ऐसे ही प्रकाश जी की कायापलट की आशा थी। ज़्यादातर वह एक कोने में ठर्रे की नौटांक मारे ऊँघा करते थे। स्टार्ट या कट की आवाज़ पर चौंक पड़ते। चुटकियों से पतलून पकड़कर ऊपर खिसकाते, जेब से प्लास्टिक का पाउच और कागज निकालकर सिगरेट बटने लगते। डाँडा के शराबख़ानों में जब वह अपने लौंडों के गिरोह में अन्धों में काने राजा बने बैठे होते तो उन तमाम मार्के के शाटों को बड़े विस्तार से समझाते, जो उनके कहने के अनुसार उन्होंने बनाई जा रही फ़िल्म 'धमकी' में लिये थे। धर्म और रणधीर उन शाटों की ब्यूटी पर लट्टू हो गए।

बड़ी बेलुत्फ़ी से फ़िल्म बन रही थी। दो हीरोइनें थीं। एक का बाज़ार ठंडा होना शुरू हो गया था, दूसरी जो कमसिन थी, अभी उसका बाज़ार गर्म होना शुरू

नहीं हुआ था। धर्म की गिनती हिट फ़िल्मों के होते हुए भी चोटी के फ़िल्म-स्टारों में नहीं होती थी। फ़िल्म की रिपोर्ट बहुत ठंडी थी। धर्म के जी को कोई चीज़ नहीं जँचती थी। पहले तो डायलॉग लिखनेवाले का पत्ता कटा। रणधीर ने इतनी हिट फ़िल्में लिखी थीं, उसने मोर्चा सँभाला। डायलॉग लिखनेवाले ने अपना पारिश्रमिक माँगा। यह बात धर्म को नागवार लगी। वह तो जिसे चाहता, कान पकड़कर बाहर करता। किसी की मज़ाल नहीं थी जो चूँ भी कर जाता। मगर यह डायलॉग राइटर वैसे ही पिटा हुआ था। धर्म के यहाँ से कट जाने के बाद और भी नुक़सान की गुंजाइश थी। पारिश्रमिक मिल जाए, यही ग़नीमत है। काम की तो कोई ख़ास उम्मीद नहीं। उसने फ़िल्म राइटर्ज़ एसोसिएशन में जाकर अर्ज़ी ठोंक दी। ले-दे शुरू हो गई। धर्म ने पारिश्रमिक देने से इनकार कर दिया। जब काम पसन्द नहीं आया तो फिर पारिश्रमिक कैसा?

यह फ़िल्म-इंडस्ट्री में अक्सर होता है। दस-पंद्रह कहानियाँ सुनीं, दस-बारह फ़िल्में देखीं, थोड़ा यहाँ से लिया, थोड़ा वहाँ से। प्लाट तैयार हो गया। कोई भी सस्ता-सा लेखक पकड़ा और लिखवा ली कहानी। सस्ती भी और बहुत-से कहानीकारों के दिमाग़ों का निचोड़ भी। कुछ होशियार प्रोड्यूसर गानों के मामले में भी यही करते हैं। छह-सात से एक-एक सिचुएशन पर गीत लिखवाया। नापसंद किया फिर सबसे सस्ते और मजबूर गीतकार से उन गीतों की मदद से बिलकुल अछूता गीत लिखवा लिया। लेकिन ऐसी हरकत वह उस कहानीकार और गीतकार से नहीं कर सकते जिसकी बाज़ार में माँग है और जिसका नाम बिकता है। वह नमूने के गीत या डायलॉग लिखकर नहीं दिखाता, अपने नाम के बल पर सौदा करता है।

कहानीकार के बाद गीतकार से भी झगड़ा हो गया। दो सैट हो चुके थे, फिर एकदम धर्म ऊबकर उसे बदलने पर तुल गया। दो-चार रीलें तैयार थीं, उन्हें देखा गया कि नई कहानी में ये सब सीन चिपकाए जा सकते हैं या नहीं। पता चला कि बड़ी आसानी से। दोगाने तो चाहे कॉमेडी में डालो चाहे ट्रेजडी में और चाहो तो ड्रीम सीक्वेंस बना दो। सब शुरू और आख़िर में जोड़ दो कि यह सपना था। दो-चार पासिंग थीं। दो सीन कॉमेडी के थे जो हर फ़िल्म में फिट बैठ सकते। अब कहानी की फिर से ढूँढ़िया पड़ी। पुरानी हिट फ़िल्भों को फिर से अदल-बदलकर कलर में बनाया जाए। बिलकुल शर्तिया और आज़माया हुआ नुस्ख़ा है। ऊपर से नये स्टंट, कार की रेस, कश्मीर के सीन डाल दिये जाएँ, वजह नहीं कि कामयाबी क़दम न चूमे।

पुरानी फ़िल्में देखकर पुराने खुरंड फिर से उखड़ गए। यह तो किसी ने सोचा ही न था। फ़िल्में देखकर धर्म को फिर दौरे पड़ने लगे। बहुत दिनों से बाँदरा की मस्जिद की चर्चा नहीं हुई थी। नई फ़िल्म के झगड़ों ने दिल के फंदे भुला दिये थे।

"अमाँ, हटाओ भी," धर्म ने उकताकर टाल दिया। फ़िल्में देखकर उसका

दिल भी बैठने लगा। नहीं, अब वैसी शानदार फ़िल्म नहीं बनेगी। हर चीज़ पहले से हज़ार गुनी महँगी हो गई है। स्टूडियो के किराए, कच्चा माल जो अधिकतर ब्लैक मार्केट ही में मिलता है। यह फ़िल्म हासिल करने का भी ख़ूब लतीफ़ा है। चलिए साहब, कोई आँख का अंधा गाँठ का पूरा न जाने किस जलन से, न जाने किस-किसका गला काटकर पैसा लाया। चिड़िया फँसी, कम्पनी रजिस्टर करवाई गई। पार्टनरशिप हुई। अब कच्ची फ़िल्म यों मार्केट में नहीं मिलती। उसके लिए परमिट लेना पड़ता है। परमिट को हासिल करने के लिए ख़र्च दिखाना पड़ता है। और ख़र्च दिखाने के लिए झूठी रसीदें तैयार करनी पड़ती हैं। वे रसीदें परमिट के अलावा और भी बहुत-सी जगह काम आती हैं। ब्लैकमनी इन रसीदों के जरिए से ही रजिस्टर में लिखी जाती है। लोगों की सुविधा के लिए झूठी रसीदें देने वाले भी मौजूद हैं जो सिर्फ़ इन रसीदों का धंधा करते हैं। जितने रुपये की जिस तारीख़ की रसीद चाहिए, मिल जाएगी—उसी तारीख़ का स्टाम्प लगा हुआ।

ख़ैर, जब परमिट मिलता है तो अक्सर चिड़िया किसी ज़्यादा होशियार शिकारी के पिंजड़े में पहुँच चुकी होती है। पार्टनरों में ठर्रा पीकर जूतम पैज़ार हो चुकती है। वह तरहदार छोकरी, जो चिड़िया फँसवा रही थी, अमानत में ख़यानत कर गई और या तो पार्टनर से फँस गई या फाइनेंसर को फाँस बैठी।

फ़िल्म कम्पनी ठप्प, मगर परमिट रह जाता है। वह परमिट बड़े दामों पर बिकता है।

कच्ची फ़िल्म के अलावा हर चीज़ ही पहुँच से बाहर हो चुकी है।

"यार, नाम बताओ कोई अच्छा-सा," धर्म ने रणधीर से पूछा।

"नाम! किसका?"

"हमारा—बाँदरा मस्जिद...वहाँ नाम बदलना होगा।"

"बाँदरा मस्जिद...ओह!" उसने बहुत ही गंदी गाली बकी फिर सहम गया। मस्जिद की पवित्र चर्चा के साथ गंदी गालियाँ!

"कोई बिलकुल नया नाम होना चाहिए," धर्म आँखों में रस घोलकर मस्त हो गया।

"शकूरा, घसीट ख़ाँ, धूमी ख़ाँ—यार, यह अच्छा रहेगा?" रणधीर जल गया।

"बकवास! अच्छा, सलीम कैसा रहेगा?"

"सलीम...और अनारकली?"

"ज़ोरदार थीम है, कलर में...स्टारिंग...ज़रीना सलीम।"

रणधीर ने एक लम्बी आह खींची।

अगर इंडस्ट्री की इतनी बुरी हालत न होती तो वह धर्म की सूरत पर थूकता भी

नहीं। पाँच साल पहले अगर कोई दूसरी डाली पकड़ ली होती तो आज इस खबती से मगज़पच्ची करने की ज़रूरत न होती। वैसे बम्बई फ़िल्म-इंडस्ट्री की क़ब्र की ज़मीन तो उस समय समतल होना शुरू हो गई थी जब मद्रास की फ़िल्म 'चन्द्रलेखा' ने पूरे देश में झंडे गाड़ दिये। उस समय बम्बई वाले अपने-आप को बहुत ही इंटेलेक्चुअल समझे बैठे थे। बंगाल फ़िल्म-इंडस्ट्री दम तोड़ चुकी थी और वहाँ के फ़िल्म-स्टार और टेक्नीशियन तेज़ी से बम्बई की ओर भाग रहे थे। बम्बई से ज़्यादा उस समय पूना मैदान में था। प्रभात, नवयुग चित्रपट, शालीमार पिक्चर्स बड़े ज़ोर-शोर से फ़िल्में बना रहे थे। बम्बई टाकीज़ से देविका रानी जा चुकी थीं मगर अशोक कुमार और सिवक वाचा ने फिर से उसे नई ज़िन्दगी दे दी थी। 'मजबूर', 'ज़िद्दी', 'मशाल' और 'बादबान' जैसी सफल और सुथरी फ़िल्में बन रही थीं। एस. मुकर्जी और रायबहादुर चुन्नीलाल बम्बई टाकीज़ से नाता तोड़कर फ़िल्मिस्तान की बुनियादें मज़बूत कर चुके थे। 'नास्तिक', 'जागृति', 'सिंदूर' के स्टैंडर्ड की फ़िल्में बन रही थीं। कारदार 'दास्तान' और महबूब 'अंदाज़' दे रहे थे। शाहिद लतीफ़ ने 'ज़िद्दी' और 'आरज़ू' के बाद 'बुज़दिल' प्रस्तुत करके यह सिद्ध करने की कोशिश की थी कि बंगाल स्कूल को मानने वाले अभी ज़िन्दा हैं और ज़िन्दा रहेंगे। केदार शर्मा ने 'सुहागरात' बनाकर और फिर विमल राय ने एक के बाद एक स्टैंडर्ड फ़िल्में देकर विश्वास दिला दिया कि बंगाल केवल बंगाल ही में नहीं, देश के किसी भी कोने में बसाया जा सकता है।

लेकिन 'चन्द्रलेखा' की जादुई सफलता ने बम्बई फ़िल्म-इंडस्ट्री की चूलें हिला दीं। पूना की फ़िल्म-इंडस्ट्री बम्बई की ओर ढुल गई। प्रभात में ताला पड़ गया। शालीमार पिक्चर्स के डब्ल्यू. जैड. अहमद देश छोड़ गए और नवयुग चित्रपट का दिवाला निकल गया।

'चन्द्रलेखा' के बाद 'निशान' और फिर 'मंगला' भी हिट हो गई। मार-धाड़, तलवारबाज़ी, राजा-रानी, फ़ौज और अनगिनत जवान लड़कियाँ, अन्धाधुंध नाच-गाने की भरमार—इन फ़िल्मों में क्या नहीं था?

अब तो ज़रा बम्बई वाले क़समसाए। हर एक धूमधाम की फ़िल्म की योजना बनाने लगा। के. आसिफ़ ने 'मुग़लेआज़म' शुरू कर दी। कमाल अमरोही 'पाकीज़ा' बनाने लगे। फ़िल्मिस्तान ने खटाखट 'अनारकली' और 'नागिन' ठोंक दी। महबूब साहब 'आन' और फिर 'मदर इंडिया' बनाने लगे और राजकपूर ने 'बरसात', 'आवारा', 'श्री 420' धाँस दीं। सीधी-सादी फ़िल्मों की तो मैया मर गई। फिर भी फ़िल्में बनती रहीं। पाँच-छह लाख में अच्छी दूसरे दर्जे की फ़िल्म बन जाती थी, कि अचानक मद्रास की फ़िल्में लुढ़कनी शुरू हुईं। राजा-रानी, तोप-बन्दूक़, हाथी-घोड़े सब चित!

किसी बूझ बुझक्कड़ ने समझाया कि असल में मद्रास की ये भारी-भरकम

हीरोइनें और गोलगप्पा हीरो नहीं चलेंगे। क्यों न बम्बई की परियाँ और गुलफ़ाम शहज़ादे उड़ा लिए जाएँ!

जब दिलीप कुमार के लिए मद्रास से ऑफ़र आया तो उसने कहा, "हिश्त, मैं हंटर वाली के स्टैंडर्ड की फ़िल्मों में काम नहीं करूँगा।"

दिलीप कुमार की उस समय कई फ़िल्में असफल हो चुकी थीं। उसकी एक्टिंग की धाक बैठी हुई थी लेकिन लोग अब उसे लेकर डूबने को तैयार नहीं थे। फिर भी वह जोतिन बोस का चेला था। तीर-तलवार, बम-पटाखों की कल्पना से ही बिदकने लगा। और फिर दक्षिण की हीरोइनों की मिक़दार को उसका हाज़मा बर्दाश्त नहीं कर सकता था।

प्रोड्यूसर ने बीच में बाबूराव पटेल को डाला। दो लाख नक़द क़दमों में रखा; हीरोइन और कास्ट जो हुक्म! एक ओर उसूल, दूसरी ओर दो लाख का कांट्रैक्ट—साइन करते वक़्त। बम्बई का प्रोड्यूसर चार रील के बाद पैसे की बात करता है। घिसट-घिसटकर फ़िल्म बनाता है, जो कूड़ा साबित होती है। पैसे चुकाने से पहले ही दीवालिया हो जाता है। फ़िल्म-स्टार बंगाल के भी थे। स्टैंडर्ड फ़िल्मों में काम करते थे, कहाँ गए? कुछ रिटायर हो गए, कुछ बंगाली फ़िल्में बनाते हैं एक सीमित मार्केट के लिए। और कुछ बम्बई आए, जो यहाँ न पनप सके। कुछ वापस हो गए, कुछ छोटे रोल करने लगे।

"एक फ़िल्म बनाओ, रुपया समेटो, फिर कला की सेवा करो जी भरकर..." बाबूराव पटेल ने राय दी।

और दिलीप कुमार ने ले ली। धड़ाधड़ हिट फ़िल्में बनने लगीं। अब हर फ़िल्म-स्टार मद्रास के कांट्रैक्ट को ज़िन्दगी का सहारा समझने लगा। मद्रास ने इतना पारिश्रमिक दिया जो बम्बई वालों की हैसियत से मेल नहीं खाता था। लेकिन फिर फ़िल्म-स्टारों ने मद्रास की निश्चित की हुई क़ीमत की माँग की। मरता क्या न करता! वही देने को तैयार हो गए और इंडस्ट्री की क़ब्र बड़े धूमधाम से ख़ुदने लगी। आज बम्बई का प्रोड्यूसर (कुछेक को छोड़कर) दीवालिया है। भीख माँगकर फाइनेन्सर की क़िस्तों पर सिर्फ़ जीने-भर के टुकड़े के लिए फ़िल्म में टिका हुआ है। अब उसके लिए दूसरे कौन-से दरवाज़े खुले हैं?

और धर्म का दिल अपनी फ़िल्म से खट्टा होना शुरू हो गया। बहुत छानबीन और काट-छाँट के बाद फिर वही पिटी-पिटाई कहानी बनने लगी।

एक वे रात-दिन थे जब घरवाली सीता जी का अवतार थी, दरबार में ज़रीना जैसी अप्सरा हाथ बाँधे खड़ी थी। शोहरत क़दमों की लौंडी थी। फ़िल्म के सैट फूलों की सेज। इनसान किसलिए जिए? कम्पनी का मुर्दा कंधों पर उठाए, गृहस्थी

की मौत का बोझ लिये, गुलबदन की जुदाई में सिसकना, यह भी कोई ज़िन्दगी है? ऐसी लीचड़ पिक्चर बनी तो, और न बनी तो क्या फ़र्क़ पड़ता है!

ऐसी ज़िन्दगी रही तो, और न रही तो क्या फ़र्क़ पड़ता है!

एक बात समझ की थी कि धर्म अपना काम टालता रहा। हीरोइन, साइड हीरोइन, कॉमेडियन का जितना भी काम चाहो, कर डालो, हीरो का बाद में। कोई अच्छा सीन नहीं बनता। रणधीर रात-रात-भर बैठकर तड़पते, चहचहाते सीन तैयार करता। हीरो के रोल में चार चाँद लगाने की कोशिश करता। धर्म पसन्द करता। एक-आध सीन लेता। फिर जी उचाट होने लगता।

मंगला के रवैये की ख़बरें दबी-दबी आग की तरह इंडस्ट्री-भर में फैल रही थीं। मगर सबके मुँह को ताला लगा था। उसकी जगह कोई फ़िल्म-स्टार होती तो परखच्चे उड़ गए होते। मगर मंगला तो इंडस्ट्री के एक शक्तिशाली स्तम्भ की नाक थी। वह चौराहे पर कटती तो सारी इंडस्ट्री की नाकें घिराव में आ जातीं। यह एक इज़्ज़तदार और ज़िम्मेदार इनसान की इज़्ज़त का सवाल है, फ़िल्मी हीरोइन का सवाल नहीं। वे क़हक़हे जो ज़रीना और धर्म के चुटकुलों पर छूटा करते थे, गलों में घुट गए। धर्म की जीत, तो उन सबकी जीत थी। उसकी हार सबकी हार की दुखती रग को मसलती थी।

धर्म को जब यह बात समझाई गई तो वह अवाक् रह गया। वह समझता था, यह घर का भेद है, किसी को नहीं मालूम होगा। उसे यह पता न था कि मंगला ज़िन्दगी के किस मोड़ से गुज़र रही है। फ़रीद की फ़िल्म-लाइन में दिलचस्पी थी। लड़कियों की उसे कमी न थी। जब मंगला के साथ निकलता तो उसकी उम्र की लड़कियाँ होंठों ही होंठों में मुस्करातीं।

''हाय बेचारा फ़र्रो...इसे यह टूटी-फूटी बासी बीयर की बोतल जुड़ी! और किसी ने घास नहीं डाली!''

तब वह कमीनेपन पर उतर आता। उसके सजदों को ठोकर पर मारता, उसकी बेकरार बाँहें साँपों की तरह डसतीं। वह उसे रबड़ की गेंद की तरह बरतने लगता। वह मैली-सी कीचड़ में लिथड़ी गेंद, जो वह सपाट दीवार पर ग़ुस्सा उतारने के लिए मारता, दीवार कीचड़ के टप्पों से घायल हो जाती।

वह बड़ी ख़ुशामद से प्रोड्यूसरों से काम माँगता।

''अरे मियाँ, तुम्हें क्या ज़रूरत है काम करने की! मज़े कर ले जब तक जवानी है। कमी नहीं प्यासी चिड़ियों की। मौसम में बहुत गिरती हैं—रजवाड़ों और ताल्लुकों की लड़खड़ाती, काँपती...फ़िल्मों को ज़िन्दगी समझकर फूलों की तलाश में! तुम्हें किस चीज़ की कमी है? ज़रा चौकस रहो तो कोई तिजौरी भी फँसेगी। फिर आना हमारे पास, तुम्हें दिलीप कुमार बना देंगे।''

वह फ़िल्म जिसका मंगला ने उसे प्रोड्यूसर बनाना चाहा, कल्पना की पहली

सीढ़ी से आगे न उकसी। लोग पैसे खाकर सटक गए। अगर उस उतरी कमान के बजाय उसके वश में कोई चिल्ले पर चढ़ा तीर होता, जैसे ज़रीना, तो उसकी आक़बत सुधर जाती। फिर उसे मुनीर की बी.ए. की डिग्री से इतना दुख न होता।

उधर सब धर्म को समझाने लगे।

"घर न बिगाड़ो। समाज के अमिट नियमों को न ठुकराओ, अब भी वक़्त है। बिखरी ज़िन्दगी समेट लो। हम नहीं देखेंगे। जो कानों ने सुना, उसे वहम समझकर भूल जाएँगे।"

तय हुआ कि रणधीर के छोटे साहबज़ादे की सालगिरह में दोनों को मिलाया जाए। वैसे मंगला से बात करना आसान नहीं। शायद दोनों मिलें और टूटी डोर जुड़ जाए!

रणधीर और दिल्लू ने बहुत ही शानदार कार्ड ख़रीदे, पार्टी की तारीख़ तय की और अपने बहुत ही ख़ास-ख़ास बाल-बच्चों वाले दोस्तों के घर जाकर बड़े आग्रह से बुलाया।

"भाभी जी, ज़रूर आना...सच्ची, तुम नहीं आईं तो सारी रात केक नहीं कटेगा।"

"आऊँगी बाबा, ज़रूर आऊँगी।"

फ़रीद पूना रेस खेलने गया हुआ था।

रणधीर नये बंगले में उठ आया था। निहायत फ़िल्मी क़िस्म के फर्नीचर से सजा हुआ। आज झंडियों और ग़ुब्बारों से गुलिस्ताँ बना हुआ था। पैसा भी क्या उस्ताद होता है! सब कुछ सिखा देता है। दिल्लू को देखकर किसी को सन्देह भी नहीं हो सकता था कि कभी यह फ़ारस रोड पर मज़दूरों के पसीने को लेवेंडर समझती थी। डाँडा में ठर्रेबाज़ों की कै समेटा करती थी। हर साड़ी के साथ मैचिंग ब्लाउज़ मिलता है। ग़लती करने की गुंजाइश नहीं। हेयर ड्रेसर दम-भर में सीधी तेल में चुपड़ी पटियों के घुंघराले गुच्छे बना देती है। चाहे जूड़ा बँधवा लो, चाहे पोनीटेल पर मैचिंग रिबन। और फिर ज़ेवर एक-दूसरे के देखकर बनवाना क्या मुश्किल! रुपया हो तो ज़िन्दगी सिर से पाँव तक बदल जाती है।

बहुत ही घरेलू टाइप की पत्नियाँ थीं। बहुतों को तो पता भी नहीं था कि मंगला और धर्म अलग-अलग रहते हैं। न दोनों के रवैये से सन्देह होता था कि किसी तरह की रंजिश है। दोनों अलग 'मोटरों' में आए। मंगला बच्चों के साथ और धर्म केशव को लेकर। यह तो होता ही है—पत्नी घर से आई, पति काम से आ रहे हैं। दोनों हँसी-ख़ुशी सबसे मिलते फिर रहे थे।

दोनों साथ-साथ बच्चों का हाथ पकड़े बाई-बाई कहते हुए विदा हुए एक ही मोटर में।

"टाटा, मुन्नू बेटे!" मंगला ने मोटर की खिड़की में से रणधीर के बच्चे की ठोढ़ी छूकर हाथ होंठों से लगा लिया। धर्म का हाथ पहले से उसकी गर्दन के पीछे रखा था। ज़रा खिसककर गले में आ पड़ा तब भी उसने कोई एतराज न किया।

"बड़ी अच्छी पार्टी रही। केक कहाँ से बनवाया था इसने, बड़ा अच्छा था," वह जल्दी-जल्दी बोलने लगी।

धर्म उसके बुंदों से खेल रहा था। जैसे ही गाड़ी अहाते से निकली, मंगला ने जल्दी से बटुआ खोला, फ्लास्क मुँह से लगा लिया।

धर्म को कुछ नागवार-सा लगा। लेकिन वह सह गया और मुस्कराता रहा। मंगला ने मगन होकर दो घूँट और लिये, फिर सीटियाँ बजाने लगी।

वह बड़ी तेज़ी से पी रही थी। उसने एक बार जो घूँट लिया तो धर्म ने उसका चेहरा दोनों हाथों में लेकर बड़ी प्रार्थना-भरी नज़रों से आँखों में आँखें डालीं। उसकी आँखों में भूत-प्रेत नाच रहे थे। फिर उसने ऐसी वाहियात हरकत की कि धर्म को पसीना आ गया। उसने उसके बाल मुट्ठी में पकड़े और घूँट उसके हलक़ में उतार दिया। मंगला के दाँत उसके होंठ में लगकर ख़ून निकल आया। फिर वह सिर पीछे डालकर घुँघरू भरे क़हक़हे लगाने लगी। पद्मा ऐसा करती थी, मगर वह बदचलन वेश्या थी। मगर मंगला...मंगला तो...मंगला धर्मदेव, उसकी पत्नी, उसके बच्चों की माँ थी। उसने यह गंद कहाँ बटोरा?

बच्चों को फ़ौरन आया ने सँभाल लिया। मंगला ड्राइंग रूम से ही साड़ी खोलती बेडरूम में चली गई। जब वह अन्दर पहुँचा तो मंगला ने सारे बल्ब जला दिये थे और पेटीकोट पहने आईने के सामने खड़ी थी। धर्म को उसने बड़े मीठे अन्दाज़ से देखा फिर ब्लाउज़ का गोला बनाकर उसके मुँह पर दे मारा।

झुककर उसने पलंग के नीचे से बोतल निकाली और दाँत से कार्क खोलती कुहनी के बल लेट गई। धर्म ने उसे इतना धुत इससे पहले नहीं देखा था। वह हवन्नक-सा पलंग की पट्टी पर बैठ गया।

यह मंगला ही है न, या वह भूले से किसी और कमरे में आ गया है? मंगलू तो लाजवन्ती की तरह उसके प्यार के सामने सिमट जाती थी। माँ बनने के बाद भी वह नई दुलहन की तरह बिजली बुझाने पर ज़िद करती। मीठे-मीठे अँधेरे में वह कितनी उजागर हो जाती थी!

लेकिन आज जब कमरे का हर बल्ब आँखें फाड़े उस पर क़हक़हे लगा रहा था, धर्म की मंगला न जाने कहाँ गुम थी! उसके बाल खुल गए थे। वह औरत जो उसके सामने ढिठाई से खुली पड़ी थी, जिसके व्हिस्की से तर होंठों पर चरित्रहीन नारी की मुस्कराहट थी और आँखों में मुँहफट तकाज़े! वह जो उससे दर्शनों की भीख माँगा करता था, हलक़ में उभरती हुई उबकाई को घोंट रहा था।

तब उसने जाना कि बाईस वर्ष के देवता को भोग लगाते-लगाते सोने की भारी-भरकम थाली ठीकरा बन चुकी है। उसकी आग में ठिठुरन है।

वह बड़ी तेज़ी से सारी बोतल एक घूँट में ही पी लेना चाहती थी।

धर्म ने हाथ बढ़ाकर बोतल छीननी चाही लेकिन वह बोतल के साथ लटकती हुई उसके पहलू में ढह गई।

"बस करो मंगला!" उसने बोतल छीननी चाही।

मंगला ने एक रुपहला क़हक़हा लगाया और दोनों हाथों से उसका कुर्ता झीर-झीर कर डाला।

"अरे, क्या करती हो?" उसने मंगला के हाथ झटक दिये।

"क्यों रे...तू जो मेरे इतने ढेर सारे ब्लाउज़ फाड़ चुका है!"

'मैंने तो ब्लाउज़ नहीं फाड़े! मंगला के तो नहीं फाड़े!' उसने सोचा।

"बस, रूठ गया?...चल इधर आ, मेरे पास! मेरे फ़र्रो...आ जा...आ जा!" वह चार उँगलियों से प्यारे-प्यारे इशारे करने लगी।

'और वह तो मेरा नाम भी नहीं जानती...'

मंगला ने बोतल उसके हाथ से झपट ली।

एक बार किसी बात पर चिढ़कर उसने उसका चिकन का कुर्ता तार-तार कर दिया था। उस दिन से धर्म ने उसका नाम 'म्याऊँ' ही रख दिया था। सेट पर बैठे-बैठे शरारत सूझती तो वह चुपके-से मुँह पर हाथ रखकर बिल्ली की आवाज़ निकालता। फिर ख़ुद ही चौंककर कहता—'अरे बिल्ली!...यह बिल्ली कहाँ से आ गई? पकड़ो इसे, सारे कपड़े-लत्ते फाड़ डालेगी!' वह शोख़ी से कहता।

तब दोनों की आँखें पल-भर को उलझ जातीं। रातों के भटकते हुए भेद छलक उठते और ज़रीना शर्म से पानी-पानी हो जाती।

धर्म ने सबको बारी-बारी यह भेद बड़े मज़े लेकर बताया था।

भयभीत होकर उसने ज़रीना के ख़याल को दूर झटक दिया। सब उसका क़सूर था। मंगला के भटकने का ज़िम्मेदार वह ख़ुद था। इस ख़याल से बड़ी ढाढ़स बँधी। वह ज़ालिम था। उसके अहम् को बड़ी तसल्ली मिली। इसके अलावा वह उसकी हमदर्दी की हक़दार थी। इन ज़र्रों को समेटना उसका कर्तव्य था।

लेकिन समेटने में उसके हाथ लहूलुहान हो गए। भड़कते हुए शोलों में नहाने वाली धीमी-धीमी भूभल को कब महत्त्व देने वाली थी! वह बाईस बरस का नहीं था। तरह-तरह की ऐयाशियों और नशों ने उसे समय से पहले थका डाला था।

मंगला चिढ़ गई। बेइज़्ज़ती पर उतर आई। आँखें व्यंग्य के ज़हर में बुझकर और भी स्याह हो गईं। फिर वह हँस पड़ी। ख़ूब हँसी। हँसी की मुरकियाँ उसके रसीले हलक़ में सितार के झाले की तरह उलझने लगीं।

"तभी ज़री भाग गई!" उसका क़हक़हा कै में लिथड़ गया।

धर्म ने वही झीर-झीर कुर्ता मुँह में ठूँसा और सीढ़ियों पर से गिरता-पड़ता बाहर निकल गया।

14

सुबह जब रणधीर दफ़्तर में पहुँचा तो एकदम ठिठक गया। वह बड़ी देर तक धर्म को देखता रहा।

मेज़ पर फ़ाइल और ग्राउंड प्लान के काग़ज़ात बिखरे हुए थे। धर्म सफ़ेद सिल्क का कुर्ता और ऊदी पंजाबी लुंगी पहने काग़ज़ों पर झुका हुआ था। चंदन जैसे साफ़ माथे पर एक लट झुक आई थी।

'धर्म इतना जवान नहीं रहा,' रणधीर ने सोचा। 'कनपटियों पर चाँदी की झलक ने प्रौढ़ता पैदा कर दी है। रोल के लिए रिटच करना पड़ेगा। वाह बेटा, एक ही बार में जी उठे! रूखे धानों में पानी पड़ गया।'

''मिज़ाज शरीफ़?'' रणधीर ने प्यार से कंधे पर हाथ रख दिया।

''आपकी दुआ है!'' मद्रास की मुस्लिम सोहबत ने उसे लखनवी आदाब सिखा दिये थे।

''जुग-जुग जियो मेरे सरकार,'' धर्म युवा दूल्हे की तरह तकल्लुफ़ से मुस्कराया, ''मेहनत ठिकाने लगी,'' रणधीर ने शुक्र किया।

''पिक्चर बहुत डिले हो गई है। आज बिग का ट्रायल लेकर फ़ाइनल करना है। इस सैट पर बहुत काम है।''

''वही पुराना मँजा-मँजाया धर्मदेव, एक ही ख़ुराक में तबीयत साफ़!'' रणवीर अपनी दूरदर्शिता की प्रशंसा करता हुआ बैठ गया।

इतने में केशव और माधव भी आ गए।

''प्रकाश जी को फ़ोन करो, क्या दो बजे आते हैं? गाड़ी भेज दो।''

''फ़ोन किए देता हूँ, गाड़ी स्टेशन पर पहुँच गई है।'' केशव नौकरों के दिमाग़ ख़राब करना ठीक नहीं समझता था। हिसाब-किताब का मालिक था। लेकिन सिवाय बस के निजी काम के लिए कभी टैक्सी नहीं ली। पेट्रोल सोने के भाव जा रहा है। कम्पनी-गाड़ी को बेकार क्यों दौड़ाए!

''वासन ने फिर हिट लगाया,'' माधव बोला।

''स्टोरी कुछ भी नहीं। वही पुराना फ़ार्मूला है। पर साहब, मानते हैं, ग्रुप डांस

क्या उठाकर दिये हैं—साठ लड़कियाँ और लड़के!'' केशव ने हाँक लगाई।

वह नियम से सब फ़िल्में देखता था। बजाय आनन्द लेने के, पूरे समय प्रोडक्शन वेल्यू, गानों की संख्या और कॉमेडी सीन गिनता रहता था।

''अपन भी डालेंगे एक ग्रुप डांस। क्यों धर्म जी?'' माधव बोला।

''कोई सिचुएशन नहीं अपनी पिक्चर में।''

''अरे सिचुएशन बनाने से बनती है।''

''हाँ, हीरो-हीरोइन थियेटर में जाते हैं, बस वहाँ।''

''थियेटर है ही नहीं फ़िल्म में।''

भला डांस की भी सिचुएशन होने से इनकार कर सकती है! हीरो-हीरोइन गाते एक-दूसरे को खदेड़ रहे हैं। पगडंडी पर गाँव की गोरियाँ एक-से कपड़े पहने चली आ रही हैं ठुमकती। उधर से एक जैसे ड्रेस पहने बिलकुल उतने ही लड़के निकल पड़ते हैं। लीजिए, हो गया ग्रुप डांस का मौका! यह और बात है कि ऐसे गाँव का पता किसी को नहीं मालूम, जहाँ इतनी लड़कियाँ और लड़के एक ही तरह के कास्ट्यूम पहने हर घड़ी जंगलों में तैयार बैठे रहते हैं कि न जाने कब कोई प्रेमियों का जोड़ा उधर गाता हुआ आ निकले और वह एक हिट गाना, जिसमें कम से कम सौ साज़ बज रहे हों, गाना शुरू कर दें। पता अगर किसी को मालूम है तो वे फ़िल्म-प्रोड्यूसर हैं जो किसी को नहीं बताते।

''आज बच्चे नहीं आए?'' धर्म ने घड़ी देखकर पूछा।

''रग्घू गया तो है, आता ही होगा।''

धर्म फिर काम में जुट गया।

बड़ी साज-सँवार से शूटिंग शुरू हो गई। रोज़ शाम को धर्म नियम से बच्चों को लेकर घर जाता। उसने कभी रणधीर को नहीं बताया कि वहाँ मंगला नहीं होती। वह बच्चों के साथ खेलकर घर चला जाता। कभी रम्मी के घर, जिसने हाल ही में गुप्त स्थान में एक फ्लैट लिया है।

'रीता के फ़रिश्तों को भी पता नहीं चलेगा।' मगर धर्म जानता है, रीता को पता चलेगा और बहुत जल्द यह घर भी किराये पर उठा देगी।

रम्मी और घर ढूँढ़ लेगा।

'चूहे भाग, बिल्ली आई!' ज़रीना ने कहा था। अब तो ज़रीना की याद आने पर भी दिल की धड़कन तेज़ नहीं होती। अगर रम्मी नहीं मिलता तो वह पद्मा के यहाँ चला जाता है। न जाने क्यों पद्मा की महफ़िलें ठंडी पड़ती जा रही हैं—न वह चहल-पहल, न वे हंगामे! जैसे दुनिया अपनी धुरी पर घूमते-घूमते सुस्ताने को ठहर गई है! तीन महीने हो गए, धर्म ने किसी औरत के बदन को हाथ नहीं लगाया।

प्रकाश जी सहमे-सहमे डायरेक्शन देते हैं। वह जानकर उनकी भूलों को अनदेखा कर देता है। एक-आध छोटी-मोटी ग़लती से पिक्चर मर तो न जाएगी। अनिल बड़ा

ठहरा हुआ आर्टिस्ट बनता जा रहा है। उसकी अछूती फ़िल्म मेले के लिए चुनी गई है।

''मेला?'' धर्म के सीने में एक फुलझड़ी ने सिर उठाया फिर सिसककर दम तोड़ दिया।

''प्रकाश जी से कहो,'' केशव उससे नये कास्ट्यूम के बारे में कुछ पूछता है तो वह प्रकाश जी की ओर इशारा कर देता है। उनका काँपता हुआ हाथ पतलून की जेब पर जाता है जिसमें ठर्रे की शीशी दुबकी हुई है। वह हाथ अन्दर नहीं डालते।

''पचास हज़ार इतनी रात गए मैं कहाँ रखूँगी?'' मंगला केशव पर बिगड़ती है, ''मेरा गला कटवाना है? अकेली-दुकेली पाकर कोई ठिकाने लगा जाए, पाप कटे, यही चाहते हैं न?''

''पता नहीं,'' केशव मरी हुई आवाज़ में कहता है।

''आप फ़ैसला कीजिए,'' धर्म दर्जी की दुकान में लगे हुए आईने की ओर मुड़ जाता है।

''अजीब आदमी है,'' प्रकाश जी बिना वजह खँखारते हैं। हाथ जेब के पास काँपता है, अन्दर नहीं घुस पाता, ''मेरे ख़याल में तो ठीक है,'' वह कपड़ों को उलट-पुलटकर देखते हैं। हालाँकि वह बिलकुल फ़ैसला नहीं कर पाते। उनकी फ़ैसला करने की ताक़त उसी दिन जवाब दे गई थी जब करुणा ने भरी महफ़िल में उनके मुँह पर चप्पल मारकर कहा था, 'बुड्ढे खूसट, एक तू ही रह गया है? मुझे और कोई नहीं जुड़ता जो बूढ़ी लाश पर मरने लगूँ?'

तब प्रकाश जी करुणा की भारी-भरकम जवानी के सपने बूढ़ी लाश में समेटकर लौट आए थे। और लौटते ही जा रहे थे।

उनकी पत्नी बैठी रमी खेल रही थीं। लड़कियाँ दोस्तों के साथ गपशप कर रही थीं। उन्हें किसी ने नहीं देखा। जैसे वह जादू की टोपी पहनकर लोगों की नज़रों से ओझल हो चुके हों!

ओझल तो वह तब ही से हो गए थे जब उन्होंने करुणा को अपनी कम्पनी की हीरोइन बनाया था।

कितनी बूँदें तालाब की सतह पर पड़ती हैं, बुलबुले उठते हैं, फूट जाते हैं। दायरे बनते हैं, मिट जाते हैं।

''आज न जाओ रणधीर, बड़ी घबराहट हो रही है।''

''बच्चे को टाइफ़ाइड हो गया है। दिल्लू रो-रोकर जान दिये दे रही है। मैं सुबह ही आ जाऊँगा।''

"अभी न जाओ," धर्म ने थका हुआ निवेदन दुहराया।

"ग्यारह बज रहे हैं। डायलॉग लिख दिये। तुम सीन की चिन्ता न करो। मैं सैट पर मौजूद रहूँगा," वह फिर बैठ गया।

"बारह बज रहे हैं, यार, क्या मुसीबत है!" रणधीर चिढ़ गया।

"नौकर को तो आ जाने दो, अकेला छोड़ जाओगे?" धर्म ने हसरत से कहा।

"उफ़्फ़ोह, यार, नन्हे-से बच्चे तो नहीं जो तुम्हें परियाँ उड़ाकर ले जाएँगी!" वह फिर बैठ गया।

शाम के आठ बजे से वह घर जाने की ज़िद कर रहा था, लेकिन धर्म पर भूत सवार था। ज़रूरत से ज़्यादा चढ़ा ली थी।

"क्या आज यहाँ नहीं सो सकते, सुबह चले जाना?"

"यार, तुम्हारा दिमाग़ ख़राब हुआ है। अच्छा, एक बात बताओ, क्या भाभी से फिर खिंचाव हो गया?"

धर्म चुप रहा।

"अमाँ, यह क़िस्सा क्या है?"

"कोई क़िस्सा नहीं, क़िस्सा ख़त्म।"

"फिर वही...बाँदरा मस्जिद का जिन्न तो सवार नहीं हो गया?"

"नहीं, ऐसी कोई बात नहीं।"

"फिर भाभी से किसी बात पर लड़ाई हो गई?"

"मिलाप ही कब हुआ था?" अटक-अटककर सपाट आवाज़ में उसने उस अनोखी रात का हाल सुनाया।

रणधीर दम साधे सुनता रहा।

"अजीब आदमी हो यार, तुमने मुझे ख़ूब बेवकूफ़ बनाया।"

इतने में नौकर आ गया, उसने पैकेट दिया।

"अच्छा यार, अब चलता हूँ।"

"रुक नहीं सकते?"

"ख़ुदा की क़सम, बच्चा बीमार है....मैं सुबह..."

"अच्छा, जाओ-जाओ," धर्म ने हँसकर कहा।

रणधीर तेज़ी से लिफ्ट की ओर लपक गया।

"म्याऊँ!" मद्रास के एक होटल में ज़रीना करवटें बदल रही थी।

"अय-हय ज़रीना, मैं डर गई..." आमिना ने सिरहाने का लैम्प जलाया, "यह क्या कर रही हो?"

"म्याऊँ!" ज़रीना खिलखिलाकर हँस पड़ी।

‘‘चल बेवकूफ़, यह भी कोई वक़्त है मज़ाक का! सो जाओ,’’ आमिना लैम्प बुझाने लगी।

‘‘नींद नहीं आ रही है आपा!’’ उसने आमिना का हाथ पकड़कर अपने उछलते हुए दिल पर रख लिया।

‘‘पानी दूँ?’’

‘‘नहीं।’’

‘‘तो फिर?’’

‘‘रोने को जी चाह रहा है।’’

‘‘क्यों?’’

‘‘पता नहीं!’’ ज़रीना की आँखों से आँसू बहने लगे।

‘‘ज़र्री...मेरी जान...!’’ आमिना ने उसे कलेजे से लगा लिया।

कितनी देर तक वह सिसकियाँ भरती रही और टूटे-फूटे, आधे-अधूरे वाक्य उसके होंठों से झड़ते रहे।

‘‘बाईस टेक हुए थे। मुँह से निकलता ही न था। चाँद...ज़रा आँखें खोलो। बस, इत्ती-सी बात थी...आपा, सर्दी लग रही है, एयर कंडीशन बन्द कर दो।’’

‘‘बन्द है,’’ आमिना ने उसे कम्बल उढ़ा दिया।

‘‘नया कुर्ता था।’’

‘‘ऐं...!’’ ऊँघते-ऊँघते आमिना चौंक पड़ी।

‘‘कुछ नहीं आपा...कुछ नहीं।’’

‘‘ज़रीना...!’’ आमिना उठकर बैठ गई, ‘‘सचमुच मैं अंधी हूँ।’’

‘‘ऐं...!’’ अब ज़रीना के चौंकने की बारी थी।

‘‘तू अगर साफ़-साफ़ कह देती। बेवकूफ़, दिल में घाव छिपाए बैठी है। तूने मुझे भी धोखे में रखा। अजीब लड़की है।’’

‘‘आपा!’’

‘‘हाँ?’’

‘‘मुझे डर था।’’

‘‘किस बात का?’’

‘‘तुम किसी से कहोगी तो नहीं? क़सम खाओ, मेरी जान की क़सम?’’

‘‘क़सम से, किसी से नहीं कहूँगी।’’

‘‘मुझे डर था...कि...वह...’’ वह चबा-चबाकर बोलने लगी, ‘‘कि वह दीदी को नहीं छोड़ सकते।’’

‘‘हुँह, अब उस बदज़ात ने जो छोड़ दिया और उस झंडलने के संग...’’

‘‘मुझे क्या मालूम था?’’

‘‘ख़ैर, अब तो वह गई रास्ते से। देख ज़र्री, तू बिलकुल फिक्र न कर, मैं यहाँ

से जाकर फ़ोन करूँगी।"

"हाय आपा, नहीं। मुझे डर लगता है।"

"चल दीवानी, डर काहे का!"

"आपा, तुम नहीं जानतीं, वह अजीब आदमी है।"

पड़ोसियों ने बताया, उस रात टेलीफ़ोन की घंटी बजती रही थी। मगर फ्लैट बन्द था। आख़िरी बार तीन बजे फिर घंटी बजी, फिर ख़ामोश हो गई।

धर्म ने रणधीर के जाने के बाद नया पैग बनाया, पैकेट खोला, दो गोलियाँ नींद लानेवाली दवा की डालीं और उँगली ही से घोलने लगा। बाल्कनी में किसी की बिल्ली बोल रही थी। धर्म कमरे में अकेला था फिर भी उसने दरवाज़ा बन्द करके चटखनी सरका दी। टेलीफ़ोन मिलाया। घंटी बजती रही...बजती रही। उसने थककर वापस रख दिया।

पैग ख़त्म हो रहा था मगर नींद का नाम न था। वह औंधा लेटा, चित लेटा, आँखें बन्द कीं, फिर खोलीं, नींद न आई।

उसने दूसरा पैग बनाया, फिर दो गोलियाँ डालीं, कुछ सोचकर एक और डाल ली। रिसीवर उठाया फिर टेलीफ़ोन किया। घंटी बजती रही। वह पलंग पर लेट गया। फिर करवटें बदलीं। किताब उठाकर खोली, बन्द कर दी।

कुछ सोचकर उसने टेलीफ़ोन उठाया, डायरेक्ट्री में से नम्बर देखा।

"हैलो, राज साहब हैं? मैं धर्मदेव बोल रहा हूँ," ऐसा मालूम हुआ, मीलों दूर से राज ने उसे गले लगा लिया। शूटिंग की बातें, फ़िल्म की बातें, लौंडियों की बातें होती रहीं। दो बज गए। धर्म ने टेलीफ़ोन न छोड़ा। अगर यह सिलसिला टूट गया तो फिर वह खो जाएगा, फिर न मिल सकेगा।

"राज, यार, ऐसा करो, इधर आ जाओ न!" जैसे राज दीवार के उस पार ही तो खड़ा था!

"दो बजे! ड्राइवर तो चला गया और अपने से तो दो क़दम नहीं चला जा रहा है। टक्कर-वक्कर हो जाएगी। बस, मैं सुबह ही तो उधर आ रहा हूँ। फिर रहेंगी बातें...उ... फ़..." राज ने लम्बी-सी जम्हाई ली।

"देवी जी कहाँ हैं?" धर्म ने पूछा।

"यह पास ही पड़ी हैं कोई चार इंच की दूरी पर," राज हँसा।

"मेरी ओर से एक प्यार तो ले लो।"

"लो भई, ले लिया—एक तुम्हारी ओर से और एक अपनी ओर से।" दोनों हँसने लगे।

"राज... ?"

"बोलो प्यारे!"

"इस वक़्त नहीं आ सकते?"

"नहीं यार, बिलकुल दम नहीं। सुबह..."

"अरे सुबह किसने देखी है!"

टेलीफ़ोन रखा, नींद और भी दूर भाग गई। जैसे अब न आएगी, कभी न आएगी!

फिर पैग बनाया, कितनी गोलियाँ डालीं, कौन जाने! फिर टेलीफ़ोन किया, ढाई बज रहे थे। घंटी चीख़ती रही, चिल्लाती रही।

"हैलो...हैलो...मैं बोल रहा हूँ," शुक्र है, टेलीफ़ोन उठा लिया गया, "मैं धर्म बोल रहा हूँ।"

"क्यों?"

धर्म के पास कोई उत्तर न था।

"यह रात के तीन बजे फ़ोन! क्या बात है?" शायद होश में थी। आवाज़ में थोड़ी-सी नर्मी आ गई थी।

"वह...मेरा जी घबरा रहा है, तुम ऐसा करो...बच्चों को भेज दो।"

"तीन बजे रात को बच्चों को भेज दूँ? क्या हो गया है तुम्हें?"

'तुम ही आ जाओ मंगलू,' उसका जी चाहा—कहे, मगर शब्द रास्ता भूल चुके थे, "बच्चों को ड्राइवर के साथ भेज दो... मैं..."

"क्या हो गया है जी, सोते बच्चों को हल्कान करूँ, सुबह भेज दूँगी।"

"सुबह किसने देखी है!"

मंगला ने फिर फ़ोन किया। मगर ऐंगेज था। सोचा—'जाऊँ, देखूँ, क्या बात है,' फिर ख़याल आया—'फ़ोन ऐंगेज है। किसी को कर रहे होंगे फ़ोन!'

आख़िरी पैग...कितनी गोलियाँ? कौन गिने, कोई नहीं, कोई नहीं। इतनी लम्बी-चौड़ी दुनिया में अकेले का कोई नहीं।

यार नहीं, दोस्त नहीं।

बीवी-बच्चे नहीं।

चाँद, तुम भी नहीं।

फ़ोन मिलाया...कोई नहीं।

सिर्फ़ गोलियाँ।

दूर ख़ाली फ्लैट में घंटी बजती रही।

बजती रही।

●●●